L'Étrange Histoire de sir Hugo et de son valet Fledge

Du même auteur

Le Triomphe de l'ivrogne
et Autres Contes gothiques
Albin Michel, 1993

Patrick McGrath

L'Étrange Histoire de sir Hugo et de son valet Fledge

roman

TRADUIT DE L'ANGLAIS
PAR MARTINE LAURENT-SKOPAN

Albin Michel

TEXTE INTÉGRAL

En couverture : droits réservés.

Titre original : *The Grotesque*

ISBN 2-02-019404-X
(ISBN 2-226-05441-3, 1re publication)

Présentation
par Gilles Menegaldo

Patrick McGrath fait partie de ces écrivains anglo-saxons contemporains qui se situent délibérément dans le courant « néo-gothique » qui, ces dernières années, a donné naissance en Grande-Bretagne et aux États-Unis à plusieurs œuvres remarquables[1]. Selon McGrath, le gothique se caractérise par la dégradation, par un mouvement vers la mort et vise à révéler les facettes les plus sombres de l'âme humaine. *L'Étrange Histoire de sir Hugo et de son valet Fledge*, son premier roman, illustre parfaitement cette définition et confirme le talent de l'auteur, déjà souligné par la critique. Dans ce récit élégant et sulfureux, McGrath élabore un univers fictionnel insolite et fascinant qui va bien au-delà des brillants exercices de style pratiqués dans son recueil de nouvelles : *Blood and Water* où déjà, cependant, s'exprimait son goût du fantastique, de l'humour macabre et de la parodie.

Le titre original du roman *The Grotesque* est significatif du projet littéraire de McGrath : il renvoie d'abord au protagoniste principal et unique narrateur, sir Hugo Coal. Celui-ci, cloué dans un fauteuil de paralytique, incapable de bouger et de parler, momifié, pétrifié a été réduit, à la suite d'une congestion cérébrale, à l'état de légume, de gargouille grimaçante. Déclaré par la science « ontologiquement mort », traité par ses proches, à l'exception de sa fille Cléo, plus sensible, comme un objet dépourvu de conscience, il est toujours, en fait, doté de ses facultés intellectuelles et peut, en conséquence, raconter son histoire à la première personne. Le titre

1. Participent de ce courant des écrivains comme Angela Carter, Ian McEwan, Jeanette Winterson, Ann Rice, Joyce Carol Oates entre autres.

reflète aussi l'ambiance générale d'un récit où se développent différentes modalités et avatars du grotesque. L'œuvre apparaît en ce sens comme un véritable manifeste, une défense et illustration d'un nouveau mode fictionnel qui doit plus à Edgar Poe ou encore à Ambrose Bierce qu'à Ann Radcliffe. Ici, comme pour Poe, « la terreur vient de l'âme », des profondeurs mêmes de la psyché.

La construction romanesque est remarquablement subtile, dans son caractère erratique même, tributaire à la fois de la mémoire de l'unique narrateur (pas toujours fiable) et de l'univers mental parfois délirant de celui-ci, mais aussi de ses réticences à révéler l'essentiel et notamment les circonstances de son accident. Le récit de sir Hugo remonte aux origines du conflit avec le domestique devenu son rival, au temps désormais révolu où il régnait en maître sur la destinée de sa maison et de sa famille.

Le roman, situé en 1949 dans une contrée perdue du Berkshire, commence ainsi dans une ambiance intimiste, mettant l'accent sur les pratiques sociales, la sacralisation de scènes quotidiennes emblématiques des valeurs et du sens hiérarchique d'une classe déjà déclinante. Le ton dominant, l'humour noir et l'ironie féroce, évoquent les romans satiriques d'Evelyn Waugh. La description du premier repas qui coïncide avec l'intronisation de Fledge, le nouveau majordome, témoigne du pouvoir en apparence encore intact de sir Hugo, aristocrate égocentrique et cynique, conscient de sa naissance, de ses prérogatives et de ses privilèges. Une autre scène de repas, plus tardive, coïncide avec l'annonce des fiançailles de Cléo et confirme la misanthropie du personnage et son goût du sarcasme mais relativise l'emprise qu'il exerce sur son entourage immédiat : sa femme Harriett, conformiste et dévote, sa fille flanquée d'un fiancé naïf et un peu niais, Sidney Giblet, souffre-douleur favori de sir Hugo et, bien sûr, le couple des domestiques, Fledge et sa femme Doris.

La séquence initiale met de plus en évidence, outre le caractère provocateur du narrateur sujet, des tendances iconoclastes motivées par le souci de l'objectivité scientifique qui veut que chaque créature puisse être considérée sans aucun préjugé, quelle que soit son apparence, comme partie intégrante du processus naturel, de la « riche texture de la vie » Ainsi le crapaud Herbert (du nom du père défunt d'Harriett) a-t-il droit, au mépris de tout décorum et au risque de choquer la délicatesse féminine en particulier, à une place à la table familiale et... à une assiette d'asticots. Sir Hugo est en effet un esprit rationnel, qui exerce depuis plus de vingt ans ses hautes facultés intellectuelles dans le domaine spécifique de l'évolution des espèces. Le tyran domestique se double d'un savant amateur qui, négligeant sa femme et son entourage, passe ses journées à « s'occuper de ses os ». Cette référence d'abord énigmatique est élucidée au deuxième chapitre. Sir Hugo travaille en l'occurrence sur le squelette ramené autrefois d'Afrique en morceaux et maintenant reconstitué d'un *Phlegmosaurus carbonensis*. Il prépare une conférence qui doit bouleverser la science paléontologique car l'amateur se veut théoricien et prétend démontrer la filiation entre les dinosauriens et les oiseaux. Cette grande idée qui semble farfelue aux yeux des paléontologues officiels [2] de la Royal Society, le confine dans la grange attenante à la demeure ancestrale nommée ironiquement Crook [3] et l'absorbe entièrement.

A partir de ces prémisses inhabituelles, McGrath réintroduit subtilement toute une série d'éléments de la convention gothique en les détournant souvent de leur fonction initiale. Le décor est planté : Crook, un grand manoir du XVIe siècle, plutôt sinistre et souvent décrit, à l'instar de « La chute de la Maison Usher » d'Edgar Poe, en termes anthropomorphes et parfois thériomorphes, est exposé au vent du sud qui, selon la légende locale, apporte corruption et vapeurs nocives. Le marais tout proche cache dans ses profondeurs de macabres vestiges alors qu'un monstrueux brochet prédateur se dissimule dans la

2. Les théories de sir Hugo correspondent cependant à une réalité scientifique déjà attestée dans les années cinquante et que les travaux récents en paléontologie, notamment ceux de Michael Benton de l'université de Bristol, ne font que confirmer. Les oiseaux seraient bien issus d'un sous-groupe de dinosaures emplumés, les théropodes. McGrath s'amuser ici à présenter le vrai comme improbable.

3. L'adjectif « Crook » signifie en anglais tordu, dévié, mais le substantif veut aussi dire escroc. L'auteur prend d'ailleurs grand soin de l'onomastique et le lecteur pourra s'amuser à repérer les connotations attachées aux noms propres.

carcasse décomposée et fétide d'un bovin que sir Hugo découvre lors d'une de ses promenades, prélude à une autre trouvaille macabre ultérieure.

A ce cadre sinistre et inquiétant, il faut bien sûr ajouter un personnage maléfique, le « villain » (méchant) des récits gothiques. Le rôle est ici tenu par le majordome Fledge, être malfaisant et manipulateur, séducteur aussi, constamment associé à une figure démoniaque, un serpent ou un vampire qui absorbe l'énergie vitale de ses victimes. Fledge, comme le Satan de Milton, (la référence est explicite) se révolte contre sa condition, et finit par remplacer l'aristocrate qu'il déteste et méprise, inversant le rapport maître/esclave[4]. Le roman illustre ainsi le thème éminemment gothique de l'usurpation et de la transgression.

Fledge se débarrasse d'abord du fiancé, un gêneur peut être doublé d'un maître chanteur, devient l'amant d'Harriet, l'épouse de sir Hugo dont il réveille le désir sexuel assoupi depuis trop longtemps, assume enfin l'apparence vestimentaire et le pouvoir abandonné par le maître qu'il a contribué à réduire à l'état d'infirme, impuissant et rageur, auquel est dénié le simple plaisir de voir. Le majordome place ainsi ostensiblement le fauteuil roulant d'Hugo contre le mur ou sous la cage d'escalier, et lui laisse seulement imaginer le spectacle dont il est exclu.

Sir Hugo, en effet, ne se prive pas d'imaginer, suppléant ainsi à sa condition d'infirme et au manque d'informations qui en découle. Au début du roman, la narration est pour l'essentiel une description factuelle et relativement objective des événements qui ont conduit sir Hugo à son état présent. Le parcours est un peu erratique et sinueux : au lieu de suivre un ordre chronologique dans la reconstitution du passé, le narrateur anticipe souvent, obsédé par sa situation actuelle et le récit procède par bonds successifs, allant de révélation en révélation, jouant de tous les ressorts du suspense policier, accumu-

4. Le roman n'est pas sans évoquer le film de Joseph Losey, *The Servant* même si les stratégies narratives employées sont très différentes et si la relation entre maître et serviteur est encore plus perverse et complexe dans le film où le thème de l'homosexualité est aussi plus explicite.

lant les signes de la perversité et les preuves de la transgression du majordome félon : transgression sociale, sexuelle (Fledge n'est pas seulement l'amant d'Harriett, il convoite aussi les hommes) et morale.

Le récit dérive ainsi très vite en raison de l'imaginaire très prolifique et très pervers de sir Hugo. La plupart des scènes importantes sont simplement reconstituées mentalement sans qu'elles aient nécessairement une quelconque assise dans la réalité. Ainsi en est-il de la première scène de séduction entre Harriett et Fledge, dans l'ambiance moite et ténébreuse d'un cellier, de celle du meurtre supposé du jeune Sidney dont les restes mutilés sont retrouvés dans un sac, à demi-dévorés par les porcs de la ferme voisine, propriété de sir Hugo, ou encore des différents ébats érotiques que le narrateur se plaît à évoquer.

A ces reconstitutions mentales se mêlent des souvenirs de faits réels, des témoignages rapportés, des fragments de conversation, mais aussi des rêves et des visions qui mettent en évidence les désirs et les pulsions de sir Hugo : fantasme de possession sexuelle (il convoite la femme de Fledge), d'impuissance, de vengeance et de folie meurtrière. Le lecteur perd ses points de repères, son ancrage dans un univers référentiel pourtant bien installé au départ : la petite communauté villageoise, le pub et ses figures pittoresques : George Lecky, le jardinier éleveur de porcs, compagnon fidèle et apprécié de sir Hugo, John Crowthorne, le braconnier simple d'esprit. Même ces personnages très typés sont contaminés par l'inquiétante étrangeté ambiante : George le jardinier éprouve un plaisir sadique à écraser lentement une guêpe engourdie, le braconnier a un comportement insolite. Le livre présente une véritable galerie de grotesques parmi lesquels le moindre, en dehors de sir Hugo lui-même, n'est pas la mère de Sidney, la victime, virago redoutable aux allures pachydermiques. Cléo, l'un des seuls personnages normaux, humains, du roman commence aussi à avoir des visions ou plutôt des visitations de son fiancé disparu et hantée par le souvenir, traumatisée par la perte, incapable d'effectuer le travail du deuil, glisse lentement dans la folie.

Il devient difficile de démêler la réalité de sa reconstitution imaginative, de distinguer l'affabulation du témoignage authentique, la vérité du mensonge. Le lecteur se voit confronté à une série d'énigmes, exposé sans moyen de vérification au discours unique, autoritaire et omniprésent d'un narrateur qui, d'abord froid et sarcastique, s'humanise et devient presque pitoyable dans sa déchéance. La crédibilité du récit est graduellement affectée à mesure que sir Hugo, ruminant sa haine et sa hargne, regrettant sa splendeur passée et noyant ses soucis dans l'alcool, est de plus en plus coupé du monde réel. Le rationaliste du début cède la place à un être halluciné, hanté par des visions morbides, cauchemardesques et finalement incohérentes. Le lecteur oscille de la croyance au doute jusqu'à la révélation ultime qui elle-même est sujette à caution. Qui de sir Hugo ou de son valet Fledge est finalement l'être le plus pervers, le plus manipulateur, le méchant de l'histoire ? le voile ne sera jamais totalement levé.

Patrick McGrath réalise aussi le tour de force d'associer les deux composantes, rationnelle et irrationnelle de l'ouvrage, de mêler le scientifique et l'onirique, la satire de mœurs et le roman fantastique, le fait divers policier et le fantasme, le mélodrame familial et la fantaisie baroque. Le motif du dinosaure donne lieu à des évocations très lyriques et sensuelles quand sir Hugo imagine un paysage du mésozoïque, décrit la luxuriance de la végétation, les senteurs animales, s'identifiant presque à son dinosaure favori, prédateur que surveille un autre prédateur potentiel, mammifère celui-là. Cette situation reflète à l'évidence le conflit de pouvoir entre l'aristocrate déchu et le domestique ambitieux et sans scrupules.

L'involution plus que l'évolution est le véritable thème du roman. Le processus entropique opère à tous les niveaux de la diégèse. La maison se dégrade, envahie par le lierre et les moisissures, ses canalisations éclatent. Le jardin retourne à l'état de jungle. Dans l'un des rêves de sir Hugo, des excroissances végétales s'insinuent dans le bois, le long des planchers. Lui-même s'imagine comme une efflorescence vivante, pris dans un processus de fusion organique avec sa maison. Parallèlement, les relations hiérarchiques s'inversent et les conduites transgressives se multiplient : Doris, la femme de Fledge, sombre dans l'alcoolisme mais demeure une mère de substitution pour sir Hugo devenu totalement infantile et dépendant; Fledge, « doublement inverti », manifeste avec impudence ses pulsions sexuelles ambiguës, s'en prenant même à son maître dans lequel il voit cependant un reflet monstrueux de lui-même, « une manifestation externe de sa nature profonde, déformée, atrophiée ». Le *Phlegmosaurus,* recouvert d'une mousse verte abondante en raison de l'humidité ambiante, n'est pas épargné par la déchéance. A la fin du livre, sir Hugo, « rabougri et recroquevillé comme un tas de vieux os », est devenu squelette comme son dinosaure. Ainsi qu'il l'avait annoncé, sir Hugo n'est plus qu'un mort-vivant alors que son récit s'achève sur une dernière vision, prélude à sa fin prochaine : la transfiguration de George, victime innocente et expiatoire, s'élevant dans une lumière irradiante, l'une des rares images apaisées d'un roman qui multiplie les scènes violentes et paroxystiques et se situe constamment aux limites de la normalité et de la folie, dans une atmosphère de déliquescence ténébreuse et de haine morbide, tempérées cependant par l'humour et une ironie subtile.

Né à Londres en 1950, Patrick McGrath a enseigné au Canada avant de s'installer à New York, où il vit depuis une dizaine d'années. Il est également l'auteur d'un recueil de nouvelles, Le Triomphe de l'ivrogne et Autres Contes gothiques. L'Étrange Histoire de sir Hugo et de son valet Fledge *est son premier roman.*

ORSOLYĀNAK
(À ORSOLYA)

La Nature est un temple où de vivants piliers
Laissent parfois sortir de confuses paroles ;
L'homme y passe à travers des forêts de symboles
Qui l'observent avec des regards familiers.

BAUDELAIRE

J'AI eu tout le temps au cours de ces derniers mois de repenser à ma première rencontre avec Fledge et de me demander pourquoi il a ressenti d'emblée à mon égard une violente antipathie. Le métier de majordome ne s'apprend pas, il est inné. Les qualités d'un bon majordome, la déférence, l'efficacité et une servilité un peu guindée, sont des traits de caractère qui s'épanouissent dans les cultures où existe depuis des générations une hiérarchie sociale stable. Un bon majordome est un oiseau rare en France ; en Amérique, on n'en trouve pas du tout. Fledge n'est pas un majordome-né ; il n'est pas dans sa nature de s'incliner ni de servir. Ce genre de travail éveille en lui, je crois, un profond ressentiment. Rien dans sa conduite ne le laisse voir ; néanmoins ce sentiment est bien là. Je me suis aperçu que non seulement il se sentait humilié par ses tâches mais qu'il me haïssait d'en être l'origine. Ces sentiments m'inspiraient peu de sympathie : en effet, puisqu'il avait été engagé en tant que majordome, il me semblait normal qu'il fût traité comme tel. Comment aurais-je pu imaginer jusqu'où le mènerait son ambition ?

Depuis que je suis confiné dans mon fauteuil roulant, j'ai eu tout le loisir de reconstituer ce qui s'est passé. A l'époque, je fus simplement sensible à ce qui émanait de cet homme. Je me rappelle avoir pensé que, malgré son hostilité et son côté rebelle, je pouvais parfaitement tolérer un peu de rancœur dissimulée — si, justement, elle restait dissimulée —, du moment qu'Harriet, elle, était satisfaite. J'avais assez peu affaire à lui, après tout... Je passais le plus clair de mon temps avec mes ossements et quand j'étais dans la maison, je ne lui demandais guère que de servir mes repas. Avec un certain égoïsme, je pensais que si Harriet était contente, c'était le principal. L'expert en ironie que je suis reconnaît aujourd'hui tout le sel de la situation.

Depuis que j'ai été frappé de paralysie, j'ai perdu du poids, et mes costumes de tweed flottent maintenant sur mon corps squelettique. Mon visage, lui aussi, a changé : il m'arrive de l'entrevoir en passant devant un miroir quand on me pousse dans mon fauteuil roulant. Je suis voûté et j'ai l'air d'un cadavre. Mes mains sont crispées comme des serres sur les bras de mon fauteuil. Mon regard est fixe, ma tête osseuse et décharnée. Ma mâchoire repose en permanence sur ma clavicule. Mais à l'époque que j'évoque ici, j'avais un port de tête hautain et mes yeux gris acier lançaient des regards brillant d'une intelligence féroce, aussi féroce que les traits d'esprit cruels qui me venaient constamment aux lèvres, que j'avais minces et moqueuses. J'avais toujours apprécié la noblesse de mon nez aquilin, acéré (il l'est toujours). Au-dessus de mon front haut et lisse, les cheveux noirs, épais et luisants, se dressaient, frisant dru et rebelles au peigne.

Voilà donc à quoi je ressemblais ce matin d'automne fatidique, quand j'entrai d'un pas rapide dans le salon pour y retrouver Sidney Giblet, adossé à la cheminée, un verre de sherry à la main, tandis qu'Harriet et Cléo buvaient elles aussi du sherry, vautrées dans des fauteuils. Le gramophone diffusait un air, sans doute à la mode. « Vous voilà, mon ami, dit Harriet. Sidney nous racontait comment est mort Rupert Brooke. »

Je réprimai un mouvement d'agacement. Discourir sur la mort de Rupert Brooke, c'était typique de Sidney. A l'autre bout de la pièce, près du bar, je remarquai le nouveau majordome. Je me souviens avoir éprouvé, déjà, un certain malaise. Il faut comprendre que Dome, l'ancien majordome, était devenu si vieux et si impotent que, la plupart du temps, c'est nous qui devions le servir ! « Je croyais qu'il avait été agressé par un moustique, dis-je ironiquement, et qu'il avait succombé à ses blessures.

— Oh, Papa, s'écria Cléo, pourquoi es-tu si méchant ?

— C'est vrai, reconnut Sidney, qui voulait manifestement se montrer conciliant et éviter les conflits. Il n'a pas pris part aux combats. Il est mort dans son lit, d'une infection.

— Une infection... dit tristement Cléo. Lui qui était si strict sur la propreté. »

L'ironie involontaire de ces mots me fit ricaner cruellement. Sidney me jeta un regard inquiet. Ce qui m'agaçait le plus chez Sidney, ce n'était pas son rire de crécelle ou le fait qu'il fût végétarien, non, c'était sa pipe. Il fumait une petite pipe, au mince tuyau de bois de rose rougeâtre et au foyer si minuscule qu'il ne pouvait contenir que quelques pincées d'une espèce de mixture d'herbes aromatiques. Je n'invente rien, ce qu'il fumait, on aurait pu en faire de la tisane ! A y repenser, c'est peut-être cela qui avait attiré Cléo : j'ai souvent observé que les femmes pleines de vie sont attirées par ce type d'homme mollasson. C'est un phénomène qu'on observe souvent dans la nature, surtout chez les insectes. Depuis des semaines, Sidney virevoltait comme un papillon rare et exotique sous les lambris sombres de Crook, laissant un sillage odorant et m'empoisonnant la vie. J'aurais aimé le jeter dehors, mais apparemment Cléo tenait à lui.

« Continuez, parlez-nous de l'infection de Rupert Brooke », dis-je, alors que le nouveau majordome me présentait un verre de sherry minuscule sur un plateau. Je me tournai vers lui. « Vous, vous devez être Fledge.

— Oh mon ami, suis-je bête ! s'écria Harriet en se levant. Excusez-moi ! Bien sûr, c'est Fledge. Fledge, voici sir Hugo. »

Il s'inclina.

« Eh bien, Fledge, il va falloir apprendre à servir le sherry. On ne le boit pas dans un dé à coudre. Apportez-moi un verre de sherry digne de ce nom, je vous prie. »

A nouveau, il s'inclina et retourna vers le bar. Harriet, bien décidée à initier rapidement Fledge à la vie à Crook, l'y rejoignit pour des conciliabules où elle l'instruisait sans doute des préférences du maître de maison en matière d'alcools.

« Oh, je n'en sais pas grand-chose, soupira Sidney. Je crois que c'était la faute des médecins, on a parlé d'erreur de diagnostic. On a dit que la fin avait été très douloureuse. »

Je souris à Cléo, qui était prise d'un grand frisson et déjà transportée par une imagination juvénile au chevet de son héros agonisant sur les rivages barbares de la mer Égée. Puis Fledge réapparut avec un vrai verre de sherry. Avant de demander qu'on arrêtât le gramophone, je proposai de lever mon verre à la santé des moustiques du monde entier.

Pendant le déjeuner, sans doute pour ne pas attrister Cléo davantage, Sidney évita de parler de l'infection de Rupert Brooke. Je n'approuve pas cette façon d'agir. Je crois qu'on a tort de trop respecter la soi-disant délicatesse féminine. La maladie, l'infection, la pourriture, la saleté, les excréments, les asticots — tout cela fait partie de la riche texture de la vie. Ces phénomènes témoignent, au même titre que l'aigle royal, le chêne ou les failles géologiques, de la multiple splendeur de la nature. Et une approche scientifique se doit de les considérer ainsi. La famille d'un savant, tout particulièrement, ne doit pas, à mon sens, opérer de distinction entre toutes ces expressions de la vie. Et pour bien insister sur ce point, j'avais pris l'habitude, au moment du café, de faire chercher Herbert.

Herbert était le nom du crapaud qui vivait dans un

aquarium sur mon bureau. Je le nourrissais bien et comme il prenait peu d'exercice il était devenu très gros. Pourtant je ne le trouvais pas monstrueux, pas plus que je ne trouvais répugnant le spectacle d'un crapaud mangeant des asticots à la table familiale. Ces asticots (provenant de la mouche à fromage, *Piophila casei*), c'était Georges Lecky, mon jardinier, qui me les rapportait de la porcherie des Fonds-de-Ceck. J'en disposais quelques-uns sur mon assiette et, sous mes yeux intéressés, Herbert s'y attaquait. Harriet et Cléo avaient depuis longtemps pris l'habitude de ne pas faire attention à ce rituel. Je saisissais l'occasion d'instruire Sidney des modes de reproduction et autres habitudes de l'espèce mais il détournait le regard et ne savait pas trop quel degré d'enthousiasme manifester pour me contenter. Je reconnais bien volontiers que le dégoût qu'Harriet éprouvait pour le crapaud n'était pas sans fondement. Son père, le colonel, s'appelait Herbert et je lui avais un jour fait remarquer malicieusement que ma petite bête avait une certaine ressemblance avec le vieillard qui, effectivement, arborait des verrues protubérantes. En fin de compte, au grand déplaisir d'Harriet, le nom était resté à l'animal.

Quand Fledge eut servi le café, je lui demandai donc d'aller chercher Herbert.

« Pardon, Monsieur ? » fit-il. Évidemment, Harriet n'avait pas fait mention d'Herbert parmi les devoirs de sa charge.

« Oh, non, Hugo, je vous en prie, dit-elle.

— Ma chère amie, vous n'avez pas parlé d'Herbert à Fledge ? Venez, Fledge, venez faire la connaissance d'Herbert. » Je me levai, essuyai les commissures de mes lèvres avec la serviette blanche empesée.

Fledge comprit rapidement comment extraire Herbert de l'aquarium et l'apporter dans la salle à manger. Il était clair qu'il avait peu d'attirance pour l'espèce crapaud mais il ne trahit pas le moindre dégoût en accomplissant ce qui, sans doute, était pour lui une besogne répugnante. Herbert fut bientôt sur la table, devant une assiette grouillante d'asticots. Je racontai à Sidney qu'on croyait autrefois que la bave du crapaud était empoisonnée mais que ce mucus n'était qu'une sécrétion défensive, destinée à repousser les prédateurs. « Vraiment ? » Sidney reposa, sans la boire, sa tasse de café. C'est alors que, pour la première fois, je remarquai que le majordome me regardait, ses paupières à demi baissées laissant filtrer une hostilité mal dissimulée. Mais à peine m'en étais-je aperçu qu'il détourna le regard pour s'affairer à son service.

Après le déjeuner, je retournai à la grange, où, si je me souviens bien, je passai un agréable après-midi, occupé à l'étude d'une patte.

Les médecins comprennent mal le fonctionnement du cerveau mais vous n'en verrez jamais aucun reconnaître la profondeur de son ignorance. Pour dissimuler les lacunes de leur science, ils préfèrent recourir à une espèce de jargon, à des pages de verbiage qui n'expliquent jamais, ne décrivent qu'occasionnellement et toujours sèment la confusion. En voici un exemple : « Une altération des secteurs postérieurs de la circonvolution frontale inférieure de l'hémisphère gauche du cerveau du patient peut l'avoir privé de la parole. » Cette circonvolution endommagée, c'était la mienne. Aucun médecin ne semble capable de m'expliquer pourquoi certaines activités mentales ont été épargnées et d'autres non. De toute façon, même s'ils savaient, ils ne prendraient pas la peine de le faire. Pourquoi suis-je capable de voir, de comprendre, et par ailleurs incapable de lever un doigt, ou même de cligner des yeux quand j'en ai envie ? Aucun ne le sait. D'ailleurs, ils ne savent même pas que je suis conscient. Seule Cléo le sait ; et sans doute Fledge aussi.

Seul le comportement peut indiquer si, oui ou non, un individu est conscient ; et puisque je suis incapable du moindre mouvement depuis mon « accident cérébral » (sur lequel je reviendrai plus loin), je suis devenu à tous égards un légume. Je n'ai jamais été traité de légume, du moins pas en ma présence, mais il y a d'autres façons de me le faire sentir. Vers la fin de mon hospitalisation, je me souviens avoir été amené dans mon fauteuil roulant devant un groupe d'étudiants en médecine pour illustrer certains aspects de la catalepsie. Un neurologue du nom de Dendrite, qui s'occupait de moi de temps en temps, avait déclaré qu'il me manquait une « présence mentale », que j'étais « ontologiquement mort ». Il avait dressé ensuite ce qu'il appelait le « tableau clinique ». Il fit allusion à mon visage cruellement marqué par le masque de la paralysie, à la « fixité cataleptique » de ma posture ; il parla aussi de mon rictus involontaire, de mon grincement de dents, de ma respiration laborieuse accompagnée, ajouta-t-il, d'une « phonation gutturale semblable à celle du corbeau ». Cette dernière remarque eut beau me mortifier, elle me blessa moins cependant que l'allusion à la mort de mes facultés mentales. Car enfin, quelle torture pourrait être comparée à une expérience de privation sensorielle comme la mienne ? Moi, « ontologiquement mort » ? De toutes les personnes présentes dans la pièce, c'était au contraire moi le plus vivant, ontologiquement parlant...

C'est donc moi qui parle ici à la première personne, enfermé dans mes os comme la larve dans son cocon, au fond de ce regard vide et fixe de lézard, mon corps petit à petit consumé par son propre métabolisme. « C'est un homme pitoyable, inerte, difforme, d'apparence repoussante et voué à mener une vie végétative jusqu'à la mort. » Mon neurologue n'a pas utilisé tout à fait ces termes, mais cela revient au même. Quant à mon destin, je crois maintenant qu'il est d'être une de ces figures fantastiques qu'on appelle grotesques. Car enfin, un homme qui se transforme en légume n'est-il pas un grotesque ?

Je crois me souvenir que j'étais dans la grange le matin où les Fledge sont arrivés. J'étais encore alerte à cette époque, un homme actif attelé à un travail intellectuel ardu, assez âgé pour savoir que ma santé et ma vitalité ne seraient pas éternelles, mais assez jeune pour ne pas trop m'en soucier. J'étais un savant dans la force de l'âge, plus précisément un paléontologue, spécialiste des grands dinosaures carnivores de la fin du mésozoïque. J'étais très occupé à ce moment-là, ayant une conférence importante à prononcer devant la Société royale de paléontologie ; cela explique en partie pourquoi ce fut Harriet et non pas moi qui engagea les Fledge.

Harriet est mon épouse. Je ne prétendrai pas que notre mariage a été heureux, et maintenant que je suis paralysé, je regrette tout ce que nous avons gâché. La faute m'en incombe largement. Harriet croit les médecins quand ils lui disent que je suis un légume ; elle n'a aucune raison de mettre en doute leur parole. Nous n'avons pas établi de lien spirituel profond, rien qui puisse nous permettre de communiquer malgré ma paralysie. Avec Cléo, c'est possible, mais pas avec Harriet. Elle fait en sorte que Mme Fledge s'occupe de moi correctement, mais, à une exception près, de taille il est vrai, sa vie n'a pas été radicalement transformée par mon accident ; voyez-vous, Harriet a toujours pensé que dans certains domaines j'étais frappé de paralysie. Ce qui a changé par contre, pour elle, c'est que pour la première fois depuis notre mariage, il y a un autre homme dans sa vie. Cet homme, c'est Fledge.

Je disais donc que c'est Harriet qui engagea les Fledge. Elle s'était déplacée jusqu'à Londres pour prendre contact avec eux et en était revenue très favorablement impressionnée. Elle les avait engagés sur-le-champ, ce qui ne m'avait guère plu, car leurs papiers n'avaient pas l'air en règle. Ils avaient été au service d'un planteur de café au Kenya et cet homme était mort piétiné par un bœuf, semblait-il, avant d'avoir pu leur fournir des références. Mais Harriet était persuadée que tout irait pour le mieux. Elle avait une certaine « intuition » à leur sujet, prétendait-elle, et comme c'était elle qui payait leurs gages, j'avais simplement élevé une objection, sans aller plus loin.

A y réfléchir, ce processus était typique de ma position

dans la maison. De temps en temps j'élevais une objection, et je n'allais pas plus loin. Vous comprenez, cela faisait si longtemps que j'étais plongé dans l'étude de mes ossements que je ne faisais plus attention aux arrangements domestiques qui formaient la base, si l'on peut dire, de mon existence. Je buvais, mangeais et dormais dans la maison mais c'était dans la grange que je donnais libre cours à mes passions et à ma vitalité. Cela ne veut pas dire que je me sente déchargé de toute responsabilité dans les événements ultérieurs. Au contraire, je comprends maintenant que j'ai fait preuve de négligence en laissant Harriet avoir la haute main sur le personnel. A ma décharge cependant, je dois dire que je n'avais jamais eu l'occasion de douter de son jugement. Nous n'avions eu aucun problème avec les Dome.

J'étais donc dans la grange quand les Fledge arrivèrent. Je n'imagine que trop bien comment les choses se passèrent. Harriet était venue à la porte, s'était exclamée : « M. et Mme Fledge ! » Elle avait ouvert les bras en signe de bienvenue. C'est son habitude, cette façon de saluer les visiteurs, qui semble indiquer que tout va bien puisque, enfin, ils sont là. Ce trait de caractère charmant est l'une des nombreuses manifestations de la « chaleur humaine » d'Harriet. Peut-être devrais-je décrire Harriet : à cinquante ans elle est petite, ronde, et porte des costumes de tweed confortables et bien coupés ; son principal attrait est une magnifique chevelure cuivrée qu'elle tord en chignon sur la nuque et qu'elle maintient en place grâce à une espèce d'aiguille à tricoter. Elle a le teint rose et lisse, de petites dents de rongeur, comme un hamster. Cléo ne lui ressemble pas du tout : c'est à moi qu'elle ressemble, c'est une vraie Coal.

Sans doute peut-on détecter dans ces réflexions un peu d'amertume. Je libère peut-être la rage refoulée qui bout constamment dans mon cœur malade. Pourquoi le nier ? Si Harriet n'avait pas perdu la tête, si son intuition n'avait pas été émoussée depuis longtemps par un respect exagéré de ce qu'elle appelle les « convenances », elle n'aurait jamais amené sous mon toit cet être diabolique, et je ne serais pas aujourd'hui dans un fauteuil roulant. Mais foin de ces vains regrets ! Je n'ai pas l'intention de gémir sur mon sort, mais simplement de décrire ce qu'un domestique criminel et une épouse infidèle m'ont fait subir. Quand vous connaîtrez toute l'histoire, vous éprouverez peut-être pour moi de la compassion. Cela n'a guère d'importance : à la fin de l'histoire je serai mort.

J'ai raconté l'accueil d'Harriet sur le pas de la porte, l'automne dernier. Quel spectacle présentaient donc les Fledge, dans leurs manteaux sombres, parmi leurs valises noires ? Je vais vous le dire : ils ressemblaient à deux arbres secs, qui auraient perdu leurs feuilles.

Fledge lui-même est difficile à décrire. Il émane de lui une impression de flou. Cela fait si longtemps qu'il dissimule ses sentiments qu'un œil non averti ne peut percevoir le moindre éclat révélateur de sa nature profonde. Bien sûr, il est soigné de sa personne. Il est même impeccable, comme un majordome se doit de l'être. Il est mince, d'une taille qui dépasse légèrement la moyenne. Ses cheveux brun-roux forment une pointe sur le front et sont plaqués en arrière par de la brillantine. En fait, il est inclassable. Mais la présence à ses côtés de Mme Fledge — Doris — définit l'homme et permet de mieux le cerner. Car Doris est, sans ambiguïté aucune, une domestique. Aussi grande que son mari (elle me dépasse d'une tête), et mince comme un clou, son visage est pointu et pincé. Ses cheveux noirs tirés en arrière sont striés de mèches grises. Tout son être respire la condition de domestique. Elle a le nez fort et busqué ; ses yeux sont très noirs, si noirs que la pupille et l'iris semblent ne former qu'un seul cercle, percé au centre d'un tout petit point lumineux. Ces yeux noirs assombrissent son visage et la font ressembler à un oiseau. On perçoit vite la nature simple de cette femme, mais au premier abord elle évoque un grand corbeau impassible, étranger aux choses humaines, un corvidé métamorphosé en femme. Seul le bout de son nez, agrémenté par un réseau de petits vaisseaux sanguins éclatés, donne un peu de couleur et d'humanité à son visage. La goule et le corbeau avaient franchi le seuil, étaient là, sous mon toit.

Peut-être, après tout, vous demandez-vous pourquoi il nous faut un majordome. Il faut donc que je vous dise que, pour Harriet, cela faisait partie des « convenances » à respecter coûte que coûte. On lui a appris qu'une maison digne de ce nom se doit d'avoir un domestique mâle. Ce n'est pas qu'elle soit snob, mais elle s'est tellement pénétré des préceptes de son père, le colonel, qu'elle est parfois incapable de s'adapter à des conditions socio-économiques différentes. Je lui disais souvent que seule la faculté d'adaptation permet la survie d'une espèce, mais cela lui était indifférent. « Eh bien, nous disparaîtrons, répondait-elle sans ciller, mais que ce soit avec tout le confort possible. » Voilà pourquoi un majordome était indispensable. Il y a toujours eu un majordome dans la maison, mais le dernier en date, un vieux fossile du nom de Dome, s'était éteint au cours de l'été et sa femme l'avait suivi dans la tombe deux semaines plus tard.

Harriet les conduisit ensuite probablement à travers le hall jusqu'au fond de la maison, à leurs appartements, en l'occurrence une vaste pièce au plafond bas au bout d'un long corridor dallé, flanquée d'une vieille salle de bains aux robinets de bronze terni et aux toilettes centenaires. Je suppose qu'une fois les Fledge installés dans ce domaine obscur, elle leur fit visiter la maison et elle leur expliqua ce qu'ils auraient à faire. Avant même que le gong ne sonnât pour le déjeuner, ils avaient pris racine.

Quelques explications sont nécessaires avant d'aller plus loin. La maison s'appelle Crook. C'est un manoir du XVIe siècle, en forme de E, avec deux ailes de chaque côté et un porche au milieu. Les murs de briques et de bois sont maintenant recouverts de lierre et les fenêtres semblent percer le feuillage comme les yeux de quelque monstre hirsute. La mousse s'accroche entre les tuiles ; devant la maison, l'allée principale contourne un petit bassin envahi de joncs et recouvert d'une épaisse écume verte. A droite de la maison, une allée pavée mène à la cour arrière flanquée, sur deux côtés, d'écuries et de remises vides ; sur le troisième côté, en face de la porte de derrière, un mur de briques contigu au potager et au verger ; à gauche de la maison, la grange. Curieusement, Crook est orientée vers le sud ; cette décision, remarquable de la part du bâtisseur, semble faire fi de la croyance, très répandue au XVIe siècle, que le vent du sud apporte corruption et vapeurs nocives. La maison a grand besoin de réparations, en particulier le toit qui laisse passer l'eau, et les installations sanitaires, qui sont non seulement fragiles mais bruyantes. A Crook, tirer une chasse d'eau déclenche un roulement de tonnerre.

D'un domaine qui autrefois fut vaste, il ne subsiste plus que quelques arpents où se dressent la maison et la grange. Seule la porcherie des Fonds-de-Ceck n'a pas été vendue, en grande partie parce qu'elle ne vaut pas grand-chose. Derrière la maison, au nord, le terrain descend en pente douce vers la vallée de la Fling, rivière étroite qui serpente et bientôt se perd dans le marais de Ceck, vaste étendue inculte qui s'étend au-delà du village de Ceck ; on distingue le clocher normand de l'église au-dessus des cimes des arbres. Plus tard, je parlerai plus précisément du marais de Ceck. De l'autre côté de la vallée, le terrain s'élève rapidement et les champs ouverts laissent la place à des bois touffus de hêtres et surtout de chênes. Le village s'étale à l'est, tandis qu'à l'ouest les bois deviennent moins denses ; dans un chaos de taillis et d'escarpements, se trouve un célèbre et vénérable alignement de rochers. Ce terrain est abrupt et inégal, plein de bois et de vallons, donc plein d'oiseaux. A moins de vingt kilomètres à l'ouest, on arrive au petit bourg de Pock-sur-la-Fling. C'est l'agglomération la plus proche. Le domaine de Crook lui-même est situé dans la paroisse de Ceck, au nord-est du comté de Berkshire, et mon histoire commence à l'automne 1949.

JUSTE après l'arrivée des Fledge, un incident assez étrange se produisit, auquel je ne prêtai guère attention à l'époque, mais qui m'apparaît a posteriori lourd de présages et de menaces. Je crois vous avoir dit que je m'apprêtais à prononcer une conférence importante devant la Société royale de paléontologie, au sujet d'un carnivore prédateur de la fin du mésozoïque, une espèce que j'ai découverte moi-même en Afrique orientale quand j'étais jeune. J'ai consacré toute ma carrière à en étudier le squelette. Il s'agit du *Phlegmosaurus carbonensis* (du grec *phlegein,* qui veut dire « brûler ») — ainsi nommé car les ossements déterrés étaient légèrement brûlés. Je reste persuadé que la découverte de cette espèce bouleverse non seulement la paléontologie, mais la zoologie en général. Mais n'entrons pas dans des détails qui pourraient vous lasser. L'important, c'est que j'avais l'habitude de réfléchir au contenu de ma communication en me promenant — j'avais encore l'usage de mes membres — dans le marais de Ceck ; il y régnait un silence et une solitude qui semblaient favoriser la réflexion, lui apporter rigueur et clarté.

Donc un après-midi je me mis en route, muni d'une flasque de whisky et d'un gros bâton. Ayant suivi un chemin de terre détrempé bordé de chaque côté par d'épais massifs d'aulnes et de bouleaux, je me retrouvai devant une plaine marécageuse s'étalant à des kilomètres à la ronde, sous un ciel immense et gris. Au loin, on pouvait distinguer le lac. Je me souviens qu'il flottait dans l'air une odeur de fumée et d'automne. Sur le sol inégal et humide, parmi les monticules de tourbe et les touffes de mousse couverts d'herbes aquatiques agitées par le vent, je cheminais avec précaution en évitant les flaques d'eau noire stagnante, exalté par ce silence et cette désolation. Hors des nids cachés par les mauvaises herbes, des oiseaux sauvages s'envolaient vers l'eau avec force cris et bruits d'ailes. Je progressais en pataugeant à travers le marais, au sec dans mes bottes en caoutchouc, ma casquette de tweed tirée bien bas sur les oreilles pour me protéger de la bise.

Je m'étais arrêté près du lac sur un petit monticule couvert de fougères, où le sol était sec, et je contemplais vaguement l'eau grise que le vent frisait, quand je remarquai non loin de là une masse volumineuse, avec des cornes, à moitié immergée dans les roseaux. Pour en savoir plus, je traversai l'eau, peu profonde à cet endroit, et m'aperçus, stupéfait, qu'il s'agissait d'une vache morte. Je la touchai du bout de mon bâton, puis avec le pommeau j'attrapai une corne et tirai la carcasse plus avant dans l'eau. Ce geste eut pour effet de relever la tête et les orbites vides laissèrent couler de l'eau, telles des fontaines. Puis le gros corps se mit à tourner, à se remettre sur le dos : une puanteur fétide s'en échappa et c'est alors que je vis un brochet, très gros, long de plus d'un mètre, s'échapper du ventre de la vache. Il sembla me regarder un moment, ses branchies palpitant doucement, puis glissa dans les profondeurs du lac.

Qu'y a-t-il là d'extraordinaire ? me direz-vous. Mais avez-vous déjà vu un brochet ? Ils ont un museau étroit et pointu. Leur mâchoire inférieure, protubérante, est remplie de dents acérées. On dirait qu'ils vous ricanent méchamment au nez. Et celui-là était très gros, très vieux. La configuration de leur tête a un but purement fonctionnel, certes, mais tend à faire penser qu'ils sont maléfiques ;

quand celui-ci s'échappa avec cette rapidité inquiétante du cadavre gonflé et puant de la vache, ce regard de tueur froid (les brochets mangent tout ce qu'ils trouvent, ils se mangent même entre eux) me sembla si chargé de malveillance et de malignité que mes cheveux, un moment, se dressèrent sur ma tête. J'ai dit plus haut que je n'avais pas, à l'époque, pris l'incident au sérieux. Je l'avais bien sûr décrit en détail au dîner ce soir-là. Mais c'est plus récemment que l'image du vieux brochet maléfique glissant hors du ventre de la vache m'est revenue à l'esprit, sans raison apparente.

Il y a une suite à l'histoire. Je m'avisai que la carcasse de la vache pouvait servir à nourrir les porcs de Georges. Je me dirigeai alors à travers le marais dans la direction du nord-est, vers les Fonds-de-Ceck, et lui en parlai. Je présume donc que ce sont les porcs de Georges, et non le vieux brochet, qui mangèrent les restes de cette vache.

Je fis rapidement la connaissance de cette Doris Fledge au visage de corbeau et au nez rouge. En ce début d'automne, elle préparait des repas solides et sans prétention qui arrivaient toujours bien chauds sur la table, et je n'avais pas à m'en plaindre. Je finissais par me dire qu'Harriet avait peut-être eu raison de les engager. Je suis comme Darwin, du moment que je mange la même chose tous les jours, je ne suis pas exigeant. Quand son rhumatisme ne la faisait pas souffrir, Mme Dome me servait une cuisine simple et traditionnelle, juste la viande et les légumes, sans ajout superflu de sauces, épices ou condiments divers, qui me convenait tout à fait. De toute évidence, Mme Fledge était de la même école et, pendant les repas, je pouvais me consacrer tranquillement à la lecture du *Times* et réfléchir à ma conférence, ou bien encore taquiner Sidney Giblet, sans m'inquiéter de ce que l'on allait me servir.

Un matin où je me sentais particulièrement de bonne

humeur, il me vint la fantaisie de rendre une petite visite à la cuisine pour demander à Mme Fledge le menu du déjeuner, et lui faire quelques compliments — les domestiques apprécient ce geste de la part du maître de maison. Je venais du potager, où Georges Lecky était en train de brûler des feuilles mortes et autres détritus. Je me souviens que c'était une belle journée, que l'air était vif, et cela avait dû contribuer à me mettre de bonne humeur. J'étais en train de traverser la cour en direction de la porte de derrière, quand j'aperçus Mme Fledge dans la cuisine ; elle était debout devant le buffet qui occupe tout un mur de la pièce et tournait le dos à la fenêtre. Même de l'endroit où j'étais, au milieu de la cour, je remarquai quelque chose de furtif, de dissimulé, dans l'attitude de cette femme. Je me souvins alors d'une idée qui m'avait traversé l'esprit quand je l'avais vue pour la première fois. Je traversai donc rapidement la cour, et elle dut entendre résonner sur les pierres sèches les semelles de cuir des chaussures que j'utilisais habituellement pour la marche, car elle s'éloigna immédiatement du buffet et se dirigea vers l'évier, où je la trouvai en train de laver la vaisselle du petit déjeuner quand j'entrai par la porte de derrière.

« Bonjour, madame Fledge, lançai-je.

— Bonjour, sir Hugo », répondit-elle en s'essuyant vivement les mains sur son tablier, serré autour de sa taille étroite. Je ressentis un certain plaisir à voir son air agité. Une mèche de cheveux gris s'était échappée de son chignon et elle la repoussa vivement en arrière, d'un geste nerveux.

« Continuez votre travail, madame Fledge », dis-je d'un air détaché, et je me mis à arpenter la cuisine. « Je voulais simplement savoir quel genre de douceurs vous avez préparées pour exciter notre appétit au déjeuner. »

Je m'étais arrêté pile devant le buffet de chêne ; son agitation augmenta de façon visible. « Des côtelettes, sir Hugo.

— Excellent ! J'adore les côtelettes. Grillées ?

— Oui, sir Hugo, grillées. »

La cuisine est une pièce au plafond assez bas, aux poutres noires. Le sol est dallé ; il y a au fond une énorme cuisinière à bois. Au milieu de la cuisine, trône une table de chêne bien récurée, sur laquelle se trouvait alors une grosse botte de carottes, encore pleines de terre ; leurs feuilles faisaient une tache verte sur le fond de chêne clair. Il y avait aussi une jatte pleine de pommes de terre, des oignons et un chou. Tous ces produits du potager de Crook avaient été cultivés avec amour par le brave Georges Lecky. « Et des carottes, madame Fledge ?

— Oui, sir Hugo. » Elle essuyait une tasse à thé, le dos à l'évier et sentant la culpabilité à plein nez. J'enfonçai mes mains au plus profond de mes poches et m'approchai de la femme. Comme je l'avais soupçonné, ce n'est pas la culpabilité qui émanait d'elle, mais une odeur de sherry, mon sherry ! Elle devait en avoir une bouteille cachée dans le buffet ! Je m'approchai davantage. La terreur envahit ses yeux noirs comme ceux d'un oiseau. Elle en laissa presque tomber la tasse. J'étais à moins de cinquante centimètres ; je pouvais contempler son visage terrifié et le fin réseau tracé par la couperose sur le bout de son nez. Je lui souris. « Et des oignons aussi, madame Fledge ?

— Oui, sir Hugo. » Elle était pétrifiée. Je repoussai en arrière une mèche argentée qui s'était encore échappée du chignon. Je caressai sa joue et pinçai doucement le lobe de sa petite oreille. « Parfait », dis-je, et je quittai la cuisine d'un pas nonchalant. Je décidai de garder l'épisode pour moi. Mieux valait choisir mon moment pour en parler. Il y aurait sûrement une bonne occasion de soulever avec Harriet la question de cette gouvernante, supposée ne pas poser le moindre « problème ». « Votre gouvernante a pourtant ce que j'appellerai un “ petit problème ”, ma chère Harriet. Elle “ boit ”. »

Je fis particulièrement attention aux côtelettes ce jour-là, curieux de savoir si la cuisine de Mme Fledge se ressentait de son penchant pour l'alcool. Il n'en était rien, les côtelettes étaient délicieuses, grillées à la perfection. Les carottes étaient parfaitement cuites, la purée de pommes de terre sans défaut. Je me demandai si, à l'instar de Churchill, l'alcool améliorait ses performances. J'avais eu raison de ne rien dire. Je me tournai vers Sidney et lui demandai ce qu'il savait de la vie du gastérophile. Le pauvre pantin rougit de confusion. Il n'en avait jamais entendu parler et je l'éclairai. Vous connaissez le cycle de vie de la mouche du cheval ? *Gastrophilus equi* ? Elle pond ses œufs sur les quartiers de devant du cheval. Pour soulager l'irritation causée par l'éclosion de ces œufs, le cheval lèche les poils et avale les larves. Les larves s'établissent dans la paroi de l'estomac du cheval et s'en nourrissent pendant un an, puis sont évacuées avec les excréments. Les larves s'enterrent dans le sol, puis deviennent des mouches — et tout le processus recommence. C'est beau, non ? Beau, immuable et absolument inutile.

On place mon fauteuil roulant dans de multiples endroits et, parmi les nombreuses perspectives ainsi offertes, il en est deux que j'apprécie particulièrement. La première, ma préférée quand il fait beau, est celle que je peux admirer quand on me place entre les portes-fenêtres à l'extrémité du salon. De là, j'ai une vue sur le jardin, ses terrasses et son bassin à poissons rouges, ses haies et ses pelouses, sillonnées de petites allées sinueuses, le tout entouré d'un mur de briques délabré. J'aimais à contempler Georges quand il s'occupait des fleurs, à genoux dans la terre. Il a disparu maintenant et sans lui, bien sûr, le jardin devient sauvage. Personne d'autre ne s'en soucie.

J'aime aussi être placé près de la cheminée. Comme un petit garçon, il m'arrive de contempler le feu pendant des heures : j'y vois des cathédrales et des monstres, des basilics, des dragons et des gorgones ; et quand je me lasse des flammes, c'est dans l'examen du bois sculpté de la cheminée, que je vais décrire plus loin, que je trouve une source de plaisirs inépuisable et même un réconfort moral dans ces temps difficiles.

Mais, souvent, on place mon fauteuil sans aucun souci de la vue que je peux avoir. On me met devant des fenêtres qui donnent sur des cours vides, ou bien on me pousse dans des coins sombres lorsqu'il faut cirer les parquets ou balayer les tapis. Je me retrouve parfois dans la petite alcôve sous l'escalier, et ceci est particulièrement ironique, comme vous allez le voir. Seule Cléo se rend compte que cela peut me gêner ; ils pensent tous que je suis un légume. Alors que dois-je penser du fait que Fledge tourne délibérément mon fauteuil vers le mur ? Dois-je croire qu'il n'aime pas sentir sur lui, quand il travaille, le regard vide d'un légume ? Sait-il que je suis encore capable de raisonner et se comporte-t-il ainsi pour me meurtrir davantage ? Est-ce une forme de torture ? Je penche plutôt pour cette interprétation.

Voyez-vous, je suis persuadé qu'il était décidé à usurper ma place, avant même de passer le seuil, avant même de me voir. J'avancerai même l'hypothèse qu'il y a toujours eu une graine de mécontentement, de révolte dans sa nature, et c'est seulement maintenant, sur le tard (car Fledge n'est plus un jeune homme), qu'il a résolu de passer vraiment à l'acte. « Mieux vaut régner en enfer, que d'être esclave au ciel », aurait-il pu dire en citant le Satan de Milton. Je l'imagine bien en Satan, en serpent qui se serait glissé à Crook, rempli de mauvaises intentions. Bien sûr, seuls quelques gestes, quelques expressions fugitives, m'ont fait comprendre avec quelle intensité, déjà à cette époque-là, il me haïssait. Il fallait bien qu'il me haïsse, vous comprenez — sinon il n'aurait jamais pu faire ce qu'il a fait. C'est pour cela qu'aujourd'hui il tourne mon fauteuil roulant vers le mur : me détester est devenu une habitude.

L'assurance désinvolte qui nous fait considérer les mammifères comme des animaux supérieurs m'a toujours semblé curieuse. J'ai fait remarquer ailleurs, pour je ne sais quelle raison, que la vie du gastérophile est sans intérêt. Je n'étais pas sincère, bien sûr. Il serait absurde de dire que telle ou telle espèce a plus ou moins d'intérêt qu'une autre. Néanmoins, le spécialiste d'histoire naturelle ne peut s'empêcher d'avoir des préférences. Ma préférence va aux gros prédateurs carnivores, comme le *Phegmosaurus carbonensis*. C'est pour cela que j'ai mentionné le mammifère, car on oublie souvent que c'est seulement après la disparition des dinosaures que sont apparus les mammifères. A l'époque des dinosaures, les mammifères n'osaient pas sortir de leur trou. Ces petites créatures timides et couvertes de poils — j'utilise là les termes du profane — n'ont jamais représenté la moindre menace pour les dinosaures qui dominaient le mésozoïque. Et c'est là que je veux en venir. Si l'on observe Fledge attentivement, on verra qu'il s'agit bien de la même tactique, en l'occurrence un calcul très opportuniste de la part d'un inférieur profondément sournois et à l'ambition démesurée.

Je ne souhaite pas poursuivre l'analogie ; je me contenterai de préciser que son jeu était d'attendre son heure, et, je le répète, c'est seulement à quelques signes dans sa conduite d'alors que l'on peut aujourd'hui comprendre ses desseins. Je me souviens distinctement d'un de ces signes car il se manifesta, assez étrangement, à un moment où je venais de subir une amère déception professionnelle.

Ce fut par une de ces belles matinées, à l'air pur et vif, fréquentes l'automne dernier, que le coup me frappa. Et, d'une façon tout à fait appropriée, cela se passa dans la grange. Comme à mon habitude, j'avais bien déjeuné, passé une demi-heure aux toilettes à lire le *Times*. J'étais descendu dans le hall, et là sur la table je trouvai une lettre de la Société royale. Je la tournai et la retournai entre mes mains quelques secondes, étreint par le pressentiment d'une mauvaise nouvelle. Je l'enfonçai dans ma poche et traversai l'allée pour me rendre à la grange.

Pour votre gouverne, la grange ressemble à toutes les granges de cette partie du comté. L'aire centrale est délimitée par quatre madriers verticaux, et c'était là que je menais mes recherches. A l'extrémité nord (la grange est perpendiculaire à la maison et regarde l'est), un étroit escalier de bois mène à une galerie qui longe le mur ouest et le mur sud, constituant une sorte de grenier que j'utilisais pour conserver les ossements. Des petites fenêtres très haut sur les pignons laissaient quelques rayons de lumière pénétrer l'obscurité. J'entrai et, en fermant la porte derrière moi, j'aperçus un petit oiseau, un moineau, voletant entre les chevrons.

Je restai quelque temps debout le dos à la porte avant d'allumer la lumière. J'ai dit que cette grange ressemblait par sa structure à toutes les granges du Berkshire ; mais sa fonction était bien différente. Car cette grange, voyez-vous, avait été transformée en un laboratoire de recherches opérationnel. Au fur et à mesure que mes yeux s'habituaient à l'obscurité, je distinguais un peu mieux la créature osseuse sur laquelle je travaillais depuis un quart de siècle. C'était le *Phlegmosaurus* lui-même — le squelette que j'avais entièrement reconstitué.

Pour un dinosaure, il n'était pas très grand, un peu plus de deux mètres, avec une longue queue qui faisait saillie à l'arrière. Il était posé sur un montant de fer scellé dans du béton. C'est d'un oiseau que l'animal se rapproche le plus, je crois, étant donné ses énormes pattes à deux longs doigts articulés et la présence, sur la face interne, d'un troisième doigt, une sorte de grosse griffe en croissant à lame mince. Les pattes de derrière étaient longues, le bassin large, et le pubis faisait dans l'arc pelvien une protubérance semblable à un marteau à tête plate. La cage thoracique en forme de tonneau était assez courte, comme les pattes avant prolongées de longs doigts. Au-dessus du cou la tête de l'animal était étroite, pointue, et la dentition abondante et acérée, chaque croc enfoncé dans son alvéole. J'avais ouvert la mâchoire au maximum et l'animal dressé semblait gronder, ou même rugir. Quand j'avais amené mon petit-fils, Victor Horn, dans la grange pour le voir, le malheureux enfant était à moitié mort de peur ! Mais c'étaient les pattes de derrière qui attiraient le plus mon attention, dans cette phase finale de mes recherches, surtout les grandes serres, les talons à l'articulation unique, chacun doté d'un éperon osseux qui ressortait à l'arrière comme un crochet ; les longs os des pattes, soutenus par des péronés extrêmement fins ; la longue tige du fémur qui se logeait si étroitement dans la cavité de la hanche. Comme un oiseau, disais-je ; ces pattes étaient celles d'un faisan, un faisan immense, monstrueux, et c'était cette ressemblance frappante qui m'avait fait réfléchir au lien entre dinosaures et oiseaux et suggéré la possibilité d'une parenté entre les deux espèces, plus étroite que celle admise par la paléontologie classique, qui les considère comme de lointains cousins. Je n'étais pas de cet avis. Le *Phlegmosaurus* était le patriarche et la descendance était directe. Oui, le *Phlegmosaurus* était l'ancêtre des oiseaux. Ceci était, bien sûr, le sujet de ma conférence.

Je pressai l'interrupteur. Des tubes fluorescents, suspendus aux poutres, s'allumèrent en clignotant, et mon ossuaire hanté redevint le laboratoire d'un paléontologue. Ce n'est qu'une fois assis dans mon fauteuil en osier blanc, en face de l'animal, que j'ouvris la lettre de la Société royale. Effectivement les nouvelles n'étaient pas bonnes.

Je restai silencieux et morose pendant le déjeuner. « Sykes-Herring m'a écrit », annonçai-je. Nous étions seuls à table, Cléo et Sidney étant partis à bicyclette décalquer des sculptures gravées sur les tombes, près de Pock. Harriet était sortie dans le jardin et l'air vif de l'automne avait mis de la couleur sur ses joues. Ses cheveux étaient épinglés sur sa tête plus haut que d'habitude. Elle regardait par la fenêtre et je la voyais de profil, le nez un peu en l'air, son petit menton reposant sur le rouleau de chair empâté de son cou. Elle se tourna vers moi en plissant le front. « Rappelez-moi, mon ami, qui est Sykes-Herring ? Je les mélange tous. C'est le spécialiste du ptérodactyle ?

— Non, Harriet. » J'essayai de ne pas adopter un ton trop cassant. « C'est le secrétaire de la Société royale.

— Ah, oui, je vois. Un homme très gentil. »

Je répliquai sèchement : « Gentil ou non, il ne veut pas que je fasse cette conférence. »

Harriet s'indigna. « Ne pas faire cette conférence ? Vous voulez dire, ne pas la faire du tout ?

— Il ne précise pas ; apparemment, il a des problèmes de calendrier ; je dois le contacter au plus vite.

— Eh bien, je trouve que c'est absolument odieux de sa part. » Harriet avait l'air très contrariée. « Vous allez être impossible à vivre tout l'hiver. »

Je fronçai les sourcils. Ce n'était pas précisément ce que j'avais envie d'entendre. Impossible à vivre ! Harriet arrangea nerveusement sa chevelure ; je crois qu'elle avait conscience d'avoir manqué de tact. Fledge toussota vaguement. Un coup de vent soudain fit trembler les vitres, suivi d'une rafale de pluie. Harriet se retourna à nouveau vers la fenêtre. Elle avait l'air inquiet. « Mon Dieu, Cléo et Sidney vont être trempés jusqu'aux os. » Je regardai Fledge et je vis que, de la main, il se couvrait la bouche. Ce n'était certes pas pour réprimer une toux, mais pour ne pas montrer qu'il était en train de se moquer de mes malheurs.

J'ai beaucoup pensé depuis à ce geste de Fledge, ce premier indice montrant que l'homme n'était pas celui qu'il prétendait être. Il se moquait vraiment de moi. Il me considérait comme idiot. J'avais recherché la sympathie d'Harriet, j'avais lamentablement échoué et il me trouvait ridicule. Il avait sans doute raison — mais il n'était pas question que j'accepte d'être ouvertement tourné en dérision de cette manière. Pourtant, c'était difficile de le mettre en cause directement. Je l'imaginais déjà disant d'un air innocent « Monsieur ? », « Je vous demande pardon, sir Hugo ? ». Cela ne ferait qu'aggraver mon humiliation et mon ridicule à ses yeux.

Je retournai à la grange en proie à une humeur massacrante, qui ne fit qu'empirer au cours de l'après-midi, imitant en cela le temps. J'arrêtai de travailler sur la patte vers trois heures et me versai un grand whisky. J'étais bien sûr furieux d'avoir été traité ainsi par la Société royale, et surtout par Sykes-Herring, furieux qu'on me mette des bâtons dans les roues. Mais cela n'était pas nouveau. Mes relations avec le microcosme de la paléontologie n'avaient jamais été cordiales, à cause de mon absence d'orthodoxie. Je n'étais pas du sérail, comme Sykes-Herring et les autres de cet acabit. Ce conflit n'était donc pas pour me surprendre. Ce qui me mettait hors de moi, c'était le manque total de compréhension que je rencontrais à Crook. Harriet était beaucoup plus préoccupée par une incidence possible sur mon caractère qu'elle ne l'était par les machinations de Sykes-Herring. Quant à mon propre majordome, il me riait au nez ! Quand je retournai à la maison, à six heures, j'appris que Sidney et Cléo étaient rentrés trempés, en piteux état, une demi-heure auparavant ; Harriet les avait envoyés prendre un bain chaud. Cette opération était toujours dangereuse à Crook, étant donné l'état des installations sanitaires, mais apparemment, ce jour-là, les dieux des chaudières et des canalisations étaient favorablement disposés.

Ce n'était pas mon cas. Assis sur le bord du lit, dans ma chambre de l'aile est, en chaussettes et sous-vêtements, je ne décolérais pas. J'avais monté un grand whisky et je fumais un cigare. On frappa doucement à la porte. J'aboyai un « Entrez ! ». C'était Mme Fledge qui m'apportait une chemise propre. « Oh, excusez-moi, sir Hugo, dit-elle en faisant mine de se retirer.

— Entrez, entrez donc ! criai-je. Vous n'avez jamais vu un homme en sous-vêtements, madame Fledge ? Accrochez-la au dossier de la chaise, je vous prie. »

Elle traversa rapidement la pièce, les yeux baissés.

Comme elle était timide... Etait-ce Fledge et sa froideur sardonique qui l'avaient rendue ainsi ? « Madame Fledge ! » Elle avait accroché ma chemise et était à mi-chemin de la porte. Elle s'immobilisa, sans me regarder, le dos légèrement voûté, les épaules ramenées en avant sur sa poitrine plate : une femme grande, usée par le travail, au chignon serré sur la nuque et au grand nez couperosé. Elle avait de longues mains blanches pendantes, aux phalanges rougies et abîmées par tous les nettoyages. Elle ne voulait pas me regarder. Je serrai le cigare entre mes dents, me levai et commençai à enfiler ma chemise propre. « Madame Fledge, que pensez-vous de moi ?

— Oh, sir Hugo, murmura-t-elle en me jetant un coup d'œil furtif de côté, ce n'est pas ma place de répondre à cette question.

— Mais si, allons, madame Fledge, dis-je en boutonnant ma chemise, pensez-vous, par exemple, que je sois un homme impossible à vivre ?

— Oh, pas du tout, sir Hugo », répondit-elle, apparemment sincère.

C'était mieux que rien.

« Vous ne me trouvez pas impossible à vivre ? Vous me trouvez raisonnable ?

— Mais oui, sir Hugo.

— Vous ne me trouvez pas idiot, madame Fledge ?

— Pas du tout, sir Hugo.

— Ni idiot, ni impossible à vivre ? Un homme correct, raisonnable, normal ?

— Oui, sir Hugo.

— Madame Fledge, cela vous ennuierait-il de m'attacher les boutons de manchettes ? »

Je m'assis au bord du lit et elle se pencha vers moi, attachant mes boutons de manchettes avec de longs doigts fins de blanchisseuse. Elle sentait le savon au phénol, mais pas le sherry ; peut-être avait-elle arrêté de boire. « Madame Fledge », commençai-je. Comme elle était penchée sur moi, j'avais les yeux sur ses cheveux grisonnants. « Madame Fledge, je voudrais vous parler du sens de l'humour de votre mari.

— Je vous demande pardon, sir Hugo ? » murmura-t-elle faiblement. Du bout de ses doigts, elle effleura mon poignet gauche.

« Fledge, son sens de l'humour. Il aime plaisanter ? Faire des farces ? S'amuser ?

— Pas particulièrement, sir Hugo.

— Il ne rit pas facilement ? »

Elle leva alors la tête et me regarda droit dans les yeux. Son nez frémit légèrement et elle eut une petite moue. Puis elle baissa à nouveau la tête pour s'occuper de ma deuxième manchette. « Nous n'avons pas eu une vie très drôle, Fledge et moi, marmonna-t-elle.

— Vraiment ? » Je mâchouillai mon cigare en réfléchissant à ce qu'elle venait de dire. « Votre vie n'a pas été facile ?

— Pas toujours, sir Hugo.

— Vous avez eu des difficultés au Kenya ?

— Certaines difficultés, sir Hugo. Voilà ! Est-ce que ce sera tout, sir Hugo ? Je n'ai pas fini les pommes de terre. »

J'ignorai son évident désir de fuir. « Et qu'est-ce qui pourrait bien amuser votre mari alors, madame Fledge ? »

Elle s'était reculée vers la porte. « Je n'en sais vraiment rien, je vous assure, sir Hugo. Excusez-moi ! » Et elle sortit, laissant dans son sillage une odeur de savon. J'aime cette odeur de savon au phénol, elle me rappelle le temps où j'étais moi-même en Afrique.

Cette petite conversation avec Mme Fledge m'avait curieusement rasséréné, et quand, un quart d'heure plus tard, habillé pour dîner, je descendis l'escalier, je me sentais de bien meilleure humeur, pour la première fois de la journée. Je n'avais pas l'intention de trop le montrer, et la soirée à Crook promettait d'être orageuse, car j'avais encore quelques comptes à régler avec Harriet et avec Fledge. Quand j'arrivai au salon, Harriet était en train de demander à Sidney si son bain avait été assez chaud. Sidney était toujours très animé quand il parlait à Harriet. « Absolument, lady Coal », s'écria-t-il. Il était assis au bord du sofa, près de Cléo, et le couple ressemblait à une version moderne d'Hansel et Gretel. « L'eau était très chaude ! Je suis resté si longtemps dans mon bain que j'en suis sorti avec la peau toute plissée, comme un pruneau, et couleur de homard ! »

Je réprimai un mouvement de colère, furieux que, dans mon salon, on puisse entendre ces inanités. Harriet sourit au jeune couple avec un peu d'inquiétude : « J'espère que vous n'avez pas attrapé froid, tous les deux ? »

Cléo buvait un grand verre de gin. Elle boit beaucoup pour son âge. C'est sans doute de ma faute, hélas, elle tient de moi. « Eh bien, moi, je ne trouve pas que tu ressembles à un homard », dit-elle.

Sidney se tourna vers elle. Ils étaient assis très près l'un de l'autre sur le sofa. C'était parce que Cléo était si près de lui qu'il pouvait s'exprimer aussi librement : il était moins intimidé par ma présence hostile et mon regard mauvais. Il prit un air bête qui fit plisser la peau de son visage, une vraie peau de bébé. « Ah bon ? dit-il avec son rire strident.

— Non, déclara Cléo. C'est plutôt à un furet que tu ressembles.

— Un furet ! » s'écria-t-il. Tous deux furent pris d'un fou rire.

Harriet les regardait avec indulgence. « Non, chérie, pas un furet, dit-elle. Sidney ne ressemble pas à un furet. Pour moi, il ressemble à... à une loutre. C'est ça, une loutre. »

Cette conversation fascinante continua jusqu'à ce que Fledge vienne annoncer que le dîner était servi.

COMME vous l'avez observé, j'ai peu de sympathie pour mes semblables. Je tolère mal les petits travers et les lubies d'autrui. Les imbéciles m'indisposent. Mes conversations se résument souvent à échanger des piques avec mes interlocuteurs. Je n'ai donc que quelques amis et, même avec ceux-là, mes relations sont rares et difficiles, sans rien de cette spontanéité et de cette intimité, qui sont, paraît-il, un besoin instinctif chez les humains. Je ne pense pas avoir moi-même de tels instincts. Pourtant il y a un genre d'individu, taciturne et austère, avec lequel je me sens à l'aise : les hommes au caractère simple et entier, avares de leurs mots. Des hommes solides et peu bavards. Mon jardinier faisait partie de ceux-là. Après le spectacle de la niaiserie de Sidney et de l'insolence de Fledge, je crois qu'il est grand temps que je vous le présente.

Un matin, peu de temps après avoir reçu la lettre de Sykes-Herring, me sentant incapable de travailler, je quittai la grange et, d'un pas rapide, pris la route de Ceck. Cela faisait partie des choses que mon médecin m'avait interdites à cause de la sclérose de mes artères coronaires, mais je passais outre, car mon plus grand plaisir était de me promener dans la campagne autour de Crook. Malheureusement je n'avais pas de chien — Wallace, mon vieux setter, était mort au cours de l'été et je n'avais pas encore trouvé le courage de le remplacer. Ce jour-là le ciel était bleu, parcouru par une armée de gros nuages blancs qui passaient rapidement. La bonne odeur roborative du fumier et des feuilles mortes qui commençaient à pourrir rendait l'air pesant. Le limon fraîchement labouré des champs qui bordaient la route ajoutait aussi sa note odorante. Je remarquai qu'il y avait encore beaucoup d'oiseaux, surtout des hirondelles et des martinets, et bien sûr les corbeaux, qui ne nous quittent pas de l'année. Un groupe de ces oiseaux était perché sur le toit de l'auberge, le Hodge and Purlet, et à mon approche ils se mirent à émettre des croassements rauques qu'on eût dit pleins de dérision.

Le Hodge and Purlet est un vieil établissement, presque aussi ancien que Crook, et cela se voit. Les plafonds y sont bas, le sol inégal, et les colombages qui ressortent, si noirs sur les murs blanchis, sont infestés de vrillettes. Mais alors que Crook est bâti sur une hauteur, l'auberge est tout près du marais, et l'humidité du sous-sol remonte depuis des siècles à travers les fissures des dalles du plancher, si bien que le bâtiment a une vague teinte verdâtre, causée par les champignons microscopiques qui réapparaissent malgré les lessivages fréquents. Le nom même a une origine mélangée : *hodge* dérive du vieux néerlandais et signifie « ragoût de mouton » ; *purlet* est le nom qu'on donne aux festons qui décorent parfois la dentelle, ou encore les violons. En conséquence, sur le panneau battu par les vents qui surplombe la porte de l'auberge est dessinée une marmite fumante, dans un cercle de festons ovales quelque peu effacés. Ce panneau sans inscription grinçait doucement sur sa chaîne quand je passai dessous pour entrer dans l'auberge recherchant la compagnie d'hommes à la nature simple et forte. Juste avant midi Georges apparut, accompagné du vieux John Crowthorne qui l'aidait à s'occuper de ses cochons.

Georges était de grande taille et il dut baisser la tête pour passer la porte. Puis il se redressa, parcourut la pièce du regard et, n'y trouvant que moi, il me gratifia soudain d'un large sourire qui révéla de grandes dents carrées, jaunissantes, comme celles d'un cheval. Il faut que je vous dise que Georges était peu bavard. Mais il avait une intelligence profonde et subtile — une sorte de sagesse, en fait, une sagesse de paysan. De nombreuses années auparavant, en Afrique où je l'avais rencontré, j'avais appris à guetter ses gestes pour savoir ce qu'il pensait ; les expressions fugitives qui traversaient son visage chevalin, à la mâchoire longue, en disaient plus que les rares mots qui lui échappaient. C'était seulement par ce langage du corps, inaudible, que l'on pouvait vraiment savoir ce que Georges pensait. Ce rictus disgracieux que je viens de décrire, quand ses lèvres s'écartaient sur ses dents, je n'en connaissais pourtant pas le sens. Je ne savais quel sentiment il était censé exprimer. Ce n'était assurément pas un sourire. C'était simplement un réflexe qu'il avait en certaines circonstances. En l'occurrence, je choisis de l'interpréter comme une salutation et lui fis un signe enjoué de la main. Il retira sa casquette, frotta son crâne bosselé, aux cheveux ras, d'une main énorme et sale, puis tâta les poches de sa vieille veste à rayures élimée, à la recherche de sa pipe.

Il était costaud, je l'ai dit. Il était aussi mince et fort ce jour-là que vingt-cinq ans auparavant quand je l'avais rencontré ; il n'avait pas un gramme de graisse. Ses sourcils noirs broussailleux se mêlaient en touffe à la racine de son nez. Il portait un vieux pantalon de velours côtelé marron attaché avec de la ficelle au-dessus des grandes bottes boueuses. Ayant trouvé sa pipe, il s'avança dans la pièce, répandant une forte odeur porcine ; son visage avait une expression d'ironie sèche et laconique qui lui était habituelle et reflétait bien sa nature. Le vieux John Crowthorne, un homme du coin, exhalant lui aussi une forte odeur de porcherie, était déjà au bar et me salua. Je me sentais de meilleure humeur et leur offris une bière. La compagnie de ces hommes me faisait oublier Sykes-

Herring et ses manœuvres mesquines, les minauderies de Sidney et les complots de Fledge.

Nous étions donc au bar, debout, et la lumière de ce vif matin d'automne entrait par les petites fenêtres et tombait sur les bosses et les creux des vieilles dalles inégales où autrefois on traçait des signes à la craie pour éloigner les sorcières. Un bon feu brûlait dans la cheminée et nous parlions sporadiquement de porcs, du temps, de la terre et de tout cela, dans ce riche dialecte du Berkshire, un peu épais, que j'avais appris enfant et que je savais encore parler dans ce genre d'occasions. Pendant les silences Georges bourrait sa grosse pipe noire et le vieux John sifflait entre ses gencives édentées, regardant à droite et à gauche comme s'il cherchait du regard quelque objet perdu. Harbottle, le propriétaire, dans un tablier blanc, grand comme une voile, se penchait de temps en temps au-dessus du bar pour nous raconter les derniers potins du pays.

Aujourd'hui, cela me fait souffrir de penser à ce pauvre Georges, car ce n'était pas un méchant homme. Je le revois si bien, debout au bar à côté de moi, fumant sa pipe, paisible, une chope de bière brune devant lui ; de temps en temps il tapait de sa botte cloutée sur les dalles qui résonnaient longuement. Le rayon de soleil dessinait sur son corps une épaisse bande jaunâtre et dans ce rayon une guêpe voletait avec un vague bourdonnement. Elle avait survécu à l'hiver et venait probablement d'émerger du panier de pommes ridées qui était abandonné dans l'embrasure d'une fenêtre étroite à l'autre bout de la pièce. Elle vola vers une petite flaque de bière renversée et Georges qui, le regard vide, semblait perdu dans ses souvenirs, la remarqua soudain. Il mit son gros pouce dans la bière renversée, laissant la guêpe monter sur son ongle fendillé et épais, puis la leva vers la lumière. L'abdomen rayé jaune de la guêpe eut un vague tressaillement ; de l'ongle elle passa au bout du pouce. Sans savoir pourquoi, le vieux John et moi étions fascinés par cette scène silencieuse. Georges dévoila alors ses dents et plaçant son majeur sur le thorax de l'insecte, l'écrasa avec lenteur du bout de son pouce. Le vieux John ricana. Quant à moi, j'émis un grognement de dérision, j'allumai un cigare et commandai une nouvelle tournée. Georges s'essuyait le pouce sur le fond de son pantalon. Je me souviens que, à cause de cet incident, je me mis à parler des insectes africains. C'était en effet en grande partie à cause d'une invasion de mouches au Tanganyika en 1926 que Georges et moi nous étions rencontrés.

Je n'exagère pas en disant que, sans Georges Lecky, je n'aurais sans doute pas réussi à rapporter le *Phlegmosaurus* à Crook et que ma contribution à la paléontologie britannique aurait été réduite à néant. Je me trouvais donc en Afrique à la recherche d'ossements. Mon expédition n'était d'ailleurs pas la première à prendre le vapeur au départ de Dar-es-Salaam jusqu'à Lindi, ce trou sordide, engourdi et infesté de moustiques au bord de l'océan Indien, dix degrés au-dessous de l'équateur. Je ne veux pas vous lasser avec mes souvenirs d'Afrique. Disons seulement que lorsque j'appris qu'on ne pouvait, à cause des insectes, utiliser ni mules ni ânes pour aller vers le site que j'avais en vue dans l'arrière-pays, et surtout qu'il était impossible de rapporter les ossements que je comptais déterrer, mon premier mouvement fut de renoncer purement et simplement à l'expédition. Deux jours plus tard, j'étais assis, morose, dans un bar sordide au toit de tôle, près des docks, buvant un mélange de gin et de quinine, sous un ventilateur qui tournait paresseusement, agitant à peine l'air chaud et moite de l'après-midi ; je vis venir vers moi un soldat britannique, qui m'annonça qu'il venait d'être démobilisé et qu'il était disposé à recruter et diriger les porteurs indigènes dont j'avais besoin. Je l'engageai sur-le-champ. Vous l'avez deviné, c'était Georges.

Le site était à quatre jours de marche sous une chaleur

tropicale intense. Il fallait quitter Lindi et entrer à l'intérieur du pays vers la chaîne de collines où je découvris mon *Phlegmosaurus*. Dans ces collines, je dus creuser des puits profonds pour atteindre la couche géologique où se trouvaient les fossiles. En effet, il s'agissait là d'ossements encore enfouis, et non de vestiges éparpillés dans les falaises et les ravins où l'érosion facilite le travail du paléontologue. Je ne sais plus aujourd'hui combien Georges fit d'allers et retours entre le lieu des fouilles et la côte, dans des conditions exténuantes ; il était très résistant. Je me souviens des petits matins, quand la chaleur était encore supportable et que, sous l'immense soleil africain, entouré à des kilomètres à la ronde de savanes parsemées d'arbres, je faisais halte au sommet d'une colline herbeuse et escarpée pour regarder Georges organiser le travail des porteurs dans le camp, en contrebas. Ils transportaient les petits ossements sur la tête, dans des boîtes ; les gros, les fémurs et les vertèbres, étaient suspendus à des piquets que deux hommes hissaient ensuite sur leurs épaules. Quand tout était prêt, Georges, protégeant ses yeux du soleil, cherchait du regard le haut de la colline et me souriait de son rictus bizarre. J'ôtais alors mon casque et l'agitais en guise de salut, du haut de mon promontoire herbeux. Puis ils partaient en chantant, formant une procession qui serpentait à travers la plaine vers l'océan. Mais je savais que je les reverrais une semaine plus tard, chargés du courrier arrivé d'Angleterre, de journaux, de provisions de chocolat, de quinine et de cognac.

Quand tout fut fini et que j'eus expédié assez d'ossements en Angleterre pour occuper toute une vie de travail, je demandai à Georges de venir avec moi à Ceck et de s'occuper de la porcherie. Il m'avait déjà parlé de son ambition de devenir fermier. J'aurais vraiment aimé pouvoir lui offrir davantage.

John Crowthorne adorait m'entendre parler de ce temps-là. Il avait beau avoir entendu mes souvenirs d'Afrique plus de cent fois, ils restaient toujours pour lui chargés d'un romantisme exotique. On aurait dit un enfant écoutant son conte de fées préféré. Georges, lui, tirait sur sa pipe, avec cet air légèrement amusé, empreint d'un fatalisme résigné, qui lui était habituel. Quand nous sortîmes quelques heures plus tard, c'était déjà l'après-midi. Quelques jeunes gens jouaient au football à l'autre bout du terrain de sport sur lequel donne le Hodge and Purlet. L'air était brumeux et l'ombre s'épaississait. Dans un ciel qui s'empourprait, le soleil n'était plus qu'une boule en fusion s'enfonçant derrière une barre de nuages dorés. Les derniers rayons doraient les fenêtres du Hodge and Purlet. Le vieux John retourna à ses affaires. J'accompagnai Georges dans la cour arrière où il avait garé son camion. C'était dans cette épave crasseuse, chargée de poubelles, que Georges faisait la tournée des cuisines de Ceck deux fois par semaine pour collecter les détritus divers qu'il mélangeait à du son humide pour en faire la pâtée de ses cochons. Dans la douce lumière de cette fin d'après-midi de septembre un peu brumeuse, nous nous sentions amollis par la boisson et la nostalgie. Une bonne odeur de déchets organiques en décomposition montait à mes narines et je lui dis : « C'était le bon temps, Georges. »

Il triturait sa pipe, le regard fixé au loin sur les garçons qui jouaient à l'autre bout du terrain. Il me regarda avec son air sardonique. Je perçus l'ironie dans son regard et, malgré son silence, je savais ce qu'il pensait : le passé, c'est toujours le bon temps. La mémoire est ainsi faite. C'était un sage.

La lumière commençait à décliner quand je revins vers Crook ; c'était vraiment un crépuscule magnifique. Je me dirigeai vers l'ouest pendant deux ou trois kilomètres. Le ciel s'obscurcissait rapidement au-dessus de l'immensité des champs et je contemplai le soleil qui s'enfonçait, puis disparut derrière la ligne sombre de l'horizon. Les nuages formaient une sorte de flèche, dont la pointe était comme soudée au soleil déclinant, si bien qu'ils semblaient se hâter vers l'horizon en deux ailes convergentes, composées de flocons épars et vaporeux qui prenaient toutes les couleurs de l'arc-en-ciel : du bleu-gris pastel de la couche supérieure en passant par le violet et le pourpre jusqu'à un cramoisi riche et sensuel qui se mêlait imperceptiblement à la noirceur de la terre. L'odeur de la terre, à laquelle s'ajoutait celle du feu de bois, n'avait rien perdu de son âpreté. Un peu plus loin, un aulne mort se dressait, désolé et solitaire, ses maigres branches dépouillées se découpant nettement, noires sur un fond de ciel éclatant.

Mon chemin tournait ensuite vers le sud et montait doucement ; devant moi le ciel était sombre et hérissé d'arbres, alors qu'à l'ouest le coucher de soleil faisait une éblouissante sortie de scène. Je me souviens distinctement de tout cela parce que ce fut en quelque sorte la fin du bon temps. Bien sûr, je ne le savais pas à l'époque ; j'étais préoccupé, vous le savez, par des problèmes professionnels et domestiques. Maintenant seulement, je comprends, rétrospectivement, la vraie dimension de ces problèmes ; car bientôt ils allaient passer totalement à l'arrière-plan et le tour tragique que prit alors ma vie contraste de façon spectaculaire avec ce que j'avais connu auparavant, comme la lumière avec les ténèbres.

Je cheminais donc dans le crépuscule, où tout conspirait pour que mon humeur fût mélancolique ; mais, je l'avoue, la mort, les morts occupaient peu mon esprit. Je pensais davantage à l'os de la hanche et à la patte de derrière du dinosaure et à leur ressemblance avec ceux des oiseaux. J'avais beau être plein de cognac et de souvenirs d'Afrique, comme vous le voyez, mon esprit retournait de suite à sa passion unique et dévorante, le *Phlegmosaurus carbonensis*.

La route s'élevait doucement vers Crook, en serpentant ; il y avait maintenant des arbres des deux côtés de la route et l'obscurité était presque totale. Les cris des oiseaux, et les bruits de mêlée furtive et soudaine des créatures des bois, brisaient parfois le silence de ce monde crépusculaire. Pendant quelques minutes, je me laissai emporter par un fantasme familier. La civilisation stridente qui empiétait de plus en plus sur ces tranquilles espaces naturels disparut comme par magie, et je me trouvai transporté sur une planète où l'homme n'existait pas. Il est si difficile de perdre la conscience de soi ! Il est presque impossible d'abandonner ce petit singe jacassant et, l'espace d'un instant, de fusionner avec la Nature dont nous faisons partie, mais dont nous sommes si totalement éloignés. L'alcool est d'un grand secours : il rend plus réceptif et, en montant la colline en direction de Crook, je réussis à établir pendant une minute ou deux un contact primal, direct, avec la terre. De telles expériences sont rares et fugitives et maintenant, hélas, hors de ma portée. Mon prochain contact direct avec la Nature aura lieu quand je serai à deux mètres sous terre !

J'atteignis enfin les grilles de fer forgé de Crook. Elles commencent à rouiller, et sont tellement recouvertes de lierre et d'herbe qu'on ne peut plus les fermer ; puis je remontai l'allée entre les arbres, accueilli par le bruyant chœur vespéral des oiseaux. A l'endroit où l'allée décrit une courbe, Crook s'éleva tout à coup devant moi, se découpant contre un ciel où subsistait encore une faible lumière. Noire contre l'air ténébreux, sa silhouette tarabiscotée évoquait quelque animal au diaphragme massif, dressant vers le ciel ses pignons tremblants, par la force de sa seule volonté. On eût dit un mastodonte embourbé, un mammouth agonisant, les genoux à terre, ses défenses défiant le ciel en une dernière et vaine tentative de révolte. La lumière des fenêtres du bas brillait dans la nuit, comme brûlait l'esprit de la maison, faiblement. Je m'étais arrêté dans la courbe de l'allée ; hors d'haleine, je m'appuyai sur ma canne. C'est alors, et seulement alors, que j'éprouvai un soudain pressentiment de la mort ; la maison s'écroulerait quand moi-même je mourrais ; c'était la fin de la lignée.

J'avais eu mon moment de mélancolie. J'entrai par la porte principale, en proie à une fringale subite. Au milieu du hall, je trouvai Sidney Giblet à quatre pattes. A quoi diable jouait donc cet imbécile ? Il tourna la tête vers moi ; il était en train d'étudier les sculptures décoratives des plinthes. « Sir Hugo, s'écria-t-il, la voix pleine de ferveur esthétique, quel trésor vous avez là ! » Bougre d'âne, me dis-je en moi-même ; la vue de son petit postérieur en l'air me donna l'envie irrésistible de lui botter les fesses, et j'eus bien du mal à m'en empêcher.

J'ai dit que c'était la fin du bon temps, et j'y repense souvent maintenant ; je me demande si quelque indice n'aurait pu me mettre en garde contre ce qui allait se passer. Je n'imaginais pas à l'époque les desseins de Fledge. Je savais qu'il ne manifestait pas à mon égard toute la déférence que j'étais en droit d'attendre de mon majordome, mais rien n'aurait pu me laisser soupçonner sa perfidie. A part sa présence et celle de Doris, rien n'avait changé à Crook et dans ses environs. Il y avait bien ce différend avec Sykes-Herring, mais ce n'était pas nouveau ; il y avait des années que j'étais en conflit avec la Société royale. Je lui téléphonai d'ailleurs un ou deux jours après et m'arrangeai pour le rencontrer deux semaines plus tard. Il me montra la plus parfaite courtoisie, prétendit regretter profondément « l'ajournement inévitable » de ma conférence, en bref il me traita avec la suffisance et la condescendance que les « professionnels » réservent de nos jours au naturaliste amateur. Les hommes comme Sykes-Herring, qui ont eux-mêmes des œillères, se sentent menacés par la largeur de vue d'un naturaliste comme moi, car, et c'est là le problème, leur éducation formaliste les a privés de cette qualité scientifique fondamentale qu'est l'imagination. Ils abordent la tâche à accomplir avec trop de bagage catégorique et théorique, ils trouvent ce qu'ils s'attendent à trouver et rien de plus. L'amateur, au contraire, a une attitude ouverte ; il jouit d'un large éclectisme théorique pour expliquer les phénomènes naturels et par là même les hypothèses qu'il construit sont plus imaginatives et plus pertinentes. Il a infiniment plus de chance d'avoir soudain l'intuition brillante qui permet d'arriver d'un bond à une vérité qui remet tout en cause. C'est pourquoi j'ai toujours eu des ennuis avec la Société royale, avec des hommes comme Sykes-Herring; c'est pourquoi ils m'accusent de mélanger mes ossements, pourquoi ils refusent de publier mes articles et pourquoi ils sabotent mes conférences. La science qu'ils pratiquent est une science tranquille et, pour moi, la science tranquille n'est pas la vraie science.

Bien sûr, je savais cela depuis longtemps. Pourtant, la lettre de Sykes-Herring, son animosité mal dissimulée, troublaient ma concentration et je m'aperçus que, les jours suivants, j'étais incapable de réfléchir et de travailler plus d'une heure ou deux sur mes ossements. Toute cette histoire, le travail de toute une vie, le *Phlegmosaurus* : un sentiment d'amertume, de futilité envahissait toutes mes pensées, et le travail n'avait plus aucun goût.

Je passai de nombreux après-midi au Hodge and Purlet pendant cette période; mais je ne voudrais pas vous donner l'impression que je m'en retournais toujours vers Crook avec cette nostalgie mélancolique que j'ai décrite plus haut. En vérité je crois que cela ne m'arriva qu'à une seule occasion, et c'est sans doute pourquoi je m'en souviens. Non, en fait, après quelques heures passées au bar je revenais chez moi plutôt irritable et grincheux; boire dans la journée me rend irritable, je ne sais pourquoi. Je recherchais les conflits. Je m'en prenais aux gens (en général à Sidney). Je regrette aujourd'hui, à la lumière de ce qui est arrivé, de ne pas avoir été très aimable, ce fameux soir où Cléo et Sidney annoncèrent leurs fiançailles. Je le regrette au premier chef parce que je n'aime pas faire de la peine à Cléo, mais aussi parce que ce fut un des derniers moments de bonheur de Sidney.

A Crook, nous nous changeons pour dîner, et je préfère les chandelles à la lumière électrique dans la salle à manger. Ce repas a donc un caractère formel, un peu sinistre (ce qui est tout à fait à mon goût, je l'avoue). Fledge faisait résonner le gong quand je sortis de ma chambre dans l'aile est. En descendant l'escalier rapidement, j'entendis Harriet, Sidney et Cléo quitter le salon et passer à la salle à manger, avec force fous rires et chuchotements excités. Je me demandai ce qui pouvait bien les rendre si gais. Sans doute se demandaient-ils encore si Sidney ressemblait plus à un furet qu'à un homard.

Mme Fledge nous avait préparé un de ses hachis. Elle fait de très bons hachis, la viande mijotant dans son jus, recouverte par la purée fouettée comme une mer agitée, ses petites crêtes gratinées au four. Pendant le potage (c'était une soupe de tomate Heinz en boîte), j'avais cru déceler chez Sidney et Cléo une espèce d'excitation dissimulée qu'ils manifestaient par des regards échangés subrepticement par-dessus la table, des sourires et des petits signes de connivence; je me rendais bien compte qu'il se passait quelque chose, mais sans vraiment m'y intéresser. Fledge, devant le buffet, servit le hachis, puis vinrent les haricots. J'avais à peine avalé ma première touchée, accompagnée d'une gorgée de bourgogne, qu'Harriet me dit : « Hugo. »

Nous y voilà, me dis-je. « Oui ?

— Sidney a quelque chose à vous dire. »

Je lançai un regard vers Sidney, tout en chargeant ma fourchette d'un peu de viande, de purée et de haricots. Malgré la pénombre, je le vis rougir. Avec ses doigts, qu'il avait longs et minces, il tripotait ses lunettes, puis il toucha ses cheveux peignés en arrière, si gominés qu'ils brillaient sous la lumière vacillante des bougies. C'était ce côté lisse, je suppose, qui était à l'origine de toutes ces sornettes sur sa ressemblance avec le furet et la loutre. Il regarda Cléo et émit un petit gloussement. « On se sent si bête, dit-il. Dis-le-lui, toi, chérie ! »

Cléo avait posé ses bras sur la table et se penchait vers le jeune homme. Ses yeux brillaient. Elle secoua légèrement la tête et ne dit rien. Elle prenait plaisir à son embarras.

« Allons, Sidney », dis-je, essuyant mes lèvres avec ma serviette. Je bus un peu de bourgogne. « Crachez le morceau.

— C'est ça, Sidney, s'écria Cléo, crache le morceau. »

Il réussit à dominer le fou rire que cette remarque semblait avoir provoqué en lui. « Cléo et moi », commença-t-il ; puis il se tourna vers Harriet : « Oh, je ne peux pas, lady Coal, je ne peux vraiment pas lui dire !

— Ce que Sidney essaye de vous dire, dit Harriet, c'est que...

— Que Cléo et moi voulons nous marier ! »

Je laissai s'installer un petit silence. « Ah bon, dis-je à la fin.

— Oui, sir Hugo, dit-il, me dévisageant maintenant avec un air très sérieux, fuyant le regard de Cléo. Pas tout de suite, bien sûr, nous n'en avons pas les moyens tout de suite, mais nous aimerions, c'est-à-dire, avec votre bénédiction, bien sûr, euh... annoncer nos fiançailles. » Il regarda alors Cléo et tous les deux se firent un large sourire illuminé par la lumière des bougies. Il tendit une main tremblante et la posa sur celle de Cléo. Harriet me regardait d'un air satisfait et semblait attendre quelque chose. Mais j'accordais mon attention à mes fourchettées de viande, de purée et de haricots, accompagnées chacune d'une gorgée de bourgogne. Ils attendaient tous ma réaction. Fledge était debout dans l'ombre, près du buffet, immobile et impassible. Je levai mon verre et la flamme des bougies se refléta dans les facettes du crital, envoyant ses minces rayons brillants dans toutes les directions. Fledge arriva sans un bruit avec la carafe et remplit mon verre. Je repensais au soir où j'avais demandé à Harriet de m'épouser. Il avait fallu que j'aille voir son père, le colonel — Herbert —, dans son bureau après le dîner, et cela avait vraiment été une épreuve. Le vieillard m'avait fait subir un interrogatoire sur mes perspectives d'avenir; ensuite nous avions fumé un cigare et discuté de placements boursiers devant la cheminée. Apparemment, cela ne se faisait plus. Apparemment, maintenant, on faisait cela à la table du dîner, au vu et au su des domestiques, avec accompagnement de fous rires. Et il fallait que je donne ma bénédiction à cette manifestation de légèreté. C'était visiblement ce qu'Harriet attendait de moi. Elle aurait dû mieux me connaître.

J'avais les yeux fixés sur mon assiette. Couteau et fourchette s'activaient. « Perspectives d'avenir ? murmurai-je sans lever les yeux.

— Je vous demande pardon, sir Hugo ? » La main de Sidney quitta celle de Cléo et tripota ses lunettes, puis ses cheveux.

Je levai alors la tête, pris un air surpris et répétai, très calmement : « Perspectives d'avenir. Quels sont vos projets d'avenir, Sidney ?

— Oh, mon ami. Ce n'est vraiment pas le moment de s'occuper de cela maintenant, dit Harriet qui sentait le danger.

— Au contraire. Sidney semble considérer que la table du dîner est un endroit approprié pour me demander la main de ma fille. Moi, je considère que c'est tout aussi approprié de lui demander comment il compte subvenir à ses besoins.

— Oh, papa, ne sois pas vieux jeu, dit Cléo. Nous voulons fêter la nouvelle. »

Je me tournai vers elle. « Je ne suis pas vieux jeu, comme tu dis. Je pose une question tout à fait raisonnable. Je demande comment Sidney compte subvenir à tes besoins.

— On se débrouillera, répondit Cléo gaiement, comme tout le monde. »

J'imaginais un moment l'effet produit si j'avais déclaré au colonel, toutes ces années auparavant, que nous avions l'intention de nous « débrouiller ». Ha !

« — J'ai mon travail à la librairie, dit Sidney, et quand j'aurai appris le métier, j'aimerais ouvrir une librairie bien à moi.

— Avec quoi ? dis-je en terminant mon hachis, qui était vraiment délicieux.

— Je vous demande pardon ?

— Avec quoi ! m'écriai-je en prenant mon verre. Où trouverez-vous l'argent ? Vous comptez économiser sur votre salaire d'employé ?

— Ma mère a dit qu'elle pourrait peut-être m'aider, répondit Sidney.

— Peut-être !

— Oh, Papa, arrête, tu es odieux. Tu fais exprès de créer des difficultés. Moi aussi je travaillerai.

— Dans quel emploi, si je peux me permettre de demander ?

— Oh, je ne sais pas. Je trouverai bien quelque chose.

— Quelque chose », répétai-je ironiquement. A ce moment je m'aperçus que Fledge s'était penché vers Harriet et lui chuchotait quelques mots à l'oreille. Quelle nouvelle conspiration était-ce là ?

« Mon ami, dit Harriet, me regardant de l'autre côté de la table comme Fledge quittait silencieusement la pièce, nous pourrons parler de cela à un autre moment. Mme Fledge a préparé quelque chose de spécial.

— Mais bien entendu », répliquai-je sèchement. Je regardai Cléo. « Peut-être serez-vous alors un peu moins vagues.

— Oh, Papa.

— Il n'y a pas de " Oh, Papa " qui tienne, jeune fille. Je suis très sérieux. Il faudra être beaucoup plus réaliste quant à ton avenir si tu veux que je donne mon consentement. Tu veux quand même aller à Oxford en octobre, je suppose ? »

Cléo devait entrer à Sainte-Anne pour étudier la philosophie, et il n'était pas question qu'elle remette cela en cause, mais avant que nous ayons pu aborder la question d'Oxford, Fledge ouvrit la porte et s'effaça devant sa femme. Elle portait un gros gâteau blanc sur lequel on voyait, tracés avec une horrible pâte rose, un cœur un peu tremblotant, une flèche et les noms entrelacés des fiancés. Cléo eut un petit rire et se leva. « Bravo, madame Fledge ! cria-t-elle, en levant son verre. Quelle création ! »

Mme Fledge posa le gâteau sur la table en minaudant et recula, s'essuyant distraitement les mains sur son tablier. Elle avait le regard vitreux et, comme d'habitude, elle était mal coiffée. J'allumai un cigare et l'observai, pendant que Sidney et Harriet admiraient bruyamment cette écœurante confection. Je suppose que c'était pour fêter les « fiançailles ». Fledge avança avec un couteau ; comme il commençait à couper le gâteau, Mme Fledge renifla une ou deux fois, puis tira de sa manche un mouchoir, et se moucha. Elle essuya une larme au coin de ses yeux. Je n'avais pas encore réalisé à quel point elle avait la larme facile. Elle s'aperçut alors que je la regardais. Les dents serrées sur mon cigare, le menton posé sur mes doigts croisés, et les yeux à demi fermés, je la regardai de l'autre côté de la table, dans la lumière des bougies et, pendant un moment, elle soutint mon regard avec assurance, les yeux encore mouillés. Quel drôle d'oiseau, pensai-je à part moi, la voyant soudain prendre peur et détourner le regard. Je ne pus poursuivre mes réflexions plus avant car Harriet essayait de me faire accepter une part de gâteau. Je dus déployer de grands efforts pour éviter d'avoir à en manger un morceau.

Le temps se gâta juste après le dîner et je me souviens m'être retiré dans mon bureau pour travailler à ma conférence. Je n'arrivais pas à me concentrer; le vent hurlait dans la maison et lançait des paquets de pluie contre les fenêtres; cela me rendait nerveux. Je cherchai en vain du whisky et je me souviens avoir sonné Fledge, qui ne répondit pas. J'attendis un peu puis descendis furieux à l'office. Les lumières n'étaient pas allumées; seule une chandelle éclairait vaguement une longue silhouette affalée sur une chaise près de la cheminée. « Fledge! m'écriai-je, sur un ton assez vif. Vous n'avez pas entendu mon coup de sonnette? Pourquoi n'êtes-vous pas venu? »

La silhouette bougea et je réalisai que ce n'était pas Fledge mais sa femme. « Oh, sir Hugo, marmonna-t-elle, je vous demande pardon, j'ai dû m'assoupir un moment!

— Où est votre mari, madame Fledge? dis-je d'un ton autoritaire.

— Je crois qu'il est au premier avec M. Sidney.

— Au premier avec M. Sidney? Que diable fait-il au premier avec M. Sidney? » Curieusement, cette information attisa encore mon irritation; j'étais furieux. Que faisait-il au premier avec M. Sidney? Il était à mon service, bon Dieu!

« Je ne sais pas du tout, je vous assure, sir Hugo, murmura Mme Fledge, qui s'était redressée sur sa chaise et me fixait avec des yeux terrifiés. Puis-je faire quelque chose pour vous?

— Quoi? Quoi? » Je la regardai d'un air furieux en essayant de me dominer. « Non, rien, c'est sans importance, madame Fledge, dis-je après un moment. Je m'en occupe moi-même. » Et je sortis à grands pas de la cuisine, dans un état de rage intérieure que je n'arrivais pas à expliquer, pour trouver du whisky.

Cette nuit-là, je fis un rêve extraordinairement bizarre. J'en ai oublié la plus grande partie mais le peu dont je me souvienne est d'une telle étrangeté que c'est sans doute le noyau, la substance du rêve, si tant est qu'un rêve puisse avoir une substance. Il y avait d'abord des bruits de tempête, mon cerveau étant sans doute influencé par celle qui faisait rage dehors cette nuit-là. Le vent sifflait une mélopée funèbre et terrifiante, et les branches des arbres cinglaient les vitres ; quelque part, une porte de grange restée ouverte n'arrêtait pas de claquer sur ses gonds. On entendait aussi un hurlement qui exprimait une détresse indicible. Ces gémissements, ces hurlements et ces bruits violents semblaient amplifiés en volume et en intensité, et je me sentais, dans mon rêve, emprisonné, oppressé, et même en danger physique. Je me trouvais dans une chambre sombre ; elle ressemblait un peu au bar du Hodge and Purlet — je me souviens surtout d'une fenêtre sans rideau par où le clair de lune pénétrait — et aussi au salon de Crook. Car j'avais aussi plus ou moins l'impression d'être assis dans un des fauteuils de cuir près de la cheminée, qui dans mon rêve était devenue un trou noir et vide, le néant. Il y avait d'autres personnes dans la pièce, et des bribes de conversation, que j'ai oubliées ; la sensation qui m'envahissait tout entier était la peur, mais aussi une immense frustration causée, je crois, par l'impossibilité dans laquelle j'étais de m'éloigner de la source de cette peur, que j'identifiai à ce moment-là comme « le dehors ». Je contemplai la lune, et quelque chose passa rapidement et furtivement devant la fenêtre, une chose nue, couverte de poils, rouge-brun, avec une tête de renard et un corps d'homme. Je vis alors une silhouette à genoux sur le tapis devant moi, qui regardait fixement le néant de la cheminée. Je me penchai, et tournai son visage vers moi ; c'était Mme Fledge. Levant légèrement son menton du bout de mes doigts, je l'embrassai sur la bouche et je sentis tout mon être envahi par un désir violent et irrésistible.

Je quittai mon fauteuil et vins m'installer sur le tapis, à

côté d'elle. Je me souviens qu'elle sentait encore le savon au phénol. Je glissai ma main sous son tablier et remontai le long de son bas sur sa cuisse. Elle me souriait d'un air lascif et avide, qui était bien étranger à la vraie Mme Fledge. J'agrippai sa culotte en essayant de la baisser ; curieusement, c'était un caleçon d'homme, semblable à celui que je portais. Elle prononça quelque chose d'indistinct d'une voix étrange et profonde, puis s'assit et dégrafa son porte-jarretelles. Elle s'allongea ensuite sur le tapis et se souleva pour me permettre d'ôter sa culotte. Elle retroussa son tablier, et le clair de lune brilla sur le haut de ses cuisses, le vallon qui les séparait restant dans l'ombre.

C'est là qu'intervient la partie la plus étrange du rêve ; et pourtant je suppose que, pour les spécialistes, il n'y a là rien que de très banal et de très ordinaire. Imaginez la scène : je me lève avec difficulté, et j'enlève mon pardessus, puis mon veston, et enfin mon gilet, pour pouvoir défaire mes bretelles, les ôter de mes épaules et baisser mon pantalon. Je me débats dans toutes ces opérations interminables, en proie au plus furieux désir de profiter de cette femme qui s'offre ainsi à moi de manière si évidente. Je déboutonne mon pantalon — c'est mon complet d'hiver, en tweed épais —, je le baisse. Dans mon rêve, mon sexe était en érection, et il devait l'être aussi dans la réalité de ma chambre dans l'aile est de Crook ; vous voyez que je ne vous cache rien. Frémissant et haut dressé, il jaillissait à travers ma braguette. Doris pendant ce temps s'était levée et, le dos arqué, s'appuyait à un des piliers de chêne sculpté qui flanquaient la cheminée vide ; la lune brillait sur le tissu de son tablier. Je m'avançai en traînant les pieds, car mon pantalon de tweed m'emprisonnait les chevilles. Les mains de Doris, longues et pâles, pendaient le long de son corps et me rappelaient deux poissons morts.

Les hurlements et les gémissements du vent dehors auraient pu réveiller un mort, et la porte de la grange n'arrêtait pas de battre, lancinante, sur ses gonds. Mme Fledge se tourna et, retroussant à nouveau son tablier, m'offrit sa croupe ; par-dessus son épaule, elle me jeta un sourire plein de promesses, d'une impudente sensualité. Mais mon pantalon serré à mes chevilles m'interdisait tout mouvement ! Je crois me souvenir avoir tendu les bras vers elle, essayant de la toucher à tâtons, mais j'étais incapable de bouger ! C'est alors qu'à l'intérieur de la pièce j'entendis un léger toussotement ; je me tournai vers la porte, les bras encore tendus devant moi. C'était Fledge, et sa vue me remplit de terreur.

Je me dressai dans mon lit en criant. La tempête faisait toujours rage ; à mes tempes mon sang battait à éclater et j'avais la bouche sèche et douloureuse. Je n'avais plus d'érection, mais un peu de sperme tachait maintenant mes draps. Je me versai à boire avec la carafe de ma table de nuit ; ce rêve affreux, ce cauchemar fou m'avait laissé une impression de vertige. Vous comprenez, le plus étrange, c'était que je n'avais plus éprouvé de désir sexuel depuis... — depuis de longues années.

La tempête commença à se calmer peu après, et quand je me levai le lendemain matin je vis par la fenêtre que le seul vestige en était un vent assez fort qui agitait les branches tombées au cours de la nuit. Très haut dans le ciel pâle et délavé, quelques nuages blancs laineux et longilignes dérivaient. Le jour semblait déjà épuisé, vidé d'énergie devant le spectacle de ses excès nocturnes ; il reflétait exactement ma propre humeur. Dans la grange, il y a un siège en osier blanc très confortable dans lequel je m'installe quand je veux être tranquille pour réfléchir. Ce matin-là, j'évitai la salle à manger et me vautrai dans ce fauteuil ; je n'allumai pas la lumière et contemplai avec lassitude ces ossements si familiers. Mon regard se posa enfin sur la patte éperonnée et luisante du *Phlegmosaurus* ; j'essayais de me débarrasser des relents désagréables de cet horrible rêve. Je n'avais aucun doute, absolument aucun doute que tout cela était dû simplement au fait que j'avais bu trop de whisky, que j'étais furieux et que, probablement, j'avais trop mangé la veille au soir. Néanmoins, j'eus bien du mal à retrouver assez de calme pour me remettre au travail. J'avais aussi un peu la gueule de bois.

Peu à peu, mon attention se trouva reprise par mes ossements et en particulier par le doigt en forme de griffe sur le pied du *Phlegmosaurus*. La vieille question se posa encore : que suggérait donc la présence de cette longue griffe très incurvée chez cet animal ? La seule réponse possible était qu'en attaquant il se dressait sur une patte de derrière et s'en servait pour lacérer l'adversaire. Oh, c'était sans nul doute un tueur, mon *Phlegmosaurus*, un animal massif, rapide, féroce et plein de vitalité, à l'équilibre parfait et capable de manœuvres complexes. Cela vous paraît-il vraiment correspondre à la description d'un reptile ?

Mon cauchemar eut une suite indirecte assez curieuse qui mérite, je crois, d'être mentionnée car elle a un rapport avec mes relations avec Fledge. Quand je revins vers la maison, je le rencontrai dans la salle à manger, et, là, voyez-vous, je fus pris d'un sentiment de honte tout à fait irrationnel. C'était comme si je l'avais vraiment outragé, autrement qu'en rêve. J'avais l'impression que je devais soit l'éviter complètement, soit me confondre en excuses. Bien sûr je ne fis ni l'un ni l'autre. Comme à l'accoutumée j'émis en sa direction une sorte de grognement et pris place à table. Lui-même montrait son calme et son impassibilité habituels, et me servit le potage et le vin comme à l'accoutumée. Mais tandis qu'Harriet commentait la tempête de la nuit avec Sidney et Cléo, je ne pouvais m'empêcher de regarder l'homme subrepticement, comme pour m'assurer que j'avais bien rêvé tout cela.

A l'époque, je ne croyais pas aux présages ni aux augures, j'avais encore une approche empirique. Je n'établis donc pas de lien avec un incident qui se produisit dans l'office du majordome, incident qui, rétrospectivement, me paraît étroitement lié à l'horrible violence qui semble la substance même de cette histoire. Ce qui s'était vraiment passé sur la lande de Ceck, nous ne l'avons su que quelques mois plus tard, mais, déjà, je sentais que les choses se gâtaient, que nous entrions dans une période de désordre. A l'époque, je l'ai dit, je n'avais pas établi de lien entre mon rêve et l'incident à l'office ; je n'avais après tout aucune raison de le faire. En les reliant maintenant dans mon esprit, en les associant, pour ainsi dire, je vois on ne peut plus clairement que Crook était en proie à des « phénomènes maléfiques », il n'y a pas d'autre terme. Et ce, avant même que la violence n'éclate. Ai-je besoin de préciser qui était à l'origine de ces influences néfastes ? En fait, je viens de penser que, dès le début peut-être, Fledge avait répandu cette infection autour de lui, sans que nous-mêmes en ayons conscience ! Je me demande même s'il n'était pas responsable de ce cauchemar répugnant. A y réfléchir, je crois que oui. En ce qui concerne l'incident à l'office, je tenais Sidney pour aussi coupable que lui, sinon plus.

Je tiens à décrire très exactement les choses, telles que je les ai vues. J'avais travaillé tard dans la grange ; à mon retour, à l'exception de la lampe qui éclairait le perron, la maison était plongée dans l'obscurité. J'entrai par la porte principale et la fermai très doucement derrière moi. Avant d'avoir fait un pas dans le hall, j'entendis un bruit; quelqu'un descendait l'escalier.

Il faut vous dire qu'il y a, près de la porte d'entrée, une petite table sur laquelle on pose le courrier; au-dessus, clouée sur un socle de chêne clair, est suspendue une grande tête de cerf aux yeux vitreux et aux cornes splendides. En face du cerf, il y a une horloge; sur la pointe des pieds, j'allai me cacher dans l'ombre de cette horloge et attendis que les pas eussent descendu les dernières marches. Je ne saurais dire pourquoi j'ai fait cela; je n'avais pas l'habitude de me cacher dans ma propre maison. La personne, quelle qu'elle fût, portait une bougie car on voyait une faible lueur vacillante éclairer les ténèbres du hall. Je jetai un coup d'œil prudent de derrière l'horloge; les pas atteignirent le hall, puis s'arrêtèrent brusquement. Debout au pied des marches, l'oreille aux aguets, se trouvait Sidney.

Il portait une robe de chambre faite d'un tissu soyeux et argenté, à la ceinture très serrée, où la lueur de la bougie faisait chatoyer des reflets çà et là, tandis qu'il regardait de tous côtés pour s'assurer qu'il était bien seul. Son visage ovale, pâle, éclairé par en dessous par la flamme de la bougie, avait un air un peu étrange, les joues lisses rebondies et jaunes comme la lune. Après s'être assuré que personne n'était là, il partit vers la cuisine, dans ses pantoufles molles de cuir fauve.

Une porte matelassée de reps vert sépare le devant de la maison, c'est-à-dire les pièces où nous nous tenons, de la cuisine et de ses dépendances à l'arrière. Je traversai le hall sur la pointe des pieds et entrouvris légèrement cette porte, pensant que le jeune homme s'était dirigé le long du passage vers la cuisine. Mais le passage était vide. Par contre, la porte menant à l'office du majordome, qui donnait dans l'aile est, venait juste de se refermer. J'entendis le loquet retomber doucement, et ce fut le silence.

A Crook, comme dans beaucoup de manoirs de campagne, l'office du majordome est la pièce où celui-ci accomplit les tâches qui sont les siennes, tels l'entretien de l'argenterie ou le tri du courrier. Par-dessus tout, c'est là qu'il peut jouir de la solitude et de l'intimité que n'ont pas ses inférieurs dans la hiérarchie des domestiques. Chez moi, bien sûr, cela n'avait pas beaucoup de sens, puisque les domestiques, à l'intérieur, se réduisaient à Fledge et sa femme. Mais Fledge faisait plus qu'utiliser cette pièce, il semblait y vivre. Je m'en étais aperçu moi-même en entrant dans cette pièce quelques jours auparavant. On descendait quelques marches — le sol dallé de l'office se trouvait au-dessous du niveau du sol — vers une longue pièce étroite, avec des placards le long des murs, où étaient rangés diverses provisions pour la maison, ampoules, pièges à souris et autres choses. Un lit de fer étroit, aux couvertures bien tirées, était poussé contre le mur du fond, flanqué d'une table de toilette sur laquelle étaient posés brosses à cheveux et nécessaire à rasage. Un établi était pris en sandwich entre deux hauts placards; au-dessus, une petite fenêtre donnait dans l'allée qui faisait le tour de la maison; un assortiment de petits outils était accroché à l'étagère qui surplombait l'établi. Tout était parfaitement propre et en ordre l'après-midi où j'étais entré, à la recherche, me semble-t-il, de papier hygiénique. Que diable Sidney allait-il faire dans cette pièce en plein milieu de la nuit?

Cela piquait ma curiosité au vif; je retournai dans le hall et ressortis par la porte d'entrée. Le ciel était un peu nuageux cette nuit-là, mais la lune, presque pleine, inondait de lumière les ardoises et les cheminées des pignons abrupts de Crook. L'épaisse fourrure de lierre qui recouvre les murs avait des reflets argentés; le vent de la nuit faisait frissonner ses milliers de feuilles. Je contournai silencieusement la maison, me dirigeant vers l'allée qui donne sur la cour de derrière. A mi-chemin, au pied du mur, un carré de lumière provenant d'une petite fenêtre se détachait sur les pavés. C'était la fenêtre qui se trouvait au-dessus de l'établi de Fledge. Je me dirigeai vers elle à pas de loup, le cœur battant dangereusement vite.

Avant d'atteindre la fenêtre, je me mis à genoux. Je fis quelques mètres à quatre pattes puis me penchai prudemment au coin de la fenêtre pour voir à l'intérieur. L'office était éclairé par une seule lampe, posée sur l'établi. Sidney était debout au milieu de la pièce, face à Fledge ; je les voyais, de profil, très distinctement. Je n'avais jamais remarqué la haute taille de Sidney ; il était aussi grand que Fledge, un mètre quatre-vingts ou même plus. Il parlait avec beaucoup d'animation, souriant fréquemment et agitant la main droite, qui tenait sa petite pipe de bois de rose. Ses cheveux brillaient sous la lampe, comme le tissu soyeux et argenté de sa robe de chambre qui chatoyait dès qu'il bougeait le bras. Fledge était en bras de chemise, les bras croisés sur la poitrine. Son visage était presque totalement noyé dans l'ombre, et il m'était impossible de voir l'expression qu'il avait en écoutant Sidney. Je changeai de position, et, accroupi sur la plante des pieds, agrippé au bord de la fenêtre, essayai de mieux voir le visage de Fledge. Il sourit soudain et je réalise maintenant que c'était la première fois que je le voyais sourire ; ce fut aussi la dernière. Il ouvrit les bras. Les deux hommes semblèrent alors se pencher l'un vers l'autre ; à ce moment crucial mon sang ne fit qu'un tour et, perdant l'équilibre, je retombai brutalement, le derrière sur les pavés, en raclant bruyamment le gravier avec mes chaussures. Ils ne pouvaient pas ne pas m'avoir entendu. En un instant je m'aplatis contre le mur et y restai agrippé comme un lézard, sans oser respirer. Heureusement c'était une fenêtre condamnée, et personne ne pouvait m'observer.

Mais un moment plus tard, le rideau fut tiré et le carré de lumière disparut. Je revins discrètement devant la maison, sans toutefois entrer. Je préférai retourner à la grange, où je restai assis à boire plusieurs whiskies, avec pour seule lumière les quelques rayons de lune qui venaient se perdre dans les petites fenêtres du haut. Je demeurai dans mon siège d'osier jusqu'à ce que je puisse rentrer dans l'aile est en toute sécurité. Je regagnai ma chambre sans incident. J'étais pourtant très perturbé par ce que j'avais vu, et je cherchai en vain le sommeil jusqu'à ce que les premières lueurs de l'aube pointent vers l'est, sur le marais. Voyez-vous, en tombant de la fenêtre, je crois bien que j'avais vu Sidney prendre Fledge dans ses bras pour l'embrasser. Vous avez bien compris, mon majordome, nom de Dieu, dans les bras de ce mollasson !

EXPLIQUER ce que je pense de ces choses-là est sans nul doute superflu. A Oxford, de mon temps, on avait renvoyé des gens pour moins que ça. A vrai dire, je répugne même à aborder le sujet. J'avais vraiment besoin de ces verres dans la grange, ils m'ont calmé. Mon premier mouvement fut de chercher à déterminer qui avait la plus grande part de responsabilité dans l'incident. Fledge était le plus âgé des deux, bien sûr, mais Sidney lui était supérieur, socialement ; dans cette brève scène que j'avais entrevue, c'était Sidney qui semblait avoir été « l'agresseur ». Mais je me dis rapidement qu'il était futile de chercher lequel était le plus à blâmer. En effet, si j'avais pu agir à ma guise, tous deux auraient quitté mon toit le lendemain même. Mais il y avait une complication, et c'était cela qui m'empêchait de trouver le sommeil.

Ma fille Cléo avait dix-huit ans et elle était pleine d'ardeur. Sidney était son premier amour. Je regrette que Cléo ne soit pas un garçon, mais j'ai toujours eu un faible pour elle. Comme je crois l'avoir déjà dit, Cléo est une vraie Coal : elle est nerveuse, elle a une ossature fragile et les incisives légèrement proéminentes. Elle n'a peur de rien, pas même de moi. Quand les filles étaient petites, je me souviens qu'il m'arrivait de faire régner la terreur sur toute la maisonnée ; il s'installait alors un silence lourd et terrible, ce qu'Harriet appelait une « atmosphère ». Dans ces moments-là, pourtant, Cléo me narguait avec audace, pas le moins du monde intimidée par ma mauvaise humeur ou la cruauté de mes remarques. Il faut dire qu'elle était persuadée que, sous mon apparence d'ogre atrabilaire, battait en fait un cœur d'or. J'imagine qu'elle s'était fabriqué cette légende car elle ne pouvait supporter l'idée d'avoir pour père un tel monstre de misanthropie. Car, en réalité, non seulement je n'ai pas un cœur d'or, mais il n'est pas même fait de tissu sain : mes artères sont sclérosées, et me tueront bientôt.

J'admirais ma fille, voyez-vous. Je ne le montrais pas, mais j'étais ravi qu'elle refuse de se laisser tyranniser. Harriet et Hilary, ma fille aînée — elle est toute ronde et, comme sa mère, ressemble à un lapin —, mortes de peur, essayaient de ne pas se faire remarquer, et pendant ce temps-là, Cléo, elle, essayait de provoquer un de mes accès de rage violente. Les punitions ne la dissuadaient pas. Je l'ai dit, elle ne savait pas ce qu'était la peur. Je me souviens qu'une fois, pendant la guerre, elle était montée sur le toit de Crook, et sur la plus haute tour, faisait de grands gestes en direction des pilotes de Spitfire. Harriet avait failli mourir de peur, et moi-même j'étais un peu agité, debout dans l'allée devant la maison, criant à cette satanée fille de descendre tout de suite, la regardant glisser et sauter par-dessus les ardoises couvertes de mousse, et descendre le long d'une canalisation peu solide, certain qu'à tout moment elle pouvait se casser le cou.

Étant donné mes sentiments pour elle, je n'étais pas très désireux de détruire brutalement sa première expérience sentimentale et de chasser Sidney avec force imprécations : il me faudrait ensuite lui expliquer pourquoi. Cela pourrait la marquer à vie, et la dégoûter des hommes. Bien sûr, leur mariage était maintenant totalement exclu, mais je me demandais s'il ne serait pas possible de rompre en douceur, par exemple après le retour de Sidney chez sa mère, à Londres, une dizaine de jours plus tard. Ce ne serait pas un choc soudain, elle ne serait pas mise brutalement en face des vrais penchants de Sidney. Il quitterait Crook et je lui ferais comprendre calmement et fermement, par écrit, que tout contact avec notre famille était désormais impossible. Cléo se ferait de nouveaux amis à Oxford, et avec un peu de chance, elle l'oublierait. Quant à Fledge, je serais obligé de le garder jusqu'à ce que Cléo ait quitté la maison, au cas où il ferait une scène. Mais une fois la jeune fille partie, on le mettrait à la porte. Sans références, qui plus est. Je me demandai alors ce qui s'était vraiment passé au Kenya pour que les Fledge réapparaissent ainsi en Angleterre sans aucun papier. Je me sentis soudain très mal à l'aise en me rappelant ce qu'Harriet avait dit au sujet du planteur piétiné à mort par ses propres bœufs. J'aurais dû accorder plus d'attention à ce malaise passager. Mais je n'avais pas l'habitude, à cette époque-là, de prêter foi à ce genre de phénomènes si éphémères et en fin de compte si difficiles à vérifier.

Je débattis de tout cela pendant les longues heures de la nuit, d'abord dans l'obscurité de la grange, puis dans mon lit de l'aile est. Comme vous pouvez l'imaginer, je n'étais pas de très bonne humeur au petit déjeuner. Je ne pouvais me résoudre à regarder Sidney ou Fledge dans les yeux, et ce fut, je l'ai dit, uniquement par affection pour Cléo que je réprimai le dégoût que j'éprouvais à me trouver dans la même pièce que ces deux personnages. Ce qui était peut-être le plus révoltant dans tout cela, c'était ces « fiançailles » un ou deux soirs auparavant. Comme j'avais eu raison de rester sceptique et distant : quelle parodie, quelle moquerie, quelle injure, non seulement à Cléo, mais aussi à Harriet et à moi-même. Mon sang ne faisait qu'un tour en y repensant. Heureusement que je pouvais me réfugier dans la grange, car si j'avais été obligé de passer beaucoup de temps sous le même toit que ces deux invertis, j'aurais sans doute été incapable de dissimuler mes sentiments.

Je passai le plus clair des deux jours qui suivirent dans la grange ; je dois avouer que je bus pas mal de whisky. Je n'avais encore rien dit à Harriet. Je pouvais attendre que Sidney ait quitté la maison. Je n'étais pas sûr qu'elle aurait la force de faire comme si de rien n'était, une fois mise au courant de ce que j'avais vu. Elle serait bouleversée, à son tour elle risquait de perturber Cléo, et aucun de nous n'aurait plus la moindre paix. De plus, en dépit de mes récents déboires, il fallait encore que je travaille ma conférence. Mieux valait pour tout le monde, me disais-je, garder le secret. Les repas étaient assez tendus et j'avais le plus grand mal à m'en tenir à une sorte d'insociabilité renfrognée. Mais une insociabilité renfrognée était suffisamment courante chez moi pour que ni Harriet ni Cléo ne fussent particulièrement inquiètes. C'était seulement Hugo qui avait encore une de ses « humeurs », pensaient-ils tous. Hugo qui, comme souvent, était « impossible ». Ha !

Mon plan était donc d'éviter la maison le plus possible pendant tout le temps que Sidney séjournerait encore à Crook, soit une semaine et demie. Mais trois jours après l'incident à l'office, un événement dramatique se produisit soudain. On peut dire, je crois, que c'est là que tout commença vraiment.

Je me trouvais dans mon bureau, un soir, très tard, en train d'écrire, quand quelqu'un frappa à ma porte. C'était Cléo. Elle entra et s'affala dans un fauteuil près du feu. « Papa, dit-elle, Sidney n'est pas encore rentré. »

Je ne levai pas la tête de mon travail. Les allées et venues de Sidney ne m'intéressaient pas le moins du monde. « Cela fait plus de trois heures, ajouta Cléo. Il devait seulement aller au village poster une lettre. »

Je réprimai une remarque cruelle et me contentai de dire : « Il discute peut-être de poésie avec le père Pin. » Il s'agissait du prêtre de la paroisse, un ami d'Harriet.

« Cela ne lui ressemble pas, dit-elle en regardant

fixement le feu. Il est toujours si ponctuel. » Ses cheveux retombaient sur son visage en frange épaisse et brune et, de profil, je ne voyais que le bout de son nez et sa lèvre supérieure protubérante.

« Oui, j'imagine, dis-je.

— Papa, ne sois pas odieux.

— Odieux ?

— Je sais que tu n'aimes pas beaucoup Sidney, dit-elle, mais c'est parce que tu ne le connais pas bien. Il est toujours si timide devant toi. »

Ma plume courait sur le papier, récapitulant les preuves familières, en tirant d'audacieuses conclusions. Je rejette la théorie officielle qui veut que le dinosaure est un reptile. J'affirme l'existence d'une espèce nouvelle, les *Dinosauria*, bien distincte des *Reptilia*, dans laquelle je classe les oiseaux. Je pense en effet que les oiseaux sont des dinosaures encore en vie.

« Tu l'intimides, répéta Cléo. Il n'est pas très combatif, comme toi. Il a une nature douce. »

C'est bien sûr pour cela que Sykes-Herring essayait de me museler.

« Tu crois que c'est seulement de la faiblesse, mais c'est faux. J'aime la douceur, Papa, comme toutes les femmes. »

Malheureusement, je n'avais pas inventé cette idée. Des paléontologues victoriens, tels Owen et Huxley, connaissaient déjà les caractéristiques qui rapprochent les dinosaures des oiseaux et vice versa, mais leurs intuitions avaient été oubliées.

« Papa, est-ce qu'on pourrait aller le chercher au village, en voiture ? »

Je refermai le capuchon de mon stylo et lui accordai toute mon attention.

« Très bien, répondis-je. Va mettre ton manteau. »

Nous roulâmes lentement vers Ceck. La lune était pleine, mais parfois obscurcie par des nuages de pluie qui s'effilochaient. Je me garai dans la cour du Hodge and Purlet et entrai au salon, puis au bar, pendant que Cléo attendait dans la voiture. Mais personne n'avait vu Sidney. Nous remontâmes l'allée derrière l'auberge, entre de hauts murs de briques et des aulnes massifs dans lesquels le vent murmurait doucement. Passant la porte du cimetière, nous suivîmes le chemin étroit qui mène à l'église ; celle-ci se détachait nettement sur le ciel nocturne, inondée par le clair de lune qui argentait la pierre et transformait le clocher et l'ogive des fenêtres en blocs d'ombre. Loin au-dessus du petit clocher, de noirs nuages de pluie passaient sans cesse devant la lune. Nous traversâmes le cimetière en silence, longeant les pierres tombales éparpillées et branlantes, dont les ombres dessinaient, avec le feuillage des arbres de la haie, de délicates arabesques mouvantes. Mais à part le vent dans les branches et leur ombre sur l'herbe blanchie par le clair de lune, tout était mort.

Derrière l'église, nous allâmes frapper à la porte du cottage du prêtre. Patrick Pin n'avait pas vu Sidney. A l'étroit dans sa petite entrée obscure, le gros prêtre insista pour nous faire entrer, mais je refusai. Nous fîmes demi-tour jusqu'à la voiture, puis allâmes jusqu'aux Fonds-de-Ceck, pour voir si par hasard Sidney ne serait pas allé voir Georges. A notre gauche, au-dessus du marais, la lune semblait suspendue, énorme, jaune, très bas dans le ciel. Je commençai à deviner alors ce qui avait pu arriver à Sidney, mais n'en soufflai mot à Cléo.

Je me garai dans la cour, près du camion d'ordures. La ferme de Georges était une bâtisse carrée et basse, aux murs jaunis. Cette nuit-là, on eût dit qu'elle brillait d'une lueur malsaine, curieusement vive. Je poussai la porte de derrière et appelai. Pas de réponse. Nous entrâmes et le vent, qui avait considérablement fraîchi ces dernières minutes, claqua la porte derrière nous. La cuisine était vide. Une ampoule nue pendait à un fil tortillé au milieu de la pièce, et répandait une lumière terne et désagréable sur quelques pauvres meubles, le sol dallé, le poêle rouillé, son tuyau qui montait de travers vers un orifice au plafond et que les rafales de vent agitaient avec un bruit métallique. Une première volée de pluie cingla la fenêtre sans rideaux, dont une vitre cassée avait été remplacée par un morceau de carton mouillé. « Georges ! » criai-je et, encore une fois, mon appel resta sans réponse. C'était curieusement sinistre, et mon cuir chevelu se hérissa sous l'effet d'une peur indéfinissable. Son camion était dans la cour, la lumière était allumée, mais où était-il donc passé ? Je dis à Cléo de m'attendre dans la cuisine pendant que je faisais le tour de la maison. Mais toutes les pièces étaient vides. « Il n'est pas là », lui dis-je en revenant dans la cuisine. La pluie s'était mise à fouetter les carreaux et on entendait grogner les porcs de l'autre côté de la cour. Il y eut soudain un bruit déplaisant au-dessus de nos têtes et Cléo se tourna vers moi, les yeux pleins d'appréhension. C'était un grincement, un crissement de râpe ; le bruit sembla devenir plus rapide et plus menaçant et je compris alors qu'il s'agissait d'une ardoise qui, délogée par le vent, se détachait du toit. Une seconde plus tard, elle s'écrasait sur le sol, devant la porte de la cuisine. « Rentrons », dit Cléo en frissonnant. Tout cela était très étrange. Nous revînmes à Crook en silence.

La porte principale resta ouverte ce soir-là, et les lumières allumées dans le salon. Mais Sidney ne revint pas.

« Nous devrions sans doute appeler sa mère, suggéra Harriet au petit déjeuner. Il est peut-être rentré chez lui.

— Mais pourquoi aurait-il fait cela, maman ? » Cléo, qui tapotait sans conviction la coquille de son œuf avec le dos de sa cuillère, leva les yeux vers sa mère. « Pourquoi serait-il rentré sans prévenir personne ?

— Je ne sais pas chérie, répondit Harriet. Arrête donc

de jouer avec ton œuf. » Elle leva les bras au ciel. « C'est simple, je ne comprends pas ce garçon. Qu'en pensez-vous, Hugo ? »

J'étais caché derrière mon *Times* et je le baissai légèrement. « Franchement moi non plus, dis-je. Mais vous avez raison, Harriet. Il faudrait téléphoner à Mme Giblet. Vous devriez le faire. »

Harriet soupira. « Oui, en effet, il faut que je le fasse.

— Fais-le maintenant, maman, dit Cléo. C'est affreux de rester dans l'ignorance. »

Pauvre Cléo. J'avais dit que je ne comprenais pas pourquoi Sidney n'était pas revenu à Crook. En fait j'avais commencé à échafauder une hypothèse assez solide. Il était clair, à mon avis, que tout ceci était lié à ses rapports avec Fledge. En outre, j'étais persuadé que Fledge avait essayé d'exercer un chantage sur lui. Ce ne serait certes pas la première fois, après tout, qu'un domestique aurait essayé d'extorquer de l'argent d'un « monsieur » dans des circonstances similaires. Mais j'étais bien convaincu que Sidney, qui n'avait pas la somme nécessaire pour acheter cet individu, et ne pouvait expliquer à sa mère ou à quiconque pourquoi il avait soudain besoin d'argent, avait décidé qu'il valait mieux disparaître pour quelque temps. Franchement, j'étais soulagé : je n'aurais pas la tâche odieuse de briser leurs liens. A son retour, Cléo aurait perdu tout intérêt pour lui et j'étais sûr qu'il ne réapparaîtrait pas avant longtemps. Rétrospectivement, cette remarque mériterait d'être saluée par un grand rire ironique. Quant à Fledge, j'étais déterminé à le mettre à la porte, comme j'en avais fait le projet, dès que Cléo serait partie pour Oxford.

Néanmoins, il restait un petit détail à régler : que faire de la mère de Sidney ? Depuis qu'Harriet l'avait mise au courant, la vieille dame téléphonait de Londres trois fois par jour pour avoir des nouvelles. Comme j'avais un rendez-vous en ville avec Sykes-Herring à la fin de cette semaine-là, j'acceptai d'aller la voir. On comprendra facilement pourquoi c'était une démarche qui ne me plaisait guère. Car, après tout, comment expliquer à la mère du jeune homme qu'il ne lui était sans doute rien arrivé, sans lui dire pourquoi j'en étais si sûr ?

MME Giblet habitait Bloomsbury, tout près du British Museum. Après mon rendez-vous avec Sykes-Herring, j'allai déjeuner chez Hilary, ma fille aînée, et de là je pris un taxi. Le soleil avait abandonné toute velléité d'éclairer la sordide métropole et s'était caché derrière une masse de nuages gris. Ce temps accentuait encore l'atmosphère de distinction un peu surannée qui imprégnait la rue où habitait Mme Giblet, et ne faisait qu'aggraver ma mauvaise humeur; en effet, je déteste Londres. Le heurtoir de bronze terni représentait un griffon grimaçant; quand je frappai, un chien jappa sur un ton aigu et j'entendis un bruit de pas étouffés et traînants. La porte s'ouvrit très légèrement et un visage timide m'examina. « Bonjour. Je suis attendu par Mme Giblet. »

La porte s'ouvrit un peu plus et dévoila une jeune fille terne, en uniforme de femme de chambre des années 1920, un plumeau serré dans sa petite main crispée.

« Qui est-ce, Mary ? » cria une voix grinçante venant des étages supérieurs.

La petite femme de chambre me dévisagea avec terreur. Je me présentai : « Sir Hugo Coal.

— Sir Hugo Coal ! cria-t-elle, d'une voix soudain forte.

— Qui ?

— Sir Hugo Coal ! » Je criai à mon tour. « Je viens au sujet de Sidney.

— Faites-le entrer au salon, cria la voix. Je descends. »

Je fus alors débarrassé de mon chapeau et de mon

manteau, conduit au fond d'un vestibule étroit ; le sol était couvert d'un épais tapis, les murs décorés d'une profusion de photographies couleur sépia représentant des jeunes gens en uniforme et des scènes de famille assez sinistres. Divers meubles sombres et massifs encombraient le passage ; il flottait une odeur de poisson bouilli. La femme de chambre me fit entrer au salon, dont les fenêtres tendues de dentelle usée filtraient l'obscure lumière de cette journée.

« Mme Giblet arrive tout de suite », dit la timide jeune fille, inutilement. Elle passa un plumeau rapide sur une pendule hors d'usage qui trônait, massive, sur le manteau de la cheminée. Je retirai des touffes de poils d'un fauteuil rembourré et m'assis. La pièce sentait le renfermé, et le peu de lumière naturelle qui parvenait à pénétrer se perdait tout de suite dans la couleur uniformément sombre des tapisseries et des meubles.

Quelques minutes passèrent, très inconfortables pour moi. Je regardai ma montre et me dis que rien au monde ne m'empêcherait d'attraper le train de 3 h 47.

Enfin Mme Giblet apparut, appuyée sur une canne et serrant sur sa poitrine un petit chien nain au poil soyeux et au nez retroussé. Cette créature me fixa d'un œil alerte et méfiant quand je me levai. Mme Giblet me regarda à peine et se dirigea vers une profonde bergère dans laquelle elle s'assit lourdement. Elle respira avec bruit pendant quelques minutes, me fixant de ses yeux bleus chassieux. Elle bougeait sans cesse les lèvres sur un dentier qui devait être tout récent. Quand elle se décida à parler, sa voix était grinçante et froide ; à l'évidence, elle était habituée à être obéie. « Un peu de sherry, sir Hugo ? Ou quelque chose de plus fort ?

— Du sherry, s'il vous plaît, madame Giblet. »

Elle fit un signe de tête à la petite femme de chambre, qui détala. Mme Giblet était ce que l'on appelle une virago, un genre de femmes que je déteste cordialement (j'en connais quelques-unes dans le Berkshire). Elles sont elles-mêmes de redoutables terroristes, et donc difficiles à intimider. Rusées, aussi. Elle posa sa canne droit devant elle et appuya ses mains sur le pommeau. Ses doigts étaient chargés de pierres précieuses, et ses ongles écarlates. Sous les paupières tombantes, les yeux aussi brillaient. Le rouge à lèvres était mal appliqué ; les plis et les entrelacs de rides de sa gorge tremblaient sous la bosse ridée du menton. Les joues maquillées pendaient sous les pommettes bosselées. Un parfum dénaturé mais encore puissant émanait des replis de sa personne. Sur son giron, le petit chien roulé en boule faisait comme une tumeur poilue. La jeune femme de chambre revint avec deux verres de sherry ; elle reçut l'ordre d'apporter la bouteille. Mme Giblet fouilla dans les profondeurs de ses vêtements et sortit un paquet de cigarettes Capstan très fortes. « Une cigarette, sir Hugo ? dit-elle de sa voix d'asthmatique.

— Merci », dis-je. Il fallut ensuite trouver allumettes et cendrier. Une fois nos cigarettes allumées, et la bouteille à portée de la main sur une petite table ronde posée sur trois pieds en forme de griffes, je lui dis : « Je vais vous raconter ce qui s'est passé.

— Ce sera déjà une bonne chose », répliqua-t-elle.

Je sirotai mon sherry, qui n'était pas mauvais. Je fronçai les sourcils. « Sidney a quitté la maison lundi soir vers sept heures, après avoir dit à ma fille Cléo qu'il allait à bicyclette au village poster une lettre qui vous était destinée. »

Mme Giblet leva alors un doigt crochu. « Nous sommes maintenant vendredi, sir Hugo, et je n'ai pas reçu de lettre de Sidney. Même en tenant compte des défaillances de la poste, elle aurait dû déjà arriver.

— Oh, absolument, madame Giblet. Il est évident que Sidney n'a pas posté la lettre, si lettre il y avait.

— Vous pensez, dit-elle d'un ton interrogateur, que Sidney avait une autre raison d'aller au village ?

— Je n'en sais rien, madame Giblet. C'est possible. Je me suis demandé s'il y avait une explication à sa soudaine disparition. » Je venais de lancer une sorte de ballon d'essai.

« Quoi par exemple, sir Hugo ? » Le ton de sa voix était moqueur. L'essai avait raté.

« Chère madame Giblet, je ne veux absolument pas insinuer quoi que ce soit à propos de Sidney. Mais j'ai du mal à croire qu'il lui soit arrivé un accident. Nous l'aurions déjà retrouvé.

— Certainement. Continuez, sir Hugo. »

Je me sentais très agacé mais je restai néanmoins courtois. « Ne le voyant pas rentrer à dix heures du soir, Cléo et moi sommes allés au village, mais nous n'avons pas trouvé trace de lui. Personne ne se souvient l'avoir vu ce soir-là, ni après. Nous avons téléphoné à la police le lendemain matin. Ils ont commencé à fouiller le coin systématiquement.

— Veuillez me dire le nom de celui qui est chargé de l'enquête sur mon fils.

— Limp, l'inspecteur Limp. »

Le nom ne lui inspira pas confiance. « Ah », dit-elle. Elle sembla réfléchir. Elle avait de grandes poches sous les yeux, des poches semi-circulaires de peau bleuie où le temps avait dessiné un délicat réseau de rides. « Et comment trouvez-vous ce... ce Limp, sir Hugo ? »

Je choisis mes mots avec soin. « Ce n'est pas un homme qui fait bonne impression au premier abord. Mais je n'ai aucune raison de mettre en doute sa compétence. » Limp était en fait aussi dynamique qu'un seau d'eau. Mais, je l'avais dit, je n'avais aucune raison de mettre en doute sa capacité à rechercher une personne disparue.

« Je vois. Donc Sidney a disparu dans la campagne et un homme du nom de Limp est en train d'essayer de le retrouver. Avec des chiens, sir Hugo ?

— Je crois, oui.

— Et à votre avis, que lui est-il arrivé, sir Hugo ?

— Madame Giblet, je n'en sais pas plus que vous. J'avais d'abord pensé qu'il s'était perdu dans le marais.

— Le marais ?

— Le marais de Ceck. Dangereux par endroits, on peut s'enliser.

— Je vois.

— Mais bien sûr, nous l'aurions déjà trouvé.

— Sans doute pas s'il avait été englouti dans un de vos marécages. »

L'idée ne paraissait pas l'émouvoir outre mesure.

« Dans ce cas-là, nous aurions retrouvé sa bicyclette.

— Il a peut-être été englouti avec sa bicyclette ? » Ses yeux âgés et voilés brillaient sous les paupières. La vieille chauve-souris semblait même prendre plaisir à cette conversation.

« Cela paraît improbable.

— C'est donc pourquoi vous pensez, sir Hugo, que Sidney est parti de sa propre volonté.

— C'est une possibilité, madame Giblet. Je n'en dis pas plus.

— Mais pourquoi ferait-il une chose pareille, sir Hugo ?

— Je pensais que vous auriez peut-être une idée, madame Giblet.

— Je n'en ai pas la moindre idée.

— Moi non plus.

— Ah. »

Pendant toute la conversation, nous nous étions regardés droit dans les yeux. La vieille femme ne semblait pas comprendre mes allusions. J'aurais aimé parler franchement, mais elle ne me facilitait pas la tâche. Elle baissa alors les yeux et, sa cigarette pendant au coin de ses lèvres, elle crispa les mains sur le pommeau de sa canne ; je remarquai que celui-ci était incrusté d'une petite tête de mort en ivoire. Elle retomba dans ses réflexions. Je regardai ma montre. Il me faudrait partir dans cinq minutes pour avoir le 3 h 47. « Et sa bicyclette ? demanda-t-elle enfin. Ils n'ont pas trouvé sa bicyclette ?

— Aucune trace de la bicyclette.

— Ce n'est pas bon signe, murmura-t-elle.

— Au contraire, madame Giblet, lui répondis-je, c'est bon signe. Vous comprenez, je suis persuadé qu'il n'est rien arrivé à Sidney, et qu'il va bientôt revenir et éclaircir ce pénible mystère. » Je me levai. « En attendant, l'inspecteur Limp m'a assuré que son signalement avait été communiqué à tous les postes de police et hôpitaux des comtés autour de Londres. »

La vieille femme resta encore une fois longuement silencieuse. Elle poussa un profond soupir, son ample poitrine se souleva, puis retomba ; les yeux bleus chassieux me fixèrent de leur regard vacillant. Sans un mot, elle prit la sonnette qui était sur la table et l'agita violemment. La petite femme de chambre apparut et l'aida à s'extraire de son siège. Elle me tendit la main. « Sir Hugo, c'est très aimable à vous d'être venu me voir. Pardonnez-moi d'avoir été un peu brusque avec vous. L'angoisse d'une mère, vous le comprendrez, j'en suis sûre... » Tout son visage, cette structure complexe de plis et de bajoues, se tendit en avant, tremblant comme l'épave d'un navire qu'on sort de l'eau, et fut transformé une seconde par un charme authentique avant de retomber dans sa morosité habituelle. C'était un drôle d'oiseau ! Je commençai à comprendre la cause des tendances de Sidney. « Mais bien entendu, madame Giblet. *Nil desperandum*, n'est-ce pas ?

— *Nil desperandum*, sir Hugo, dit-elle, prenant ma main dans la sienne et la tapotant. Tenez-moi au courant.

— Je n'y manquerai pas. »

J'attrapai le 3 h 47 avec une minute d'avance.

J'AI appris quelque chose d'important depuis que je suis paralysé : quand les sens n'apportent plus d'informations, l'imagination vire rapidement au fantastique. Fledge le sait bien, et c'est pourquoi il tourne mon fauteuil roulant vers le mur. Quand je fixe les nœuds, les volutes et les stries de la boiserie de chêne sculpté, et que j'entends derrière mon dos le murmure assourdi des voix, le froissement d'un tissu de soie, le bruit d'une respiration et même le petit rire d'Harriet, Fledge sait bien, lui, que mon imagination construit une scène érotique et dépravée, l'amour l'après-midi, dans un fauteuil.

C'est ce que j'entends par fantastique, toutes ces choses extraordinaires, bizarres, incongrues et absurdes. En effet, un de ces jours-là, quand Cléo est entrée dans la pièce et a tourné mon fauteuil avec un cri d'indignation, j'ai bien vu Fledge et Harriet : ils étaient en train de jouer aux échecs ! Il faut donc que je tienne compte de cette tendance que j'ai à imaginer des choses, il faut que je trie soigneusement les témoignages que m'apportent mes sens, si je veux pouvoir élucider ce qui se passe vraiment à Crook. Vous pensez sans doute que cela ne devrait pas être trop difficile pour le scientifique que je suis ; pourtant, l'empirisme pur est parfois difficile à atteindre. C'est si difficile d'ailleurs que l'on se met à douter de pouvoir jamais reconstruire une réalité qui ne soit pas déformée par les interprétations, les démentis et les impostures de toutes sortes qui viennent du cerveau, ou bien pire encore, par quelque chose d'aussi simpliste et sommaire que l'angle de vision offert par l'orientation aléatoire du fauteuil roulant. Une certaine vérité se fait jour par l'entremise de tels hasards. Je commence à penser que ce n'est qu'une chimère.

Mais je suis en train de divaguer. J'ai parfois du mal à mettre de l'ordre dans mes pensées. C'est parce qu'il m'arrive de trouver soudain une signification nouvelle aux événements qui se sont passés à Crook depuis l'automne, quand je ressasse ainsi des idées noires, assis dans mon fauteuil dans cette espèce de cave sous la cage d'escalier. Si je ne fais pas attention, ces intuitions soudaines perturbent gravement mon sens de la chronologie. C'est sans doute inévitable dans une certaine mesure, mais je veux quand même éviter ce problème. Ce que je veux, voyez-vous, c'est que vous puissiez juger par vous-même, rationnellement et sans parti pris, de la duplicité sans limites de Fledge. C'est à peu près à cette époque-là, en effet, en octobre ou novembre, je ne sais plus précisément, qu'il mit en œuvre la seconde étape de son plan, à savoir la conquête d'Harriet. Avec ce que vous savez de la nature profonde de Fledge et de ses penchants, vous voyez dans ce trait jusqu'où il était prêt à aller pour assouvir son ambition : il était prêt à simuler le comportement sexuel d'un homme normal. La « normalité » de Fledge doit donc être considérée pour ce qu'elle est, une inversion double, l'inversion de son inversion.

A cette époque-là, pourtant, je n'en étais pas conscient. Je n'avais alors comme indice que la scène que j'avais entrevue à l'office, et mes soupçons quant à la disparition de Sidney. Et ce que j'avais vu à l'office n'était pas seulement immoral, c'était aussi criminel : autrefois, à une époque pas si éloignée que cela d'ailleurs, la sodomie encourait la pendaison ! Le scandale une fois dévoilé entraînait la perte de toute dignité et une réputation à jamais entachée, surtout dans la presse à scandales, particulièrement vigoureuse et véhémente dans la dénonciation de tels crimes. Aussi étais-je loin de m'imaginer que Fledge puisse avoir des vues sur Harriet. C'est seulement en procédant pas à pas que je peux reconstruire rétrospectivement toute l'affaire.

Car, contrairement à mon plan, je ne l'avais pas renvoyé. Mon entrevue avec Sykes-Herring s'était très bien passée, à ma grande surprise, et nous avions fixé une nouvelle date pour la conférence, le 7 février. Nous avions même scellé l'accord par une poignée de main. C'était la raison pour laquelle j'étais allé à Londres. Je savais bien qu'ils ne souhaitaient pas que je puisse faire cette conférence, car ils se méfiaient trop de mes opinions, mais si je pouvais arracher une date et une poignée de main, alors un certain code d'honneur me garantissait podium et public au jour et à l'heure fixés. Il se trouvait donc que, ayant l'occasion de travailler pour de bon, je n'avais pas très envie d'assumer l'émotion que le renvoi des Fledge ne saurait manquer de provoquer chez Harriet. Elle me rappelait souvent que les domestiques bon marché étaient si difficiles à trouver ; la perte de ces « perles » la bouleverserait pendant des semaines. Je décidai d'attendre d'avoir fait ma conférence à la Société royale ; ensuite, je les jetterais dehors.

Je dois ajouter qu'Harriet était prête à les garder, même après avoir percé le « secret » de Doris. Un matin elle me dit en baissant la voix : « Hugo, je crois que Mme Fledge boit !

— Mais bien sûr, elle boit, Harriet, cela se voit à son nez. » Harriet est encore très innocente.

« Vous pensez que nous devrions la renvoyer ? dit-elle. Oh, mon Dieu, c'est impossible, Hugo ! Nous avons eu tellement de chance de les dénicher. Avec ces gages, nous ne trouverons personne pour les remplacer. Vous rappelez-vous combien Connie Babblehump a dû payer son dernier majordome ? Et il ne voulait même pas cirer les chaussures ! »

La scène se passait au petit déjeuner. « Oh, calmez-vous, Harriet, répondis-je, caché derrière le *Times*. Renvoyez-les si vous le désirez, cela m'est égal. » Je savais qu'elle n'en ferait rien. « C'est vous qui les avez engagés. Arrêtez de jacasser de la sorte.

— Hugo, dit-elle de ce ton blessé que je connaissais bien et que j'aimais provoquer, vous pouvez être affreusement grossier. Pourquoi êtes-vous si grossier ? »

Je ne répondis rien à ceci. N'étais-je pas de toute façon « impossible » ?

Bientôt les journaux apprirent la disparition de Sidney et décidèrent que l'histoire méritait d'être exploitée. Toute cette publicité était extrêmement déplaisante. Après quelques intrusions désagréables, je donnai l'ordre à Fledge de ne laisser entrer aucun journaliste et Georges eut pour mission de chasser les intrus, au besoin avec un coup de fusil. Je dois vous préciser que la presse ne respecte pas l'intimité, c'est le moins qu'on puisse dire. En dépit de mes efforts, ils se pressaient encore aux grilles de Crook ; un matin qu'Harriet essayait d'aller à bicyclette au village, elle fut littéralement assaillie et dut mettre pied à terre. Elle rentra toute retournée. Je fus très soulagé quand, après quelques jours d'excitation malsaine, ayant découvert d'autres sornettes pour titiller leurs lecteurs, nous perdîmes tout intérêt pour eux. Et on ose prétendre que l'alphabétisation de masse est une bénédiction.

Les jours passaient. Les hirondelles partaient, les arbres perdaient leurs feuilles et le jardin devenait de plus en plus stérile. Le temps était humide et brumeux ; il pleuvait souvent. Cléo partit pour Oxford un peu plus tard ; elle avait été acceptée à Sainte-Anne, pour étudier la philosophie. La pauvre enfant n'y resta qu'un trimestre. La disparition de Sidney l'avait bouleversée ; elle y pensait sans cesse, incapable d'intégrer le fait qu'il ne faisait plus partie de sa vie à une vision de la réalité qu'elle pût accepter. Elle finit par se convaincre qu'il était arrivé un malheur, et rien de ce que je pouvais dire n'arrivait à l'en dissuader. L'idée que quelqu'un ou quelque chose avait tué son Sidney la torturait. Son Sidney si tendre, gentil et mollasson. Son furet. Qui avait pu faire une chose pareille ? Et pour quelle raison ? Ce ne fut donc pas une Cléo très heureuse qui commença sa vie universitaire en ce mois d'octobre. A mon avis, ce fut à cause des journaux qu'elle se mit à ruminer ces idées atroces et terrifiantes. Le plus ironique dans tout cela, c'est que je ne pouvais même pas lui exprimer ma certitude que Sidney était en vie, qu'il avait simplement disparu pour échapper au chantage de Fledge. Car alors il faudrait tout lui dire et c'est précisément ce que je voulais éviter à cette petite.

Fort heureusement, je ne rêvai plus de Doris après cette extraordinaire résurgence de désir qu'elle avait éveillée en moi la nuit de la tempête. C'est sans doute un mystérieux processus psychique qui avait dérouté vers ma libido la frustration causée par l'annulation de ma conférence ; c'était peut-être un mélange intéressant de Logos et d'Eros. En tout cas, au fur et à mesure que mon travail progressait pendant l'automne et au début de l'hiver, je n'étais, tout compte fait, pas mécontent qu'il y ait eu ce retard. Cela me permettait d'affiner ma théorie, de la polir, de lui donner plus de style.

Les premières neiges tombèrent le 15 décembre. Je me réveillai de bonne heure et j'aperçus à travers les petits carreaux scellés de plomb et marbrés de givre la blancheur éblouissante de la campagne. J'ouvris grand les fenêtres ; je restai debout dans ma robe de chambre en fumant un cigare, contemplant le soleil qui, bas sur l'horizon, commençait sa courbe, accrochant à la neige des diamants de lumière. Ma chambre donne au nord, sur la vallée de la Fling et les collines boisées. Dans les champs et les sentiers, les traces des oiseaux et des renards, marquées sur la terre par ces créatures, formaient des lignes mouvantes, à peine visibles, minces comme des cheveux. J'imaginai les enfants de Ceck ; leurs yeux éblouis d'un émerveillement primitif de sauvages, le nez tout blanc écrasé contre la vitre gelée des chaumières, impatients de sortir pour marcher dans la neige, en faire des boules et des bonhommes. C'est certainement un instinct profond que ce goût que nous avons de construire des effigies de nous-mêmes, dont témoigne le comportement spontané des enfants devant la neige.

Fledge apparut avec mon thé du matin. « Enfin la neige, Fledge, lui dis-je, le regard encore fixé sur les champs au loin.

— On le dirait, sir Hugo, répondit-il. Désirez-vous autre chose, sir Hugo ?

— Non merci, Fledge. » Il quitta la pièce. Alors seulement je me détournai de la fenêtre pour boire mon thé. On le dirait, sir Hugo ! Ce n'était pas une apparence, la neige existait vraiment ! Elle était réelle ! On pouvait la voir, la toucher, la goûter, voire la sentir si on avait un bon odorat (ce n'est pas mon cas). Un Eskimo pourrait même l'entendre ! Fledge était un homme qui ne faisait pas confiance au témoignage de ses sens, et qui dissimulait son scepticisme sous ce langage affecté. Bon Dieu, comme je le détestais, lui et ses faux-fuyants, son air imperturbable, sa ruse vile et ses convoitises secrètes.

Ce soir-là, le soir de la première neige, Harriet et moi étions assis comme à l'accoutumée à la table du dîner. La conversation languissait. Une douzaine de flammes vacillaient sur un chandelier ; Fledge se déplaçait sans bruit autour de la table, ôtant une assiette, remplissant un verre (surtout le mien), s'acquittant de ses tâches avec le plus grand soin. Un feu crépitait dans l'âtre ; un gros paquet de neige glissa du toit et s'écrasa sur le chemin avec un bruit sourd. A part cela, Crook était calme et silencieux, rempli du parfum du sapin de Noël qui se dressait dans le hall. Pour qui voyait Crook de l'extérieur, en remontant l'allée, la maison, avec ses pignons couverts de neige, la couronne de houx clouée à la porte et la lumière du feu à travers les meneaux des fenêtres, devait respirer une atmosphère de solidité et de calme, apparaître comme un refuge chaud et bienveillant. Hélas ! Il y avait un serpent dans ce jardin, un ver dans le fruit ! Nous allions nous lever de table quand nous entendîmes les voix enfantines. « Écoutez, Hugo », chuchota Harriet. Tous les deux, assis à la lumière des bougies, tendîmes l'oreille. « Ce sont les enfants qui viennent chanter les chants de Noël. »

Nous allâmes ouvrir la porte d'entrée, et là, flanqués de deux maîtres d'école, se tenait le groupe des enfants de l'école primaire de Ceck, tous chaudement vêtus, avec bottes et capuchons. Leurs petites voix frêles s'élevèrent au-dessus des toits de Crook. Mme Fledge émergea de la cuisine, et vint dans le hall pour écouter. Puis Fledge lui-même se joignit à nous, et nous écoutâmes *Douce Nuit* ensemble, en silence ; Doris toutefois ne put réprimer un sanglot (d'ivrogne, sans doute).

Ensuite ils entrèrent tous dans la maison et les enfants se dirigèrent bruyamment vers la cuisine, où Doris leur servit petites tartelettes et limonade. Harriet et moi conduisîmes les maîtres au salon, prendre un whisky.

Mais tout ceci, qui sans nul doute suscite de douces émotions chez les personnes sentimentales — les Anglais diraient *mawkish* —, n'augurait pour mon travail que dérangements et interruptions. Je sais ce qu'implique la période de Noël : des obligations sociales assommantes, une activité frénétique dans la maison, et de multiples occasions de boire à l'excès. Pour quelqu'un comme moi, avec de plus une conférence importante à préparer, c'était une catastrophe. A propos, connaissez-vous l'étymologie du mot *mawkish ?* Cela vient du vieux scandinave et signifie « asticot ». Quant au sens, c'est « insipide jusqu'à la nausée ».

HARRIET est sentimentale et, je l'ai dit, innocente. A beaucoup d'égards, elle est restée telle qu'elle était quand je l'ai épousée en 1921, et j'imagine que Fledge a dû sourire en son for intérieur de la facilité avec laquelle il est arrivé à faire sa conquête. Harriet n'a pas eu une vie très heureuse, elle n'a pas été épanouie par l'amour réfléchi d'un époux tendre et attentionné. En effet, cela doit maintenant être évident, j'ai toujours été trop absorbé par mes ossements pour lui témoigner la tendresse sincère que toute femme attend d'un homme. Il y avait donc en elle une sorte de vide douloureux — par une ironie du sort, je n'ai eu le loisir de me faire ces réflexions que depuis que je suis paralysé —, un vide qu'elle avait tenté, pendant des années, de combler par la religion. C'est la raison pour laquelle son prêtre, Pin, était si important pour elle. C'était un succédané de Jésus-Christ, qui était à son tour un succédané de moi, le mari qui l'avait si cruellement déçue.

Notre mariage n'a pourtant pas toujours été vide de sens, loin de là. Au début, nous faisions chambre commune dans l'aile ouest et nous étions très heureux. A cette époque, l'expédition africaine n'était encore qu'un projet : j'avais apparemment assez de temps pour concilier l'amour et la paléontologie. Harriet était une gentille fille, pleine d'enthousiasme ; les gens disaient qu'elle était une « rose anglaise », à cause de son teint. J'étais alors un jeune naturaliste intelligent et ambitieux et tout le monde disait que nous formions un beau couple. Qu'est-ce qui a pu gâcher tant de promesses ? J'ai toujours supposé que notre mariage avait commencé à boiter après mon retour d'Afrique avec Georges. Ce *Phlegmosaurus* avait exigé de moi tant d'énergie que j'avais laissé notre amour s'éteindre. Mais en fait, Harriet et moi avions cessé de coucher ensemble avant même mon départ pour l'Afrique, c'est encore une autre découverte que j'ai faite depuis que je pourris dans mon réduit sous l'escalier.

Un incident me revient avec une acuité particulière. Je me rappelle du jour — en 1924, ou peut-être en 1925, où Dome a accroché un tableau dans notre chambre, une reproduction encadrée de *La Vierge aux lis*. Il y avait déjà un grand crucifix de bois au-dessus du lit, et je n'aimais guère me coucher sous ses pieds sanguinolents. Je le tolérais pourtant par amour pour Harriet. Mais avec *La Vierge aux lis* dans ma chambre, la coupe était pleine. Cette chose exsudait une sorte de religiosité malsaine qui me mettait mal à l'aise, et l'idée d'avoir à passer mes nuits non seulement avec Jésus-Christ, mais aussi avec sa mère, m'était insupportable. Je descendis dare dare l'escalier et m'en expliquai avec Harriet. Elle pleura bien sûr, mais le jeune prétentieux que j'étais à l'époque ne céda pas. Dome enleva *La Vierge aux lis* de la chambre l'après-midi même, mais, de ce jour, plus rien ne fut pareil entre nous. Je crois même qu'elle en parla à Patrick Pin ; cela fait des siècles que ce maudit prêtre est à Ceck. Il commença alors à la détourner de moi. Cet hiver de 1949, cela faisait vingt-cinq ans que je dormais seul dans l'aile est et l'amour conjugal n'existait plus entre nous depuis longtemps. J'avais mes ossements ; et quand il m'arrivait d'être troublé par des envies soudaines, j'allais au Hodge and Purlet où quelques heures en compagnie d'hommes comme John Crowthorne et Georges Lecky les dissipaient rapidement. C'est pourquoi ce rêve avec Doris était si étrange. Pendant toutes ces années, l'idée qu'Harriet ait pu être en proie aux mêmes désirs ne m'avait même pas effleuré, pas plus que la curiosité de savoir comment elle aurait pu les assouvir. Après tout, parler de ces choses-là avec une femme, cela ne se fait pas.

Je comprends maintenant qu'en délaissant Harriet pendant si longtemps j'avais joué le jeu de Fledge. Il avait réveillé en quelque sorte la belle au bois dormant; balayant les principes religieux qui avaient des années durant masqué sa solitude et sa frustration, il avait rapidement pris possession de son cœur, pour mieux ensuite régner chez moi.

La solitude est une chose terrible; elle laisse le champ libre à une imagination débridée qui peut décrire en détail ce qu'il vaudrait peut-être mieux ne jamais exprimer. C'est dans le cellier que ceci m'apparut clairement : c'est là que j'eus la vision de Fledge commençant ses premières manœuvres d'approche, abandonnant le camouflage de sa condition de domestique pour me porter les premiers coups. Ils étaient sans doute en train de mener à bien un de ces « inventaires » qu'Harriet fait de temps en temps pour être sûre que nous ne risquons pas de manquer de vivres et de mourir de faim.

Le cellier de Crook est une pièce étroite, au plafond haut et mal éclairée; ses étagères de marbre regorgent de conserves et de cornichons, de fruits secs et au sirop, de restes de pièces de viande, de desserts et de gelées. Ce qui suit n'est que pure conjecture, je le rappelle, mais étant donné ce que nous savons déjà, il est tout à fait plausible que les choses se soient passées ainsi. Harriet avance lentement entre les rayonnages qu'elle scrute d'un regard inquiet voltigeant de droite à gauche, jusqu'à ce qu'elle s'arrête devant les confitures. Elle se met à compter les pots. Ses cheveux, aujourd'hui particulièrement brillants, sont attachés en un chignon désordonné; elle se tourne vers Fledge et lui demande s'il pense qu'il faudrait en commander davantage au village.

Fledge pense que non. Sa haute taille lui permet de vérifier les étagères supérieures et il lit les étiquettes à voix haute : « Confiture de prunes, de framboises, de fraises, de groseilles. Au moins un demi-douzaine de chaque, madame.

— Vraiment, Fledge ? dit Harriet. Je ne savais pas que nous avions mangé si peu de confitures. »

Fledge se retourne vers elle dans cet espace étroit. Il ne peut manquer de voir combien les yeux d'Harriet brillent dans l'obscurité, ni qu'une mèche de cheveux s'est égarée de son opulent chignon cuivré et lui donne un air distrait très séduisant. Et Harriet, que pense-t-elle, que ressent-elle ? Une vague tendresse pour cette homme, probablement, ce qu'elle éprouve pour l'humanité entière. Elle n'a jamais vraiment passé au crible ses sentiments. C'est Fledge, le majordome. Maintenant, cependant, elle lève les yeux vers lui ; et, entre les cornichons et le condiment à la rhubarbe, une sensation liquide et chaude l'envahit.

Tout est soudain silencieux. Le sourire s'efface sur les lèvres d'Harriet, mais elle ne détourne pas le regard. Elle a reconnu l'expression du visage de Fledge. Le silence est vibrant dans ce cellier mal éclairé. Il pose sa main sur le creux des reins, de l'autre il lui enlace les épaules et il l'attire vers lui pour l'embrasser sur la bouche.

Harriet ferme les yeux. Son baiser est ferme et doux, profondément excitant. Tout à coup, elle désire son mince corps long et pâle, sa virilité puissante et silencieuse. « Oh, Flegde », dit-elle dans un souffle. Sa respiration est désordonnée ; elle a les joues en feu. Elle se recule un peu et le regarde avec une intensité grave ; puis elle lève les bras, lie ses doigts derrière le cou de Fledge et l'attire vers elle encore une fois. Quand ils se séparent cette fois-ci, des larmes coulent sur son visage et son esprit est agité. « Oh, Fledge, murmure-t-elle, tenez-moi un moment ; je crois que je vais m'évanouir. »

Fledge la tient dans ses bras et peu à peu Harriet retrouve son souffle. Elle sort un petit mouchoir de la manche de son cardigan et s'essuie les yeux, qui brillent maintenant plus que jamais. « Oh, Fledge », dit-elle, avec un petit gloussement ; elle renifle plusieurs fois et se mouche. Remettant le mouchoir dans sa manche, elle prend les mains du majordome fermement dans les siennes. « Je vous aime beaucoup, mais nous devons finir l'inventaire. Avons-nous assez de confitures, mon cher Fledge ?

— Oui, madame, nous en avons assez. »

FEMME perfide ! Jézabel ! Comme je rageais et bouillais de colère au fond de ma grotte ! Et je bavais et poussais ces bruyants grognements de porc qui faisaient accourir Doris dans le vestibule pour me taper dans le dos, de peur que je ne m'étouffe avec mes propres mucosités. Je finissais par me calmer. Une fois mes esprits retrouvés, je me disais que, malgré ces quelques minutes d'abandon passionné dans le cellier, il était peu probable qu'une vie de catholique dévote se soit effondrée au mépris de toute psychologie, et qu'un simple baiser ait pu engendrer une promiscuité sans frein. Non, cela prendrait plus de temps. D'abord il y aurait la période des doutes.

J'imagine Harriet dans sa chambre de l'aile ouest. Elle s'est retirée pour écrire quelque lettre avant le déjeuner. Son stylo est plein, et le papier blanc armorié est là, devant elle, sur l'abattant de son secrétaire, mais la feuille reste vierge. Elle contemple par la fenêtre les collines qui s'étendent au nord de Crook et suit les évolutions d'un oiseau planant au gré de l'air clair et froid, si loin qu'il n'est plus qu'un point. Sa sexualité longtemps en sommeil a été réveillée ; va-t-elle à nouveau la laisser reposer, la laisser se rendormir, l'oublier, comme tout au long de ce dernier quart de siècle, et mourir ?

« Ma chère Hilary, écrit-elle. Nous avons hâte de vous voir tous à Noël. Je suis allée dans le cellier avec Fledge pour être sûre qu'il y avait assez de confitures. » Harriet s'arrête d'écrire et regarde à nouveau par la fenêtre. Non, cela ne va pas. Elle roule en boule la feuille de papier et la jette dans la corbeille. Elle sort une nouvelle feuille, commence : « Cher Fledge », puis à nouveau fixe les cercles tracés dans l'air par l'oiseau lointain, la plume légèrement inclinée sur le papier, prête mais immobile. Elle finit par se lever et sonner.

Il se matérialise sans bruit à la porte de sa chambre. « Fledge », dit-elle, se tournant vers lui. Comme d'habitude il est impassible, malgré l'épisode du cellier. Son col est impeccable, son habit bien repassé, le pli de son pantalon à rayures aiguisé comme une lame. Ses souliers brillent d'un éclat sombre, ainsi que ses cheveux brun-roux. Il est rasé de près. « Madame a sonné ?

— Fledge, à quoi pensions-nous ce matin ? Nous avons eu un moment de folie, sans doute ! Si quelqu'un nous avait vus ? Fledge, il ne faudra jamais en parler. Et bien sûr cela ne doit pas se reproduire.

— Bien, madame.

— Vous pouvez disposer. »

Fledge s'incline et se retire.

Il faut probablement encore un nouvel incident avant qu'Harriet ne se précipite chez son prêtre. J'imagine cela deux ou trois jours plus tard. A nouveau, Harriet est dans sa chambre, elle vient de sonner pour le thé. Elle est assise et contemple le tableau dont j'ai déjà parlé, *La Vierge aux lis*. Fledge frappe, entre avec le plateau et le pose. Puis il se met à genoux près d'Harriet, lui prend la main et la porte à ses lèvres.

« Oh, Fledge », murmure-t-elle, les larmes lui montant aux yeux. Ces temps-ci, elles lui viennent facilement, sans qu'elle sache pourquoi. Elle lui tend les bras et le serre sur sa poitrine. Elle s'accroche à lui chastement pendant quelques instants, en larmes. Elle sent soudain sa main glisser sous sa jupe, sur la peau de sa cuisse. « Non ! » crie-t-elle, et elle le repousse. « Non, Fledge, c'est mal, très mal ! » Elle se lève et s'éloigne, rajustant nerveusement sa chevelure, très agitée. « Fledge, il ne faut pas faire cela. Ce que vous faites là est insensé ! Complètement insensé ! »

Fledge s'est rapproché de la porte et a disparu, sans un mot ; la porte se referme derrière lui avec un léger bruit de loquet. Harriet retombe sur sa chaise, arrange distraitement sa jupe là où la main de l'homme s'est posée. Elle regarde sans la voir la campagne glacée et sinistre, et ses yeux humides retournent au tableau. Au premier plan, des gerbes de lis d'un mauve délicat forment une courbe gracieuse vers la silhouette de la Vierge, qui serre contre sa tunique blanche l'Enfant Jésus. Elle est debout sur un nuage, tandis que loin en dessous une rivière serpente à travers une campagne verte et vallonnée — un paysage qui, curieusement, ressemble à celui de notre coin du Berkshire. Harriet s'assoit souvent devant ce tableau, méditant sur l'antique association de la divinité et de l'altitude, pensant à son défunt rédempteur. Ce n'est pourtant pas Jésus-Christ qui occupe maintenant ses pensées, mais Fledge, qui, lui, est bien vivant.

Peut-être pensez-vous que j'invente tout cela, que ce ne sont que les élucubrations d'un cerveau malade ? Mais si ce n'est pas vrai, si Fledge n'a pas séduit Harriet et s'il ne lui impose pas sa volonté, alors qu'on m'explique pourquoi elle ne proteste pas quand il tourne mon fauteuil vers le mur ?

Le matin de Noël j'étais dans ma grange, dont l'atmosphère était adoucie par deux radiateurs soufflant de l'air chaud, quand Fledge frappa à la porte. L'inspecteur Limp m'attendait dans le salon. Crook est plutôt surpeuplé à Noël, et la raison principale en est la présence des Horn, c'est-à-dire de la famille de ma fille aînée, Hilary, dont je vous ai peut-être déjà parlé. Elle ressemble à Harriet et depuis qu'elle est toute petite elle a peur de moi. Tous les ans, elle et son mari Henry, un chirurgien orthopédiste que sa grande barbe noire fait ressembler à un vieux loup de mer (il m'est arrivé de raconter que son métier était de mettre des bateaux dans des bouteilles), viennent passer Noël à Crook avec leur fils, mon petit-fils Victor, qui a maintenant dix ans. Harriet bien sûr est aux anges ; longtemps avant leur arrivée, elle est dans tous ses états, et s'affaire à choisir la nourriture, la boisson, l'arbre, les décorations. Je ne peux pas dire que je n'aime pas Henry Horn ; il s'intéresse beaucoup à mes ossements, comme moi aux siens. Mais, en fait, Victor est la seule personne de cette famille pour qui j'ai vraiment de l'affection.

Victor est un vrai Coal. Il est potelé ; une frange de cheveux bruns tombe toujours sur ses yeux, un peu comme Cléo. Il a aussi les dents de Cléo, les dents des Coal. Quand il rit, et il rit souvent, ses petites joues rondes piquetées de taches de rousseur deviennent des boules brillantes, ses dents de devant ressortent sur sa lèvre inférieure, lui donnant un air un peu bête. C'est un enfant précoce, et il avait apporté avec lui un volume de Freud, *Totem et Tabou,* que moi-même je n'ai pas lu, et il me dit très sérieusement qu'il voulait devenir psychanalyste. Mais le problème c'est qu'avec tous ces gens il m'est plus difficile de maintenir dans la maison une atmosphère mélancolique et maussade. Il y a beaucoup trop de bonne humeur. Cette année pourtant c'était plus supportable que d'habitude, la dépression de Cléo ayant quelque peu assombri les festivités.

Quand Limp vint me voir, ils étaient tous à la messe au village. Petit et chauve dans son long imperméable gris, il s'excusa de venir me déranger le jour de Noël et me demanda de venir au commissariat avec lui. Bien sûr, j'acquiesçai. Nous allâmes à Ceck en voiture et je fus conduit dans le minuscule poste de police, dans la pièce du fond qui ne comportait qu'une table en bois, deux chaises et, contre le mur, un objet enveloppé d'une lourde bâche vert foncé. L'agent de police de Ceck se tenait à côté de cet objet. « Allez-y, Cleggie », dit Limp, et l'agent souleva la bâche.

C'était une bicyclette, une bicyclette haute et noire. Des esquilles de glace et de la boue gelée y étaient collées ; en fondant, elles tombaient sur le sol et formaient des flaques d'eau sale. Plusieurs rayons de la roue arrière étaient tordus, et la selle avait été retournée à l'envers. Limp me demanda si je connaissais cette bicyclette. « Oui », répondis-je. Je la connaissais, cette bicyclette. C'était celle que j'avais l'habitude d'utiliser. Ce matin-là, quelqu'un avait vu un bout de guidon qui sortait de la terre gelée du marais de Ceck et on avait exhumé la machine. « Est-ce la bicyclette que Sidney Giblet avait la nuit où il a disparu ? me demanda Limp.

— Oui, répondis-je, c'est celle-là même. »

Je revins à Crook. Le salon grouillait de catholiques qui buvaient mon sherry et mangeaient des sandwiches au jambon. « Vous voilà, mon ami, dit Harriet en s'avançant pour m'embrasser rapidement sur la joue. Fledge nous a dit que l'inspecteur Limp était venu vous chercher. Nous pensions qu'on vous avait mis au cachot.

— Pas du tout. » Je tâchai de trouver quelque explication plausible. « C'était une histoire idiote de braconniers.

— Des braconniers ! » s'écria Connie Babblehump. J'étouffai un grognement. « C'est un fléau à la campagne, déclara-t-elle.

— Des pièges à hommes. » C'était Freddie Hough, le juge de paix. « C'est cela qu'il faut. Une paire de mâchoires en fer, avec un ressort. Le type marche dessus, et — crac !

— Freddie, voyons, dit doucement Harriet.

— Cela lui arrache la jambe gauche, dit Freddy qui avala le reste de son sandwich et le fit descendre avec une gorgée d'amontillado. Ce vieux brigand de Crowthorne, dit-il, c'est le pire de tous. »

Je restai silencieux et peu en train toute la journée. Personne, je crois, ne le remarqua, au milieu de tous les cadeaux que l'on ouvrait et de l'agitation qui entourait les préparatifs du dîner. Patrick Pin prenait toujours son repas de Noël à Crook et, après le départ des invités, je le laissai m'entraîner dans une conversation eschatologique assez animée, au coin du feu. Je n'aime guère Patrick Pin. Je suis persuadé qu'il essaye de dresser les gens contre moi, sous prétexte que je refuse d'accepter la doctrine de la transsubstantiation. Mais cet après-midi-là, j'étais préoccupé par ce que j'avais vu au poste de police et je restai courtois. Les odeurs qui émanaient de la cuisine devinrent de plus en plus tentantes au fur et à mesure que les heures passaient. Nous dînions à six heures ; Victor avait reçu la permission de boire un verre de bière et il était très gai.

Après le dîner, les effets soporifiques d'une consommation généreuse de dinde et de jambon se firent sentir et une torpeur digestive s'empara de moi. Je décidai d'aller aux Fonds-de-Ceck pour réfléchir un peu à tout cela. C'était en fait un rite annuel ; cela faisait partie de mon rôle de châtelain.

Georges était à la place d'honneur, un sourire aux lèvres, un long couteau à manche d'os, très pointu, dans une main, une fourchette dans l'autre ; il découpait des tranches fumantes dans un gros cuisseau de porc. Frank Bracknell était là, ainsi que Bill Cudlip (bedeau et fossoyeur) et bien sûr John Crowthorne. Tous étaient en bretelles et manches de chemise, car le poêle, bourré, chauffait abondamment, et tous ingurgitaient de la bière dans des grands verres bordés d'écume. Quelqu'un, mû par un instinct d'origine probablement païenne, avait cloué des branches de houx et de gui sur les montants des portes et les linteaux, et plusieurs caisses de bière brune étaient entreposées près de la porte de derrière. La pièce s'emplissait de vapeur au fur et à mesure que Georges distribuait à chaque homme une assiette débordant de viande rôtie et de pommes de terre. Ils étaient là à festoyer comme des dieux païens, comme des divinités sylvestres, ces satyres de Ceck ; leur conversation était brusque, hachée et joviale. Les chandelles vacillaient, les lampes brillaient et j'imaginais, dehors, les esprits de l'hiver profond parcourant au clair de lune la campagne froide et enneigée. Je me laissai tomber dans un coin sur un siège, acceptai un verre de bière et réfléchis à ce qu'impliquaient les révélations de la matinée. Je n'y comprenais rien. Pourquoi le jeune homme aurait-il enterré sa bicyclette ? Je laissai mon cerveau se vider, et mes pensées battre la campagne ; peu à peu, un tableau prit forme dans mon imagination.

Il faisait nuit. Je voyais un homme sur une bicyclette,

un objet sur l'épaule, pédalant vers moi le long de la route qui mène aux Fonds-de-Ceck. L'objet était lourd, emballé dans un vieux sac et il ballottait de droite et de gauche au rythme de la bicyclette qui glissait à travers l'ombre des branches de chêne et du feuillage. Il se tenait très droit sur la selle, ce ténébreux voyageur et, quand il s'approcha, je reconnus quelque chose de familier dans cette raideur. Mais je ne pus voir les traits de son visage que lorsqu'il passa dans un endroit où le clair de lune perçait à travers les branchages. Bien sûr, c'était Fledge ; quand il tourna dans le chemin de terre, je réalisai avec un sursaut que cet objet qu'il portait sur l'épaule ne pouvait être que le corps de Sidney Giblet qu'il emportait vers le marécage.

Que voulait dire tout ceci ? Quel message à travers cette vision ? Pourquoi emporterait-il le corps de Sidney vers le marécage ? Lentement, avec une sensation d'horreur qui allait grandissant, je compris que je me méprenais, que j'avais enfilé mon histoire du mauvais côté. C'était Fledge qui était l'objet d'un chantage de la part de Sidney, je m'en rendais compte maintenant, et non le contraire, et c'est pourquoi il l'avait assassiné. Je me dressai, raide sur ma chaise, le verre de bière à mi-chemin de mes lèvres. Mais pourquoi ? me demandai-je. Pour qu'il en arrive à tuer, quel était donc l'enjeu ? Comment diable justifier un meurtre ? A ce moment-là, pour la première fois, je discernai la vraie portée des desseins de ce monstre : il avait tué Sidney pour que celui-ci ne puisse entraver son ambition de prendre ma place — le salaud voulait ma maison !

Je vidai ma bière et retournai en imagination vers le marais. Je le voyais maintenant debout au-dessus d'une fosse qu'il avait creusée, au fond de laquelle luisait une flaque d'eau noire. Je le vis mener la bicyclette au bord, la renverser ; elle tomba dans l'eau en éclaboussant, s'immobilisa. Il était debout au bord du trou, sa silhouette dessinée contre le clair de lune ; comme si c'était moi qui le regardais du fond. Mais pourquoi ne jetait-il pas le sac aussi ? Pourquoi le sac n'avait-il pas refait surface comme la bicyclette ? C'était étrange. Je fronçai les sourcils et allumai un cigare. Je me renfonçai dans mon fauteuil et laissai à nouveau mon esprit vagabonder. Je pensai qu'il avait peut-être été dérangé dans sa besogne, qu'il avait entendu quelqu'un venir à travers les arbres, et qu'il avait été forcé de partir se cacher à pas de loup dans les ténèbres, pensant revenir après et combler le trou. Mais je me disais que, s'il avait été pris sur le fait, il est peu probable qu'il ait pu traîner derrière lui le sac contenant le cadavre : c'était beaucoup trop encombrant. Si c'était le cas, s'il s'était enfui furtivement, laissant le cadavre derrière lui — curieusement, il me semblait être sûr que c'était ainsi que les choses s'étaient passées —, celui qui l'avait dérangé avait trouvé l'horrible fardeau et l'avait éloigné du trou, aussi improbable que cela puisse paraître. Je me redressai à nouveau dans mon fauteuil, tirant sur mon cigare avec énergie. Était-ce possible ? Au moins, cela expliquait pourquoi on avait trouvé la bicyclette et pas le sac. Mais un problème encore plus étrange se posait, à savoir : pourquoi cet autre homme n'avait-il pas rapporté à la police ce qu'il avait trouvé ?

Alors, je compris qu'il n'y avait que quatre hommes susceptibles de se trouver sur la lande de Ceck à cette heure de la nuit. Et ces quatre hommes étaient en ce moment même assis avec moi dans la cuisine de Georges, riant bruyamment en avalant leur bière brune.

Ce soir-là, je ne poussai pas plus loin mes spéculations. Pour être franc, quelque chose m'empêchait de le faire. Car après tout, je connaissais ces hommes depuis des années, John Crowthorne, Cudlip et Bracknell depuis toujours. Je n'arrivais pas à les imaginer en train de se débarrasser d'un cadavre au mépris de la loi. Je laissai donc là mon hypothèse, dans l'attente de faits plus concluants. C'est cela la méthode inductive, celle qui guide mon raisonnement depuis des années.

Maintenant que j'avais identifié la bicyclette, je redoutais d'avoir à annoncer la nouvelle à Cléo. Elle réagit d'abord comme une Coal, courageusement. « Je le savais », murmura-t-elle, serrant les poings et respirant profondément. C'était le lendemain de Noël, et Harriet, que j'avais déjà mise au courant, était assise au bord d'un fauteuil, inquiète, prête à apporter le réconfort du giron maternel. Mais apparemment le giron maternel n'était pas nécessaire. La bouche pincée et l'air sombre, la jeune fille plongea ses mains dans ses poches et, se tournant vers la cheminée, regarda les flammes quelques instants. Puis elle releva la tête et dit : « Eh bien, il semble bien que Sidney ait eu un accident sur la lande, après tout. Vous comprenez, je m'y attendais ; je le savais déjà. »

Harriet s'était à moitié levée, s'attendant à des flots de larmes ; elle s'apprêtait à dire à Cléo que la bicyclette trouvée dans la lande ne prouvait rien du tout. Elle se renfonça dans son siège, l'air étonné et préoccupé. « Chérie, dit-elle, que veux-tu dire ? Tu savais ? »

Une chose singulière se passa alors. Un accès d'énergie soudain galvanisa Cléo, une énergie étrange et sauvage. Elle se mit à rire, d'un rire maniaque, sans joie, et s'écria : « C'est ce que je veux dire, Maman ! Je le savais ! Il est venu me le dire !

— Chérie, assieds-toi, s'il te plaît. Qui te l'a dit ?

— Lui ! Sidney ! » Elle fondit en larmes et se jeta dans un fauteuil, la tête dans les mains, agitée de sanglots convulsifs. Harriet se précipita vers elle. « Mais chérie, chérie... »

Avec un gémissement affreux, Cléo repoussa sa mère et quitta précipitamment la pièce. Harriet me regarda, muette sous le choc, et voulut suivre sa fille. « Non, Harriet, lui dis-je sèchement, laissez-la seule. » Harriet s'arrêta, la main sur la poignée de la porte ; elle se tourna vers moi. « Laissez-la partir », dis-je plus doucement. Je traversai la pièce et la ramenai à son fauteuil près de la cheminée, où elle resta assise, dans un état de consternation hébétée, pendant que je lui préparais quelque chose à boire.

Je reste là, assis, dans ma grotte, et je pense à Cléo, ses dents en avant et ses yeux si vifs, son air de petit elfe, ses mouvements rapides et aériens... Ai-je dit que la compassion de Cléo a été le seul bénéfice de ce séjour parmi les morts ontologiques ? Hélas, cette compassion s'est faite plus rare et plus fugitive. La scène que je viens de décrire, quand elle nous avait révélé qu'elle savait déjà ce qui était arrivé à Sidney, car il le lui aurait dit lui-même, fut la première indication que quelque chose ne tournait pas rond chez notre fille. Ce fut, en effet, le premier symptôme de la maladie mentale qui, ces derniers mois, a progressivement obscurci son cerveau. Elle a pourtant des moments de lucidité, et cette lucidité inspirée lui a permis de faire cette découverte à laquelle les autres restent aveugles, à savoir que moi, Hugo, j'ai encore des pensées et des sensations, en dépit de cette carcasse de chair inerte et défaillante.

Voyez-vous, après mon accident cérébral, Crook entra dans une période de calme. Ma personnalité orageuse avait cessé de régner et un calme de surface s'était établi dans la maison, un calme trompeur, à mon avis, qui masquait des forces obscures et sans repos, agissant dans l'ombre. Néanmoins, le calme régnait. Juste après avoir quitté l'hôpital, j'étais souvent seul, avec les créations fantastiques de mon imagination. Quand je pensais n'être observé par personne, je me laissais aller aux larmes, contemplant ma propre ruine et celle de ma maison. Le jour où mon fauteuil était tourné vers le mur, et où j'avais imaginé que la partie d'échecs derrière mon dos était en fait une scène de débauche, ce jour-là je laissai couler mes larmes. Cléo était entrée dans le salon et, indignée, avait retourné mon fauteuil ; alors elle avait vu mes larmes et, soudain silencieuse, elle s'était agenouillée près de moi, avait approché son visage et, me regardant dans les yeux, avait vu que j'étais conscient. « Oh, Papa », avait-elle dit dans un souffle, le visage encore si près de moi que ses yeux reflétaient le même gris que les miens. « Papa, tu es là, je sais que tu es là. » A partir de ce moment, je ne me sentis plus seul. Fledge aussi était au courant, bien sûr, mais il utilisait cette connaissance pour me tourmenter. Cléo, elle, m'aimait.

Hélas, je l'ai dit, Cléo est rarement avec nous maintenant. Comme moi, elle est prisonnière d'un monde de fantasmes et d'ombres ; pour elle, comme pour moi, les frontières, les limites entre le réel et le fantastique sont devenues floues, traîtresses, peu fiables. Pour elle, comme pour moi, le désordre s'installe. Mais au moins je vois l'ordre s'effondrer peu à peu. De plus en plus souvent, Cléo en est incapable. En fait, tout récemment, l'attention qu'elle accorde à ma vie sensorielle s'est faite si sporadique qu'elle ne m'est plus vraiment d'un grand secours. C'est Fledge qui me soutient, aussi ironique que cela puisse paraître. Sa haine me fait vivre. Je crois que s'il cessait de me haïr, s'il me privait de ce dernier lien fragile, de ce dernier rapport avec le monde, alors je serais englouti et je sombrerais pour de bon dans le néant. Il y aurait sans doute un sursaut final, une résurgence ultime de ma propre conscience ; ensuite ce serait le néant ; je deviendrais vraiment ce « légume » que je suis déjà aux yeux du monde. Voilà donc l'ironie de mon existence : j'ai besoin de la haine d'un domestique mauvais pour exister. Je ne suis pas ontologiquement mort, mais seuls mes ongles agrippés au rebord me retiennent de tomber dans le gouffre !

Mais revenons à Cléo. C'est d'elle que je voulais parler et non de moi. Comme je l'ai dit, quand elle avait mystérieusement déclaré que Sidney lui-même lui avait raconté ce qui lui était arrivé, Harriet et moi avions commencé à réaliser combien elle avait été bouleversée par la disparition du jeune homme. « Laissez-la partir, Harriet », avais-je dit ce soir-là dans le bureau. Je savais bien que, comme moi, elle préférerait se remettre, dans la solitude de sa chambre, de cet accès d'émotion intense ; elle rechercherait notre présence quand elle serait prête à en parler, pas avant. Les deux jours suivants, une chape de tristesse pesa sur la maison, dont l'atmosphère était pleine du chagrin de Cléo. Tout le monde le ressentait, tout le monde le comprenait. La jeune fille descendait pour les repas, mais elle restait silencieuse et apathique. Son visage, d'habitude si éveillé, si mobile, avait vite été marqué par ses tourments intérieurs ; des cernes sombres étaient apparus sous les yeux, ses joues semblaient creusées, émaciées par la douleur. Nous avions tous pitié d'elle ; nous attendions que le temps l'aide à surmonter sa peine. Ce processus fut troublé, cependant, par deux événements ; dont le premier fut la rupture des canalisations de Crook.

C'est mon grand-père, un victorien énergique et prévoyant, qui fit construire les installations sanitaires de Crook. La maison utilise encore aujourd'hui les toilettes qu'il installa, et qui furent très admirées à l'époque ; sièges et couvercles étaient en chêne clair, la plomberie de bronze reluisant, et les cuvettes de la plus belle porcelaine blanche. Le réservoir est au grenier, et sir Digby ne s'était estimé satisfait que lorsque les chasses d'eau avaient atteint ce degré de perfection que sa génération apportait à tout ce qu'elle touchait. Pour sir Digby Coal, même d'humbles toilettes devaient illustrer l'idée de progrès.

Mais, l'hiver dernier, Crook connut un froid intense qui amena un dégel soudain, juste après Noël, et les tuyauteries vieillies et bruyantes de sir Digby cédèrent bientôt. S'ensuivit une période de crise : la cuisine fut inondée, et il fallut même éteindre le chauffage central, qui était pourtant antique et inefficace. Il n'y avait plus d'eau courante. C'est comme si la maison, sous l'emprise de l'atmosphère sinistre qui planait sur nous, exécutait un rite de requiem pour Sidney Giblet, présentait au travers de ces manifestations hydrauliques quelque geste de condoléances. Il se trouva donc que la veille du jour de l'an nous prîmes place devant un petit déjeuner de rognons grillés, accompagnés par le vacarme du plombier et de ses deux fils. Là où régnait auparavant un silence profond dû à ces tristes événements, on entendait maintenant le claquement des serpillières écopant l'eau, les coups de clé anglaise, et le joyeux remue-ménage des hommes qui travaillaient en sifflotant. Couvrant ce tumulte, la sonnerie stridente du téléphone retentit soudain. Un instant plus tard, Fledge arrivait silencieusement à mes côtés.

« Le téléphone, sir Hugo. »

Les convives, à l'exception de Victor, levèrent les yeux d'un air légèrement interrogateur. Victor était plongé dans l'ouvrage de Freud.

« Qui est-ce, Fledge ? »

Hilary se mit à tartiner de marmelade sa tranche de pain grillé. Harriet remuait son thé. Je repliai le *Times*.

« C'est Mme Giblet.

— Oh, non ! » C'était Cléo qui s'était exclamée ainsi. Elle se leva et quitta la pièce.

Je revins dans la salle à manger cinq minutes plus tard. Un silence plein d'interrogations accueillit mon retour. « Eh bien ? » demanda Harriet. Je m'assis. Je demandai à Fledge de me reverser du thé. Je racontai alors que Mme Giblet avait été informée par l'inspecteur Limp qu'on avait retrouvé la bicyclette enfouie dans le marais. Mais ce n'était pas tout. Comme elle se considérait tout à fait qualifiée pour faire avancer l'enquête de la police, qu'apparemment elle ne tenait pas en très haute estime, elle était venue à Ceck où elle logeait maintenant, au Hodge and Purlet.

J'entendis Harriet suffoquer. Elle me regarda avec une détresse réelle. « Oh, mon Dieu, Hugo, nous devons l'accueillir ici, n'est-ce pas, il le faut.

— J'ai expliqué nos problèmes de canalisations à Mme Giblet, répondis-je. Je lui ai dit qu'elle serait beaucoup plus confortable là où elle est.

— Eh bien, c'est déjà un soulagement, murmura Harriet.

— Mais je me suis senti obligé de l'inviter à dîner ce soir.

— Oui, bien sûr. Mon Dieu, la pauvre femme. Elle est sûrement aussi bouleversée que Cléo, plus peut-être. » Elle soupira. Toute sa sympathie allait à cette affreuse virago, à ce vieux dragon, dorénavant installé parmi nous, et qui ne saurait manquer de souffler des flammes et des fumées fétides dans notre vie. J'allai dans la grange, songeant encore une fois que si j'avais pu prévoir les tracas que Sidney allait causer, je ne l'aurais jamais laissé approcher de Crook.

En cette dernière nuit de l'année, nous étions sept à dîner. Mme Giblet était assise à ma gauche. Elle était arrivée à Crook vêtue d'un vaste manteau de fourrure informe, aux épaules rembourrées, portant un chapeau noir avec un bord replié, décoré de rameaux de dentelle et de cerises écarlates. Sous un bras, elle tenait son petit chien ; l'autre main agrippait la poignée d'une canne à embout de caoutchouc, cette canne qui avait une tête de mort incrustée dans le pommeau. Elle portait des gants de satin noir, une perle à chacun des lobes pendants et fanés de ses oreilles. Fledge entreprit de lui enlever son manteau, mais elle préférait le conserver pour le moment, jusqu'à ce qu'elle soit « installée ». En vieille chouette rusée, elle avait bien sûr compris tout de suite que, dans une maison comme la nôtre, le chauffage central ne dégage, même quand tout va bien, qu'une pâle tiédeur. Les canalisations étant hors d'usage, nous n'avions que les cheminées pour nous chauffer, et il y a à Crook beaucoup de courants d'air.

Elle s'avança dans le vestibule, inspectant tout au passage et hochant la tête en signe de royale approbation. Elle fit une entrée majestueuse dans le salon. Henry et Victor se levèrent et Harriet vint à sa rencontre en lui ouvrant les bras. « Chère madame Giblet, lui dit-elle chaleureusement, comme c'est gentil à vous d'accepter notre invitation improvisée. »

C'était là le langage qu'il fallait tenir à Mme Giblet. « Pas du tout, lady Coal, ronronna-t-elle. Ah, Cléo ! » Cléo s'avança sans bruit et effleura de ses lèvres la joue de la vieille femme. Mme Giblet s'enfonça alors dans le fauteuil que Henry avait abandonné près du feu et se mit à chercher ses cigarettes. Harriet lui présenta les Horn, s'excusa abondamment de la température, et lui proposa un verre de sherry. Mme Giblet convint que ce serait une bonne idée. Puis, sans tourner autour du pot le moins du monde, elle déclara à l'assemblée : « J'ai rencontré ce Limp. » Elle pivota sur sa chaise dans ma direction. « Sir Hugo, je suis surprise que vous lui accordiez la moindre confiance ; à mon avis il est totalement incompétent. »

Je fronçai les sourcils. « Il n'a pas beaucoup d'indices, madame Giblet.

— Je ne suis pas tout à fait d'accord, sir Hugo. Au train où il avance, nous aurons de la chance si nous retrouvons Sidney dans un cercueil. Désolée, ma chère petite, dit-elle en direction de Cléo qui n'avait pu réprimer un petit cri, mais il est inutile d'entretenir de faux espoirs. »

Elle tira une bouffée de sa cigarette, l'air sombre. Il y eut un silence. La lumière s'éteignit dans ses yeux et son visage s'affaissa doucement ; son visage délabré semblait empreint d'un désespoir si immense que l'atmosphère devint rapidement sinistre. Harriet se précipira pour combler la brèche. « Allons, madame Giblet ! Il n'y a aucune raison de désespérer, aucune. C'est ce que je répète à Cléo, une bicyclette déterrée ne veut rien dire. »

Mme Giblet leva les yeux. Elle saisit la main d'Harriet et eut ce sourire curieusement charmant que j'avais déjà observé à Londres. « Bien sûr que cela ne prouve rien, dit-elle. Lady Coal, excusez-moi de répandre la tristesse chez vous. Pourrais-je avoir encore un peu de ce sherry ? Il est vraiment excellent. » Pendant que Fledge s'affairait, Mme Giblet, maintenant sans doute « installée », ouvrit son manteau. « Merci, dit-elle en levant la tête vers Fledge qui lui apportait son sherry. Personnellement j'ai l'intention de passer le marais de Ceck au peigne fin. Vous avez peut-être raison au sujet de Limp, sir Hugo, ou peut-être vous trompez-vous. Je veux seulement me convaincre que tout a été essayé. Croyez-vous que quelqu'un pourrait m'aider ? »

Ce fut Victor qui rompit le bref silence qui avait suivi cette étrange question. « Oui, s'écria-t-il, plein d'enthousiasme, moi ! » Bien que le petit eût été parfaitement sérieux, son offre détendit l'atmosphère. Un léger rire courut dans le salon. Enfin Fledge annonça que le dîner était servi.

Sur le chemin de la salle à manger, Mme Giblet s'attacha à Harriet, qui semblait avoir fait sa conquête, et se répandit en compliments. « Toutes ces boiseries, lady Coal, comme ce doit être agréable de vivre dans une maison aux murs lambrissés. C'est du chêne, n'est-ce pas ? Du bon chêne anglais ; cela crée un lien avec le passé, c'est ce que j'ai toujours pensé. Vous croyez beaucoup aux traditions, lady Coal ?

— Oui, je crois, murmura Harriet.

— Moi aussi, je suis très traditionnelle, déclara Mme Giblet. Je soutiens Churchill ; je l'ai connu autrefois. Un garçon si brillant, si érudit et quel esprit ! » La vieille dame eut un petit gloussement et tapota le bras d'Harriet sur lequel reposaient ses vieilles griffes déformées. « Le croiriez-vous, un jour..., mais non, vous n'avez pas envie d'écouter mes histoires, n'est-ce pas ? Ici, à côté de sir Hugo ? Très bien. Merci, Fledge. »

Nous étions sept à dîner ce soir-là. Nous formions un curieux tableau. Le chauffage central fermé, Crook était vraiment très froid et en conséquence j'avais décidé qu'il serait admis de porter un pull-over avec la tenue de soirée. On pouvait contempler le spectacle d'Henry Horn engoncé dans un gros chandail de pêcheur gris sous sa veste de smoking ; il ressemblait d'autant plus à un capitaine de vaisseau. Hilary, Harriet et Cléo manquaient d'élégance, un foulard noué sous le menton, emmitouflées dans leur cardigan le plus épais. Victor était insensible au froid et ne portait que son uniforme d'école. Mme Giblet, quant à elle, semblait bien installée ; manifestement elle ne pouvait se résoudre à manquer au savoir-vivre en gardant son manteau pour dîner, quelles que soient les conditions climatiques. Elle avait fait glisser la fourrure sur ses épaules, révélant toute la splendeur de sa robe du soir.

Celle-ci était en satin noir ; je présumai qu'elle avait dû rester longtemps rangée dans quelque armoire en acajou, dans la petite maison miteuse de Bloomsbury. La robe était brillante et sans manches, drapée jusqu'à terre en plis rigides qui bruissaient au moindre mouvement. Quand elle prit place à côté de moi, je remarquai très distinctement une odeur de naphtaline ; ce n'était pas le seul parfum qui émanait de cette femme. Cela servait plutôt d'accompagnement à une symphonie d'arômes, la ligne mélodique étant, pour ainsi dire, tenue par ce parfum tenace dont elle avait fait l'acquisition en 1934 à

Strasbourg : c'est elle-même qui m'en informa en réponse à ma question. Mon odorat, qui est peu développé pourtant, avait néanmoins détecté que les vertus amères et astringentes de ce parfum étaient en quelque sorte vulgarisées par une eau de Cologne bon marché généreusement appliquée ; le tout était par ailleurs dénaturé par des odeurs plus banales de cigarette et de sherry et l'émanation parfaitement naturelle qui se dégage d'une chair vieillissante.

Ses épaules étaient dénudées, ainsi que le haut de ses bras, dont la peau pendait mollement en plis nombreux. Elle avait sorti tous ses bijoux pour ce dîner à la campagne, une tiare ornée d'un ou deux diamants, un collier de perles qui plongeait dangereusement dans l'abîme ouvert de son décolleté. Ses gants de satin montaient jusqu'aux coudes ; elle me confia s'être posé la question de savoir si ce n'était pas trop habillé pour la province. Je lui répondis qu'au contraire il était impossible d'être trop habillé à la campagne, à cause de la température. Elle accueillit ce mot avec bonne humeur. Elle mangeait avec appétit, offrant parfois des morceaux à l'animal qui se trouvait sur ses genoux. Mon bordeaux sembla beaucoup lui plaire : elle le dégustait bruyamment, gardant chaque gorgée longtemps en bouche et l'avalant ensuite avec un plaisir évident. Étrangement, je sentis tomber ma prévention envers la vieille buse, envers cette vieille dinde. Je fis quelques remarques sur le morceau d'os fossilisé qui m'occupait à ce moment-là, à son tour, elle me confia qu'elle souffrait d'arthrite. Baissant la voix, je lui indiquai alors que l'homme qui se trouvait à l'autre bout de la table, qu'elle avait sans doute pris pour un capitaine de vaisseau, était en fait un des meilleurs chirurgiens orthopédistes du pays, et qu'après le dîner elle pourrait lui parler à loisir de son arthrite. Elle me répondit qu'elle n'y manquerait pas. Henry sera ravi, pensai-je à part moi.

On servit le potage, puis le plat de résistance. Doris s'était surpassée : un rôti de bœuf, et aussi un jambon cuit. Nous en étions au Stilton[1] quand finalement Cléo, n'y tenant plus, explosa. Elle avait été très silencieuse toute la soirée. C'est au moment où Mme Giblet, ayant accepté en minaudant que Fledge lui verse encore un peu de porto, levait son verre à la santé d'Henry, en qui elle voyait un sauveur destiné à la guérir de tous ses maux, que Cléo se leva, visiblement tremblante d'émotion. Elle pointa un doigt accusateur vers la vieille femme et s'écria : « Comment pouvez-vous ? » le regard illuminé et étrangement féroce. « Comment pouvez-vous vous goinfrer quand Sidney est encore dehors là-bas, dans le froid, en train de souffrir ? Oh, vous me dégoûtez. Non, maman, n'essaie pas de me faire taire, je dis la vérité. Vous êtes tous là assis comme si rien ne s'était passé, alors qu'il y a des choses horribles qui se passent — son doigt montrait maintenant la fenêtre —, là-bas ! dehors ! Vous n'imaginez pas le mal qui rôde là-bas ! Vous croyez que la pire chose du monde c'est que les canalisations explosent ou que le jambon ne soit pas frais. Et pourtant, sous votre nez, les créatures les plus affreuses, les plus répugnantes grouillent sur la terre, et vous ne voyez rien. Vous faites semblant de ne pas les voir, parce que cela vous arrange. Oh, bien sûr, si votre confort était menacé, ce serait autre chose, mais puisqu'il ne s'agit que d'une créature maléfique hideuse et puante rampant sur la terre à l'extérieur même de cette maison, vous n'y prêtez pas attention ! Mais elle est là tout de même ! Elle est là ! Et vous la trouverez, madame Giblet, vous la trouverez, mais il faudra aller la nuit sur la lande ! Oh ! » Elle éclata alors en sanglots et s'enfuit de la pièce en pleurant.

1. *Stilton :* fromage anglais fabriqué à partir de lait de vache, dont le goût se rapproche de celui du roquefort. (N.d.T)

Il y eut un bref silence éberlué. Harriet et Hilary se levèrent et suivirent Cléo. Je n'essayai pas de les arrêter. Puis Mme Giblet parla. « Pauvre petite, soupira-t-elle. Je lui dirais bien que nous souffrons tous comme elle de la situation. Mais les jeunes gens aiment extérioriser leurs sentiments ; ils ne savent pas qu'avec les années on apprend à économiser ses forces. Il le faut bien, n'est-ce pas, sir Hugo ? »

J'avais écouté l'éclat de Cléo, les coudes sur la table, la bouche et le menton pressant les doigts croisés au sommet de l'espèce d'arche formée par mes avant-bras. Je regardai de côté la vieille femme, mais sachant ce que je savais, je ne bougeai pas la tête pour répondre. Ce fut Victor qui parla. « Papa, dit-il, je crois que c'est de l'hystérie, mais je ne sais pas au juste quelle sorte d'hystérie.

— Victor, tais-toi », lui dit son père.

Les Horn retournèrent à Londres au début de janvier. Ils n'avaient pas, hélas, passé des fêtes très joyeuses à Crook. Le spectre de Sidney nous hantait tous, surtout Cléo naturellement ; non seulement le climat dans la maison avait été triste, mais avec les canalisations hors de service, il avait aussi été froid et plein de courants d'air. Hilary avait dit à Harriet que cela l'ennuyait de partir et de laisser Cléo si malheureuse, mais il fallait bien que Victor retourne à l'école. Harriet l'avait rassurée : elle pouvait faire face à la situation. Tout cela était très déprimant. Henry m'avait même pris à part pour me dire qu'il se faisait du souci pour Cléo. Il s'inquiétait du côté un peu morbide qu'il décelait dans son chagrin. Il suggéra que nous lui téléphonions si la situation n'avait pas évolué dans environ une semaine. Il s'arrangerait pour lui faire voir « quelqu'un », un spécialiste. Je lui répondis que j'étais sensible à sa préoccupation mais que j'étais sûr qu'il n'y avait aucune raison de s'alarmer. Il savait bien que tous les Coal étaient fous ! En tout cas, il devrait le savoir, puisqu'il avait épousé une Coal ! Je lui souris de derrière mon cigare et lui donnai une tape dans le dos. Et où, lui demandai-je, dans quel coin éloigné du globe, son prochain voyage allait-il l'emmener ? Singapour ? Les Caraïbes ? Ou bien les rivages bordés de pins de la Colombie britannique, pour convoyer une cargaison de bois destiné à la pâte à papier ?

« Sérieusement, Hugo, dit-il.

— Sérieusement, Henry, dis-je, ne vous faites pas de souci pour Cléo, elle sera très bien ici. »

J'étais désolé de voir partir Victor car j'aime bien ce petit. Je lui donnai un billet de dix shillings à l'insu de ses parents et lui dis de laisser tomber Freud et de lire plutôt Darwin. « Lis *De l'origine des espèces*, mon garçon, pour apprendre de qui tu descends. » Les yeux à moitié cachés par son épaisse frange de cheveux, il sourit en montrant ses solides dents Coal qui débordaient de la lèvre inférieure et, se passant un doigt potelé au travers de la gorge, déclara : « Jamais ! » Je lui donnai quelques bourrades puis lui serrai la main et m'en allai à pas lourds vers la grange.

Mme Giblet tint parole. Elle retourna loger au Hodge and Purlet et, au début de la nouvelle année, je commençai à avoir des échos de ses activités dans le village. Apparemment elle partait le matin après le petit déjeuner et se faisait conduire le long de la route des Fonds-de-Ceck jusqu'au chemin de terre qui mène au marais. Elle se dirigeait alors vers le marais où, couverte de son lourd manteau de fourrure, elle passait la journée à examiner lentement le sol gelé, ne retournant à la route que vers cinq heures lorsque la lumière déclinait. La voiture revenait la chercher. Plusieurs personnes l'avaient vue, dont Bill Cudlip et John Crowthorne ; ils m'en parlèrent avec un mépris tranquille. Je trouvais pourtant ce tableau étrangement touchant : la vieille femme seule sur la lande sous le ciel gris et froid, cherchant une trace de son fils disparu. J'imaginais bien qu'elle n'avait pas suivi le conseil de Cléo, et qu'elle n'y allait pas la nuit, quand la créature mauvaise sortait de son trou. La nuit, le marais de Ceck est un endroit suffisamment inquiétant, même sans créatures maléfiques. Je m'y trouvai moi-même d'ailleurs une nuit.

Quant à Cléo, elle se mit à vivre en semi-recluse dans l'aile est, où est sa chambre, et ne venait plus que rarement au rez-de-chaussée. Quand elle venait, elle était soit furieuse soit déprimée, ou encore les deux en même temps. « Où est passée ma jeune fille rieuse ? » lui demandai-je un jour sur un ton de reproche.

Elle se retourna vers moi, les yeux jetant des flammes. « Et pourquoi est-ce que je rirais, papa ? Qu'est-ce qui pourrait bien me faire rire ?

— Doucement, chérie, murmura Harriet, ne sois pas si dure. » Alors la jeune fille se mit à pleurer et Harriet à la consoler. Harriet vint plus tard me trouver, inquiète, pour me demander si nous ne devrions pas appeler Henry et faire examiner Cléo par « quelqu'un », comme il l'avait suggéré. Je répondis que c'était idiot, et qu'elle s'en sortirait. C'était une réaction tout à fait normale, il n'y avait pas de raison de s'inquiéter et, dans la famille, on ne fréquentait pas les psychiatres. « Très bien », dit Harriet. Mais je vis qu'elle n'était pas entièrement convaincue.

Ce qui me préoccupait surtout, depuis qu'on avait retrouvé la bicyclette de Sidney le jour de Noël, c'était le problème posé par Fledge. J'étais maintenant pratiquement certain qu'il avait tendu une embuscade au jeune homme, ce soir-là, sur le chemin de Ceck. Il l'avait tué, et avait abandonné son corps dans le marais. Mais où était donc ce corps ? Comprenez-vous mon problème ? Même si j'étais sûr de la façon dont les choses s'étaient passées, je ne pouvais pas vraiment aller trouver la police. J'avais besoin de faits, de preuves, et surtout d'un cadavre ! Il faudrait seulement que j'attende un peu plus longtemps et que je n'oublie pas que j'abritais sous mon toit un homme violent, acculé, en fait, quelqu'un qui avait commis un meurtre de sang-froid !

JANVIER se passa calmement, du moins en apparence. Tout en continuant à surveiller Fledge discrètement, je passais le plus clair de mon temps dans ma grange, où je mettais au point les derniers détails de ma conférence. J'ai déjà dit combien je trouvais le marais de Ceck propice à la réflexion, surtout quand j'étais dans les affres de la création. J'y allai donc en voiture un samedi après-midi, vers la fin du mois. Je garai la Morris, comme d'habitude, sur le chemin de terre qui partait de la route des Fonds-de-Ceck.

Le sol était boueux, car il avait plu, le ciel gris et couvert. Botté de caoutchouc, je pataugeai dans la boue du chemin. Puis je sortis soudain des arbres et j'eus un choc. La vaste étendue du marais, que je croyais vide et désolée, était en fait peuplée : de minuscules silhouettes humaines formaient des lignes dans le paysage, jusqu'à l'horizon. Je ne compris pas tout de suite la signification du phénomène. Je savais que la police avait inspecté le marais à la fin du mois de décembre, après la découverte de la bicyclette. Ils n'avaient rien trouvé et avaient interrompu leurs recherches. Mais, bien vite, je reconnus une silhouette courbée, à la démarche traînante ; malgré la distance qui la rendait un peu floue, je savais qu'il ne pouvait s'agir que de Mme Giblet. Et les petites silhouettes devant elle, marchant lentement sous le ciel plombé de l'après-midi, c'était des enfants !

Je n'allai pas plus loin. Le marais ne pouvait m'inspirer

que si j'y étais seul. Je retournai à la voiture ; au moment où je démarrais, une petite pluie fine se mit à tomber. Je fis marche arrière jusqu'à la route et tournai en direction des Fonds-de-Ceck. Quand j'arrivai à la ferme, le jour avait fortement décliné. Je trouvai Georges dans son abattoir, une petite cabane sombre qui empeste les ordures, couverte d'un toit de tôle ondulée sur lequel la pluie tambourinait doucement. C'était un endroit d'une primitive noirceur, l'abattoir de Georges. Le vieux John Crowthorne était là avec lui ; tous les deux portaient des tabliers maculés, raides de sang. Ils étaient en train de découper la carcasse d'un porc fraîchement tué. L'animal était énorme ; ses pieds étaient suspendus par un crochet fixé dans la poutre au-dessus. Son ventre était ouvert. Sur le sol, à côté, deux seaux pleins de sang fumaient légèrement. Georges m'aperçut dans l'embrasure de la porte. Il planta son hachoir dans un morceau de bois couvert d'entailles, s'essuya les mains sur son tablier et me suivit dehors, dans le crépuscule humide de la cour. Ses sourcils se froncèrent de colère quand je lui rapportai ce que j'avais vu sur la lande, mais il ne parut pas surpris. Apparemment, la vieille femme employait les enfants de Ceck pour retrouver les restes de Sidney. Elle leur distribuait une pièce de six pence pour une journée de recherche. Elle semblait croire qu'avec le dégel la terre bougeait et qu'en bougeant elle pourrait régurgiter ce qu'elle avait absorbé, à moins que ce ne soit trop profondément enterré. Justement il y avait un léger dégel en ce mois de janvier et Mme Giblet espérait que cela ferait remonter à la surface ce qui était resté enterré au moment de l'enquête policière.

Après avoir fumé une cigarette avec moi, Georges traversa la cour pleine de boue et d'excréments pour retourner à la cabane. La pluie fine lui tombait dessus, et un brusque coup de vent colla sa chemise aux creux et aux bosses de son dos. Une fois à la porte, il se retourna et, à travers le rideau de gaze que faisait la pluie, il leva la main et fit ce sourire qui découvrait ses dents. J'appuyai sur le klaxon de la Morris et sortis sur la route des Fonds-de-Ceck, alors qu'il commençait à pleuvoir plus fort. Je mentionne cette scène pour bien montrer que Georges ne fit jamais la moindre allusion au fait qu'il savait ce qu'il était advenu du corps de Sidney. Qu'il n'en parle pas n'était pas vraiment étonnant. Il avait toujours été fermé et mystérieux. Il savait garder un secret, cela ne fait aucun doute.

Sans doute parce que j'étais sorti sur la lande cet après-midi-là, je rêvai dans la nuit d'un marécage du mésozoïque. Dans mon rêve c'est le petit jour, et la scène baigne dans une sorte d'obscurité bleue. A travers un brouillard bas qui s'accroche à la surface du marécage, de petites créatures sombres s'envolent précipitamment, planent, font battre le délicat parchemin de leurs ailes palmées, fonçant soudain à la recherche de leur proie. La forêt tropicale qui borde le marécage fume déjà dans la chaleur humide de l'aube ; le silence lourd et épais n'est troublé que par le bourdonnement incessant des insectes, leurs cris et leurs grattements dans les bouquets de pins et de séquoias géants, tout près. D'énormes troncs d'arbres pourrissent au bord du marais, indistincts dans les ténèbres, leurs souches déchiquetées griffent l'air comme les doigts de quelqu'un qui se noierait, recouverts de touffes et de plaques de mousse. Ils semblent retourner à la boue originelle. Un petit mammifère couvert de poils surgit soudain de l'intérieur de l'un de ces énormes arbres morts. Il s'arrête, une patte en l'air, son petit museau frémissant, et boit avidement l'eau noire et stagnante d'une flaque boueuse. Sa petite tête craintive velue et frémissante se lève une nouvelle fois, et l'animal retourne prestement à son tronc d'arbre, dans son terrier. Un instant plus tard un grondement sourd agite la forêt : le fracas de corps massifs qui avancent dans le sous-bois.

Le jour se lève. Il règne un silence de mort, là-bas dans le marécage, alors que, venant de la forêt, les bêtes gigantesques avancent avec un bruit de tonnerre. Alors elles apparaissent à travers les arbres, le pas lourd, en file indienne, leurs petites têtes balancées de droite et de gauche tout en haut de longs cous et de troncs immenses, en forme de barriques. C'est un troupeau d'une douzaine de brontosaures pacifiques, des herbivores à petit cerveau qui viennent boire au marécage. Leur cuir gris et grenu est taché, marqué de petits points couleur de rouille ; leur longue queue fuselée est dressée derrière, et l'extrémité fouette l'air en avant et en arrière au rythme de leur approche. Ils avancent avec une grâce majestueuse et imperturbable vers une flaque au centre du marécage, leur empreinte quittant la boue avec un bruit de succion. Une brume basse s'accroche toujours en volutes et en nuages à la surface, et donne à ces créatures un aspect vaguement fantomatique. Le ciel s'éclaircit de seconde en seconde et les gros blocs d'ombre entourant le marécage s'estompent ; les arbres sont maintenant presque visibles. Les animaux continuent leur lourde progression, sous un ciel où le dessous de quelques nuages floconneux est maintenant marqué du rose et du rouge vif de l'aurore.

Ils atteignent la grande flaque, s'arrêtent au bord pour boire. Leur longue queue bat encore l'air de gauche à droite, à tout moment une tête se lève, minuscule au bout de son cou de serpent, pour humer l'air. Les premiers rayons du soleil matinal traversent la forêt ; l'un d'eux touche le dos de l'un des monstres et révèle le rouge profond de la peau, ses riches bigarrures. Les têtes se lèvent et s'abaissent sans cesse. Soudain, on entend, venant de la forêt, le cri strident de quelque créature s'éveillant, suivi par l'explosion prolongée d'une sorte de jacassement maniaque. Un lézard volant dérive au-dessus des arbres, oblique brusquement et vole vers le soleil levant. C'est alors que trois phénomènes se succèdent rapidement. Le premier est le vent qui s'est levé et souffle du sud ; c'est de cette direction que vient le bruit d'un animal massif qui traverse les arbres. Un instant plus tard, le plus gros des brontosaures, un spécimen mâle massif qui pèse au moins trente tonnes, renifle l'air avec concentration, et lance une sorte de hennissement de détresse.

Tous arrêtent de boire. Les brontosaures restent pétrifiés, la tête levée ; ils percoivent enfin un léger relent de viande putréfiée, porté par le vent. Ils bougent un peu, hennissent encore : ils ont reconnu la puanteur, qui ne trompe pas, d'un carnosaure prédateur. Ces créatures, en effet, exhalent toujours le relent fétide de leur dernière proie, car ils restent couchés sur le cadavre en décomposition pendant des semaines, dans une profonde torpeur digestive. Apparaît alors le prédateur lui-même, à la lisière de la forêt. C'est un mâle en pleine maturité, de l'espèce *Phlegmosaurus carbonensis*.

A sa vue, la panique s'empare des timides brontosaures. L'aube est déchirée par leurs barrissements de terreur : ils pataugent dans la boue, essayant désespérément de quitter le marécage et de retrouver la protection des arbres. Mais, dans leur désarroi, ils ne font que s'enliser un peu plus dans la fange.

La boue s'agite, gicle, tandis que les brontosaures commencent à traverser lourdement et maladroitement le marécage. Alors *Phlegmosaurus* agit. Il file le long du marécage sur ses fortes pattes de derrière, ses pattes de devant ramassées sur son torse musculeux, la grande queue raide faisant saillie, comme une sorte de gouvernail, ou de stabilisateur, pour son corps véloce et ramassé sur lui-même. Sa tête semble n'être qu'une mâchoire qui mastique et rugit. Il a choisi sa proie, un petit dodu, plus lent que les autres, dont les gémissements pitoyables appellent la protection du troupeau. Mais le danger est tel que celle-ci ne viendra pas. *Phlegmosaurus* a vite rattrapé la bête. Évitant habilement la grande queue qui fouette et bat l'air, il fond sur lui et s'accroche à son épaule. Une patte de derrière redoutable se lève ; la terrible serre courbée brille un instant au soleil. Dans un nuage de boue qui vole et de chair battue, la griffe déchire à maintes reprises la gorge du brontosaure ; l'énorme créature sombre dans la boue avec un affreux sifflement, le sang jaillit à flots de sa gorge tranchée. Alors, encore rugissant de fureur, *Phlegmosaurus* commence à déchirer l'animal pantelant, agrippé à son flanc jusqu'à ce qu'il détache un pan de chair fumante. Cette frénésie continue quelques instants, le brontosaure se débattant et agonisant dans une mare de son propre sang. Le reste du troupeau a disparu dans la forêt. Des arbres monte maintenant une cacophonie de cris, de hurlements, de jacassements sauvages ; déjà, au bord du marécage, les nécrophages se rassemblent. Enfin le jeune herbivore cesse de se débattre, le dépecage sauvage devient moins frénétique. Pendant quelque temps, *Phlegmosaurus* dévore méthodiquement, tenant la chair dans ses pattes de devant, découpant avec ses grandes griffes. Les mâchoires sanguinolentes, il lève souvent la tête et observe. Quand le soleil est très haut, inondant le marécage de chaleur et de lumière, la bête s'affale sur le cadavre dépecé et s'endort là, sur la chair encore tiède. Au bord du marécage, le petit mammifère poilu est sorti, encore une fois, de son tronc d'arbre. Assis insolemment sur ses pattes de derrière, il essuie son museau moustachu de ses deux pattes avant, posant son vif regard vert sur le dinosaure maintenant somnolent.

Alors un cri éraillé brisa le calme du marécage, et je me réveillai. J'eus un moment de confusion, pensant que j'étais encore dans la forêt, puis je réalisai avec un choc que le cri venait de la chambre de Cléo. Elle aussi dort dans l'aile est. Je ne pris que le temps de passer robe de chambre et chaussons et me précipitai vers sa chambre. La pauvre enfant était complètement bouleversée. Je la trouvai recroquevillée sur son lit, le visage entre les mains. Les rideaux étaient légèrement ouverts ; le clair de lune passait par l'ouverture et faisait une tache de lumière sur son lit, là où Cléo était assise, en chemise de nuit blanche. Elle pleurait. J'allai vers elle et elle enfonça immédiatement sa tête au creux de mon épaule en me serrant très fort. De gros sanglots agitaient son corps mince et tremblant et l'empêchaient de parler. Je la tins quelques minutes contre moi jusqu'à ce que les sanglots se calment et qu'elle retrouve le contrôle d'elle-même. Enfin elle leva la tête et je lui donnai un mouchoir. « Merci, papa, dit-elle en reniflant. Oh, mon Dieu. Comme c'est affreux. Quelle horreur.

— Quoi, chérie ? murmurai-je en caressant ses cheveux.

— Oh, papa. » Elle me regarda longuement, les yeux larmoyants et humides. « Papa, c'était horrible, il est revenu me voir, et c'était encore plus affreux que la dernière fois.

— Qui est venu te voir, ma chérie ? demandai-je en continuant à lui caresser les cheveux doucement.

— Sidney, papa.

— Sidney ! C'est impossible, chérie. Tu veux dire que Sidney est dans cette maison ? » Je regardai par-dessus mon épaule, comme si Sidney avait pu être dissimulé dans le placard de Cléo, ou tapi, invisible, de l'autre côté du lit.

« Non, il n'est pas ici, papa, tu ne le verras pas. » Elle baissa les yeux, renifla bruyamment plusieurs fois. Puis elle releva la tête, crispée d'horreur et de chagrin. « Il est mort, tu comprends. » Ces mots provoquèrent un nouveau flot de larmes.

Petit à petit, elle me raconta alors l'histoire. Il semble que c'était la deuxième fois que Sidney venait ainsi hanter Cléo la nuit. Ces « visites », d'après Cléo, n'étaient pas des rêves ; elle se rappelait distinctement s'être réveillée. La première fois, il était debout près de son lit ; sa peau était blanche comme de la craie, translucide, légèrement verdâtre. D'après Cléo, il avait une odeur douceâtre, écœurante. Il portait le même costume que le soir où il avait disparu, veston et culotte de golf en tweed à petits carreaux jaune et bleu ciel très pâle. Ce qui avait retenu toute son attention, néanmoins, c'était, sous son menton, l'affreuse déchirure aux bords déchiquetés : Sidney s'était fait trancher la gorge.

Apparemment il lui avait parlé ; elle ne se rappelait pas exactement de ce qu'il avait dit, elle avait été trop choquée pour cela et avait gardé les yeux fixés sur le pli aux caillots noirs qui autrefois avait été son cou. Il semble que son but ait pourtant été de la mettre en garde. La mettre en garde contre quoi ? Contre la créature rampante « maléfique » qui rôdait dans la campagne une fois la nuit tombée ? Il n'en avait pas dit plus la première fois. Mais cette fois-ci, dit Cléo, cette fois-ci... Elle eut un violent frisson. « Sa voix, papa, murmura-t-elle, il n'a plus de cordes vocales. Il a la voix rauque comme un vieillard. Au lieu de prononcer les mots, il les siffle dans une espèce de chuchotement affreux. Et il m'a raconté des choses. »

Je pris les mains de la jeune fille dans les miennes. D'une voix très douce, très calme, je demandai : « Quelles choses, chérie ?

— Il dit que la créature qui lui a tranché la gorge venait de cette maison. »

Je ne dis rien. Elle me regarda, les prunelles agrandies par la terreur. « Papa, dit-elle, cela ne peut être que Fledge. »

Je lui donnai un peu de whisky (j'en ai toujours dans ma chambre) et parvins à la calmer. Je restai assis quelque temps près de son lit, la regardant dormir, paisiblement maintenant, grâce à Dieu. J'allumai un cigare ; à la lumière d'une bougie, je méditai son étrange révélation au sujet de Fledge. Elle aussi, alors, avait deviné qu'il était maléfique. Que signifiait cela ? Je ruminai la question jusqu'à une heure avancée de la nuit, sans parvenir à une conclusion satisfaisante.

J'ÉTAIS encore en train de réfléchir à tout cela quand, le lendemain, assis dans un bain tiède, j'appelai Fledge pour qu'il vînt me frictionner le dos. Je n'avais pas encore pris conscience que séduire Harriet faisait partie de son plan de campagne pour prendre ma place. Pourtant, après avoir reconstitué toute l'histoire dans mon fauteuil roulant, je suppose qu'à cette époque-là, fin janvier, Harriet était déjà allée voir son prêtre. Et je ne doute pas qu'il ait mis son veto, sous peine de châtiment éternel dans les flammes de l'enfer. Ce ne fut sans doute pas suffisant. « Mais je suis une femme ! » protestait Harriet. « Vous êtes l'enfant de Dieu », répliquait le prêtre. « Mon mariage n'a été qu'une mascarade ! » gémissait-elle. « Eh bien, vous devez l'offrir à Dieu en sacrifice », disait-il. Elle n'était pas convaincue quand elle le quitta, sans toutefois se l'avouer à elle-même. Quelque chose s'était éveillé en elle qui ne voulait pas se laisser étouffer. Quand Fledge posa sa main sur elle, la fois suivante, elle le repoussa, mais faiblement. Il savait qu'elle allait bientôt succomber à la tentation.

Oh, je connais bien mon Harriet ; je sais par quelles affres il lui aura fallu passer avant de se laisser aller à une aventure. Je me demande quand celle-ci débuta vraiment. C'était peut-être déjà fait à cette époque où, préoccupé d'une part par mon travail, d'autre part par Fledge quand je me trouvais dans la maison, je n'aperçus pas le changement survenu en elle ; ou peut-être, ce qui est plus probable, cela n'arriva-t-il que plus tard, lors de mon séjour à l'hôpital. « Plus fort, Fledge », lui ordonnai-je ; il me frottait le dos avec un morceau de corail ; j'aime que la peau devienne rose et cuisante sous la friction, cela donne une impression de vigueur merveilleuse. « Oui, comme ça » ; il commençait à y mettre plus de cœur. Vous allez penser que j'étais bien imprudent de me livrer ainsi à un homme qui avait déjà tué. Non, c'est le contraire qui eût été imprudent, que je lui interdise soudain d'entrer dans ma salle de bains. Car il aurait su alors que je savais et c'est cela qui aurait été dangereux. Fledge se sentait en sécurité, certain que nul ne le soupçonnait. Je préférais qu'il en soit ainsi.

Je sortis de la baignoire ; frissonnant et dégoulinant sur le tapis de bain, je me laissai essuyer. Je me demande maintenant quelles pouvaient être ses pensées en accomplissant cette tâche. Se rendait-il compte, par exemple, du plaisir que l'on peut éprouver à se faire frictionner et essuyer par un domestique ? Bouillait-il d'une rage intérieure à la pensée qu'il ne pouvait inverser les rôles et me donner de tels ordres ? Non, je crois plutôt qu'il était rempli de la froide certitude que, dans quelques mois, il en irait autrement, qu'il serait le maître de Crook et que je serais... mort. Ce n'était pas d'ailleurs la première fois que la pensée que Fledge voulait aussi probablement ma mort me traversait l'esprit. Sachant cela, mais sachant aussi qu'il ne savait pas que je savais, j'éprouvais ce frémissement, ce frisson que l'homme courageux ressent face au danger. « C'est tout, Fledge, passez-moi ma robe de chambre. » Mon petit corps nerveux trembla un moment dans la salle de bains froide et sinistre de l'aile est. Me tournant vers le miroir, je remarquai avec plaisir la rougeur de mon dos bien étrillé, puis glissai mes bras dans la robe de chambre que Fledge me tendait. Serrant la ceinture autour de ma taille, je lui demandai de m'apporter un whisky pendant que je m'habillerais pour le dîner.

Je partis enfin le long du couloir, le laissant ramasser les serviettes mouillées et nettoyer la baignoire. En fait, il y eut une période pendant laquelle Fledge représentait un défi qui me stimulait, par la vigueur du combat qui était en jeu. En m'habillant, je pensais avec un grognement de dérision que s'il croyait pouvoir se montrer plus malin que moi, il était vraiment stupide. Pourtant, certains événements devaient bientôt lui donner l'avantage. Ces événements ne dépendaient pas de moi et furent déclenchés par cette vieille Giblet, qui se mêlait de tout.

Le début de février fut très humide dans notre région. Ce fut aussi pour moi, je l'ai dit, une période de travail et d'anxiété intenses. En effet, en plus du jeu complexe et délicat, terriblement sérieux, que je jouais avec Fledge, je me préparais également à tenir cette conférence le 7. J'étais donc dans la grange tous les jours, m'entraînant devant un public composé d'ossements recouverts de draps et d'un corbeau au cri rauque qui logeait dans les poutres. Il m'avait fallu recouvrir *Phlegmosaurus* de bâches et de vieux draps car le toit fuyait et la pluie s'infiltrait à travers. J'arpentais le sol, récitant ma thèse révolutionnaire sur la classification taxonomique du dinosaure ; je dois avouer que je me délectais aussi, en imagination, de la tempête d'applaudissements et de controverses que je m'attendais à soulever. Franchement, je pensais réellement devenir une autorité en matière d'histoire naturelle, du moins dans sa branche paléontologique, moi le naturaliste amateur ! J'avais l'intention, voyez-vous, de retracer pour mon public l'histoire des fossiles depuis les origines, lentement, consciencieusement, et de montrer comment les premiers reptiles primitifs furent remplacés par des reptiles plus « évolués », des dinosaures au corps d'oiseau ; puis étaient venus des oiseaux primitifs pourvus de dents, comme l'*Archeopteryx*, puis des oiseaux plus évolués, eux aussi pourvus de dents, puis nos modernes volatiles, sans dents. Je voulais montrer que le squelette du *Phlegmosaurus*, sa position verticale, bipède, sont ceux d'un oiseau ; il avait certes perdu la grosse clavicule que requièrent les volatiles mais je n'accepterais pas que ceci serve d'argument pour prouver que le lien avec les oiseaux n'était que très lointain. Je suggérerais au contraire que le potentiel pour développer une clavicule était bien là, dans les gènes du *Phlegmosaurus*, tout simplement à l'état latent. Je dirais que mon *Phlegmosaurus* parcourait si vite les paysages mésozoïques qu'il en était venu à être soutenu par l'air. Je suggérerais que la sélection naturelle avait alors favorisé les mutations qui avaient fait réapparaître la clavicule si longtemps absente. Cette réapparition de traits disparus, que l'on appelle atavisme, n'est pas si rare qu'on veut bien le dire. On trouve parfois des baleines avec des pattes, et des chevaux avec des doigts de pied. De tels phénomènes se produisent aussi dans notre espèce et l'on a vu des nouveau-nés avec une queue, par exemple. C'est donc par le biais de cet atavisme que je voulais montrer que le *Phlegmosaurus* développa une clavicule, qu'il lui poussa des plumes et qu'il se mit à voler. C'est donc l'ancêtre des oiseaux, et il ne doit pas être classé parmi les reptiles.

Je me souviens qu'Harriet montra alors de l'irritation face à mes humeurs plus sombres encore qu'à l'accoutumée. Elle tolère remarquablement bien un manque de sociabilité mesquin mais il y a quand même une limite à sa patience ; son air maussade, son front irrité montraient que le seuil de tolérance serait bientôt franchi. J'aurais dû lui dire qu'après la conférence je serais un autre homme, mais je n'en avais pas la force. Je pense maintenant que sa mauvaise humeur si peu caractéristique n'était peut-être pas due à mon comportement, mais reflétait plutôt le conflit qui agitait son cœur. Je suis persuadé qu'à cette époque, la chair et l'esprit s'affrontaient chez Harriet.

Cléo ne m'était d'aucun secours. Elle ne voulait pas prendre ses repas avec nous, elle ne voulait pas laisser Harriet entrer dans sa chambre et elle refusait absolument de retourner à Oxford. J'aurais dû dire à Harriet de ne pas s'inquiéter, que tout cela se calmerait, comme la pluie ; les émotions sont comme le temps, avec un peu de patience tout passe. Je n'en eus pas envie non plus, car j'étais trop absorbé par mon propre drame. Doris faisait toujours son travail et Fledge était insondable. Voilà quelle était la situation à Crook. Pendant ce temps, la pluie tombait sur les tuiles couvertes de mousse et s'infiltrait par endroits, surtout à l'arrière de la maison : il fallait placer des seaux sur les paliers et les escaliers pour attraper les gouttes. C'est Fledge qui les vidait. Je me souviens l'avoir vu, un matin, descendre l'escalier de derrière, un seau à chaque main, et je pensais à Georges allant nourrir ses cochons. Je me souviens avoir pensé que le contraste entre les deux hommes était frappant ; pourtant, si on les déshabillait entièrement, si on leur enlevait la marque de leur appartenance sociale, pour ainsi dire, la différence ne serait pas aussi prononcée. Ils étaient tout à fait semblables par la structure osseuse et la façon dont ils étaient bâtis. Ils auraient même pu être frères, aussi étrange que cela puisse paraître.

Pendant tout ce temps, Mme Giblet était sur la lande, cherchant des traces de terre remuée, un os dans la boue pour avoir enfin l'esprit en repos au sujet de son fils. Les gens en étaient gênés. Un après-midi, au Hodge and Purlet, le vieux John Crowthorne m'en toucha un mot ; il ponctua ses remarques en crachant dans la cheminée. Quand on connaît John Crowthorne, on sait ce que cela veut dire. La pluie ne la décourageait pas, apparemment ; elle allait là-bas par les pluies les plus fortes, sous un grand parapluie noir, pataugeant dans la fange. Chaque soir, elle dînait seule derrière la salle de l'auberge ; heureusement elle ne fit jamais d'apparition quand j'y étais. Je dormais mal ; j'ai sans doute rêvé, à nouveau, mais ces rêves étaient oubliés au réveil. La Fling avait débordé de son lit près de Pock et emporté un mouton.

Rien n'indiquait, autant que je m'en souvienne, que le 5 février dût être une date si cruciale dans le déroulement des événements. Les signes étaient peut-être là, les présages et les augures, mais je ne les voyais pas. Mon empirisme était alors presque intact ; c'est peut-être ce qui me rendait aveugle aux avertissements. Je buvais du whisky dans la grange quand Fledge vint me transmettre le message : Mme Giblet avait réussi, elle avait retrouvé les restes de Sidney. La nouvelle me plongea dans la consternation. Naturellement, je pensais à Cléo et à ce que représenterait pour elle cette nouvelle péripétie.

A la réflexion, je crois que ce fut moins la découverte des restes qui m'alarma que l'état dans lequel ils furent retrouvés. Il faut vous dire qu'au cours de ma vie, j'ai déterré suffisamment d'ossements pour pouvoir imaginer dans les moindres détails ce qui s'est passé sur la lande, à ceci près qu'il s'agit là d'ossements humides, alors que ceux que je trouvais lors de mes fouilles étaient secs. Mais je connais à fond le patient et lent travail qui consiste à mettre à jour et à récupérer les fossiles. Mme Giblet était apparemment tombée sur un fragment de côte, à plus d'un mile de l'endroit où la bicyclette avait été retrouvée, un fragment de côte que la terre était en train de dégorger. Avec un petit déplantoir qu'elle portait toujours sur elle, elle avait alors exhumé toute la cage thoracique, et tout près de là, le crâne. Je le répète, je connais bien tout ce processus. Mais quand j'appris que le squelette commençait à apparaître morceau après morceau, et qu'il portait des traces de morsures, alors mon inquiétude grandit. Car, *experto crede,* il me semblait malheureusement de plus en plus certain que Sidney avait été coupé en morceaux avant d'être jeté dans le marécage; là, quelqu'un ou quelque chose avait dévoré chair et cartilages, ne laissant que l'os nu. Autrement dit, il avait d'abord été dépecé et ensuite rongé jusqu'à l'os.

Dépecé et rongé. Limp et ses hommes furent bientôt sur la lande, et grâce à d'énergiques excavations ils exhumèrent le squelette entier avant la tombée de la nuit. On apporta d'urgence la sinistre dépouille au laboratoire médico-légal; dans les heures qui suivirent, tout le monde donna libre cours aux conjectures les plus folles, pour ne pas dire macabres. Le rapport du laboratoire fut connu le lendemain et ne contribua pas à apaiser mes inquiétudes : Sidney avait bel et bien été dépecé et dévoré, dépecé par les hommes et dévoré par les porcs.

Le vague sentiment de malaise que j'avais ressenti depuis que les ossements avaient été découverts devint plus précis, car en effet je compris vite toutes les implications. Il s'agissait d'un exemple typique de maladresse policière, j'en étais certain, absolument certain. Mais, malgré tout, la porcherie des Fonds-de-Ceck, ma porcherie, était la seule qui soit proche du marais. Il n'était pas difficile de prévoir, dès lors, ce que ferait l'inspecteur Limp.

J'étais dans la grande salle du Hodge and Purlet le soir du 6 février; j'y rencontrai le vieux John Crowthorne. Cet après-midi-là, me dit-il, il était en train de traverser la cour de la ferme avec un seau d'ordures à chaque main, quand deux voitures de police arrivèrent à vive allure, s'arrêtant avec force crissements de freins sur les dalles fangeuses. L'après-midi était humide et sombre. Limp avait sauté de la première voiture. « C'est vous, Georges Lecky? avait-il crié.

— Non », avait répondu le vieux John qui devait offrir au petit inspecteur pressé un spectacle peu ragoûtant. Il affiche en effet des favoris bruns imposants; son visage est sillonné de profondes rides verticales, qu'on dirait pleines de terre. « Non, dit-il, alors que les policiers costauds descendaient des voitures.

— Nom et prénom? demanda Limp.

— John Crowthorne. Bonjour, Hubert, ajouta-t-il en s'adressant à Cleggie, l'agent de Ceck.

— Où est Georges Lecky? » demanda Limp; sans attendre une réponse, il continua : « Bien, nous allons fouiller la ferme. Nous avons un mandat de perquisition. Allez-y », dit-il à l'intention de ses hommes.

J'écoutais tout ceci, debout au bar. Ma contrariété augmentait. Cette histoire de porcs qui auraient dévoré les os de Sidney, c'était de la foutaise. L'idée que ce petit corniaud trop zélé puisse se rendre à la porcherie, ma propriété, car il ne faut pas oublier qu'elle faisait toujours partie du domaine, qu'il se mette à perquisitionner, à emporter les outils de Georges, ses couteaux, ses scies et ses hachoirs, à ce que me racontait le vieux John, cette idée m'était insupportable. « Nom de Dieu, marmonnai-je en jetant mon cigare dans le feu, ce petit policier a un sacré culot ! »

John ferma à moitié les yeux et me regarda d'un air finaud. C'était étrange, dans la mesure où les yeux de John ont plutôt tendance à papillonner des murs au plafond, où qu'il soit ; je crois que c'est un tic nerveux. Il se tourna rapidement vers le feu, cracha grassement dans les flammes qui sifflèrent brièvement. Il me raconta alors ce qui s'était passé ensuite, et c'était en effet une drôle de scène... Après avoir chargé une pile de sacs raides de sang dans une des voitures de police, on entendit soudain, venant du marais, un rugissement ; à travers la pénombre on voyait un gros œil brillant qui se déplaçait rapidement le long de la route des Fonds-de-Ceck, en direction de la ferme. Devant Limp et ses acolytes apparemment cloués au sol, cette chose à un œil entra avec des à-coups et des ratés dans la cour de la ferme. C'était bien sûr Georges, au volant de son camion d'ordures. Il arriva à toute allure, décrivant un demi-tour qui les plaqua tous contre les murs. Moi qui connais l'état de ce véhicule et la taille de la cour, j'imagine qu'il a dû s'agripper au volant et appuyer comme un fou sur les pédales pour réussir une telle manœuvre. D'après le vieux John, le camion brinquebalant passa près d'eux en pétaradant, puis sortit de la cour dans un tintamarre de ferraille et de ratés du moteur, et reprit la route en direction du village. Une légère odeur d'essence et d'huile brûlée restait suspendue dans l'air. Les grognements des porcs fournissaient, à l'arrière-plan, l'accompagnement musical. « C'était tout comme s'il nous avait j'té un sort, comme il est entré dans cette cour, dit le vieux John, le regard brillant, en baissant la voix. Mais le curieux, sir Hugo, c'est que j' l'ai vu quand il a passé d'vant moi, et il avait peur, Georges, il avait peur, j' vous dis ! » Limp avait, semble-t-il, rompu l'envoûtement. « Très bien ! cria-t-il. Aux voitures ! On le rattrape ! » Sous les yeux médusés du vieux John Crowthorne, les voitures de police sortirent à grande allure de la cour, toutes sirènes dehors, sur les traces de Georges.

La route des Fonds-de-Ceck n'est pas précisément faite pour les courses-poursuites. Il y a des ornières et des nids-de-poule, elle est jonchée de grosses pierres et d'excréments ; parfois une vache égarée s'y aventure. Ils n'attrapèrent pas Georges. Quand ils arrivèrent à Ceck, ils avaient depuis longtemps laissé échapper leur proie. Limp se rua à l'intérieur du Hodge and Purlet — je sais cela par Bill Cudlip, qui s'y trouvait —, puis ressortit. « On retourne par où on est venu, cria-t-il. Il a dû aller dans le marais ! » Crowthorne et Cudlip se gaussaient d'ailleurs de la facilité avec laquelle Georges avait semé ses poursuivants ; moi aussi, j'exultais. Georges s'était effectivement enfui dans le marais, car ils trouvèrent son véhicule dans le chemin de terre. J'imagine les phares de la voiture de police révélant les garde-boue maculés, les pare-chocs incrustés d'ordures, les poubelles alignées dans le camion familier. Mais derrière le faisceau des phares, les arbres élevaient un mur noir impénétrable. Ils sortirent sans doute des voitures pour écouter les bruits du marais, qui s'étendait à des kilomètres au-delà, une étendue de terre obscure et traîtresse où aucun homme sensé n'osait s'aventurer la nuit, à moins de bien connaître le terrain. Un profond silence régnait. « Laissons-le courir, murmura

Limp. J'aurai cinquante hommes à ses trousses demain matin. »

Les cinquante hommes de Limp fouillèrent la lande avec soin et systématiquement pendant plusieurs jours, mais ils ne trouvèrent pas Georges. Ce soir-là, la nuit du 6, je contemplai le feu et pensai à mon vieil ami Georges, errant en ce moment même sur la lande de Ceck, la police aux trousses. Pourquoi ? Qu'avait-il fait ? De quoi avait-il peur ? Un terrible soupçon commença à se faire jour dans un recoin de mon cerveau, mais non, je ne voulais pas le croire. Je repoussai l'idée. Non, ce n'était pas possible.

Au moment où je vous raconte cela, je ne suis pas assis dans ma grotte sous l'escalier, mais dans la cuisine, avec Doris et Cléo, en train de me faire couper les ongles. C'est la mi-avril et cela fait plus d'un mois que je suis revenu de l'hôpital. Je passe désormais le plus clair de mon temps dans la cuisine ; Cléo n'est pas remise, loin de là, mais du moins elle ne passe plus son temps à broyer du noir dans l'aile est. Elle aussi passe ses journées dans la cuisine. Il y a donc aujourd'hui à Crook un clivage, une démarcation très nette entre l'avant de la maison, occupé par Harriet et Fledge, et l'arrière, investi par Doris et Cléo. Je suis une sorte d'élément neutre que l'on roule de l'un à l'autre comme une balle de tennis. Je suis là à profiter du soleil et de l'attention de Doris et Cléo. C'est là que j'essaye de reconstituer pour vous un compte rendu aussi complet et cohérent que possible de l'enchaînement des événements. Pardonnez-moi si je semble parfois me contredire, ou encore si je bouscule un peu l'ordre des événements que je suis en train de révéler. C'est une entreprise délicate et périlleuse que de décrire précisément ce qui est arrivé : il me faut sélectionner et réorganiser mes souvenirs. J'en viens à me demander si ce n'est pas au-dessus de mes forces. J'ai été pendant des années fidèle à la méthode scientifique, à ses strictes exigences d'objectivité et tout ce qui s'ensuit. Mais celle-ci est soumise à rude épreuve depuis mon accident. Il y a des fissures dans cette méthode, et dans ces fissures des anomalies monstrueuses apparaissent pour me narguer. Je ne peux les maîtriser. Je suis devenu superstitieux. J'en suis même arrivé à avoir des « visions ».

Il faudra sans doute que, tôt ou tard, j'en arrive à raconter les circonstances qui ont entouré mon accident. Je préférerais franchement le faire le plus tard possible. En effet, toute cette histoire me cause encore un embarras et une douleur intenses, dans la mesure où Fledge était là quand c'est arrivé, qu'il en a été en quelque sorte une des causes. J'en ferai en temps utile un compte rendu complet. Je me contenterai donc pour l'instant de dire qu'après avoir repris conscience je traversai une période vraiment très morbide, tant il est terrifiant d'essayer, en vain, de bouger, et tant est terrifiant le sentiment de désordre que cause cette inertie. Avec le temps, je réussis à renouer un certain contact avec la réalité objective, à m'adapter; néanmoins, assez curieusement, pendant les premiers jours à l'hôpital, je ne pouvais me débarrasser d'un sentiment d'échec. Allongé dans le noir, prisonnier de mon propre cerveau, avec l'impression qu'on me donnait des coups de marteau sur le crâne, je tentais de toutes les fibres de mon corps de lever le petit doigt de ma main droite. J'épuisais toutes les ressources de mon corps pour soulever ce petit doigt à quelques millimètres au-dessus du drap. Cela intensifiait ma migraine au point que je croyais que ma tête allait littéralement exploser, mais ce satané doigt ne voulait pas bouger. Après quelques minutes de ce petit jeu, j'étais saisi d'un désespoir violent, d'un sentiment de futilité, puis de honte devant mon échec. C'était au début, je l'ai dit, avant de me résigner à n'être qu'un homme sans corps. Plus tard, bien sûr, j'acceptai ma condition. Ce n'était pas du courage mais un instinct, rien que l'instinct, la volonté de survie, que je partage avec tous les organismes vivants. Pourtant il y avait eu cette période où je me disais que, si je restais complètement paralysé, ce serait de ma faute, parce que je n'avais pas fait suffisamment d'efforts. Il est curieux de constater combien j'étais réticent à reconnaître que ma volonté consciente n'avait plus la maîtrise de mon destin. L'habitude de toute une vie, je suppose.

Oh, mais la porte de derrière est ouverte, les oiseaux chantent, et le soleil de l'après-midi réchauffe les vieilles pierres grises. Je vois que Cléo est en train de se livrer à son nouveau et étrange passe-temps : collectionner les rognures d'ongles dans une boîte d'allumettes. C'est Doris qui manie les ciseaux tout en sirotant son verre de sherry. Une scène de bonheur domestique tranquille, si l'on veut, et c'est d'autant plus difficile pour moi de penser à des os rongés et à des cadavres découpés en morceaux. « Maintenant, tes ongles de pieds », dit Cléo, et toutes les deux se mettent à genoux pour ôter mes chaussures et mes chaussettes. Ce rituel me procure un immense plaisir; un plaisir que j'éprouve d'ailleurs à chaque fois que l'on me touche. Leurs doigts me chatouillent et je rirais comme un enfant si j'en étais capable. « Tes pieds sentent mauvais, papa, dit Cléo. On dirait deux vieux fromages, n'est-ce pas, madame Fledge ? »

Doris fait son sourire de travers. Chère Doris ! J'aimerais beaucoup mieux penser à elle qu'à Sidney mort et à ses os dévorés par les porcs. Pour moi, elle est maintenant la source de la vie. Elle me nourrit, me lave, me change et m'habille. Elle roucoule et me murmure des petits mots gentils comme la plus tendre des jeunes mères. Je n'ai pas d'autre contact physique avec le monde et j'en suis venu à désirer et à adorer le contact de ses mains sur mon corps. J'en suis venu à tout aimer chez cette femme, même l'odeur d'alcool de son haleine et ses maladresses d'éthylique la nuit. Je pleure parfois quand je suis avec Doris, quand elle s'occupe de moi tendrement dans la salle de bains ou les toilettes; mais, contrairement à Cléo, elle ne pense pas qu'un

« légume » ne peut pas pleurer. C'est parce qu'elle ne me considère pas, elle, comme un handicapé. Pour elle, je suis son bébé.

Chère Doris. Je ne vous ai pas raconté mon retour à Crook, un retour qu'on pourrait difficilement qualifier de triomphant. Ma condition était apparemment « stabilisée », j'aurais dit, moi, « fossilisée ». Je pouvais m'asseoir dans un fauteuil roulant, mastiquer et avaler, déféquer, pleurer, et c'était tout ce dont j'étais capable en termes d'activité physique. J'avais une tendance inquiétante à grincer des dents et parfois ma respiration devenait laborieuse ; en fait, je ronflais tout éveillé. Je remarquais que je ronflais surtout quand je pensais à des choses douloureuses, comme Fledge. Je ronflais donc la plus grande partie de la journée ; par contre, il semble que je dormais silencieusement. De tels changements étaient courants dans ma vie de légume. Dans les moments d'émotion intense, les ronflements s'aggravaient pour arriver à un crescendo de grognements tel que je devais cesser complètement de penser et essayer de ramener ma respiration à la normale ; les infirmières se précipitaient et me donnaient des tapes violentes dans le dos. C'était ce phénomène qui avait poussé Walter Dendrite, mon neurologue, à me comparer publiquement à un porc. Mais le plus important était que Doris a volontairement proposé ses services pour s'occuper du monstre que j'étais devenu ; elle a accepté de me servir de mère et c'est pour cela que je l'aime.

Harriet et Hilary revinrent à Crook avec moi dans l'ambulance. Les médecins ont fait en sorte qu'Harriet n'éclate plus en sanglots à chaque fois qu'elle pose les yeux sur moi : j'ai entendu leurs conciliabules au pied de mon lit. En fait, ce fut un des aspects les plus frappants des premiers temps de mon existence végétative que de voir évoluer les réactions de ma famille, du chagrin à la pitié puis à la résignation, enfin à une indifférence apparente en un laps de temps particulièrement court. Je note que c'est comme cela que l'on oublie les morts; c'est comme cela que l'on peut tolérer les gens dans ma condition. Qui donc a la force, en effet, de regarder longtemps une créature dont le seul message, sinistre, est le suivant : voyez le peu qui vous sépare du monstre que je suis. Il nous faut dissimuler le fait que nous sommes parents des monstres ; il faut un acte de rejet, de désaffection brutale. Les médecins se sont montrés là d'un grand secours car ils ont permis à Harriet et à tous les autres de nier mon humanité pourtant persistante à l'aide d'un charabia qui a l'imprimatur de la science. La science ! Et ceci n'est pas la moindre des ironies qui ponctuent si généreusement mon histoire. J'avais toujours su que la science propose, j'apprenais maintenant que la science dispose aussi ; je me trouvais maintenant pétrifié, accroché, comme une mouche à une toile d'araignée, dans une grille de taxonomie médicale. Ma seule identité était maintenant neuropathologique. Je n'étais plus un homme, mais un cas clinique, et en tant que tel, je ne pouvais plus susciter la pitié profonde que je méritais tant. Je ne crois pas qu'ils me donnaient longtemps à vivre, franchement. Ils connaissaient l'état de mon cœur et de mes artères. J'imagine que si j'avais été un Esquimau, on m'aurait poussé dehors dans le blizzard, sans plus de cérémonie. Cela ne m'aurait pas gêné, à condition que je puisse emmener Fledge avec moi dans ce blizzard. Je serais alors mort heureux. Ai-je rapporté que l'odieux Patrick Pin était en train de tourner autour de mon lit quand je repris conscience ? Il semble qu'Harriet, craignant pour ma vie, m'avait fait administrer l'extrême-onction. Ce n'était pas tout : j'avais maintenant autour du cou une chaîne d'argent où était accroché un petit crucifix. J'étais au moins à l'abri des vampires. Peuh !

Mais, en fait, mon retour à Crook a été remarquable car cela m'a appris beaucoup de choses sur la nature de l'espoir. Patientez un peu et le bien-fondé de ces remarques sera bientôt éclairci. Voyez-vous, Fledge m'avait poussé de l'ambulance à la maison, à travers le hall jusqu'au salon. Il avait été impossible de ne pas apercevoir le sentiment de triomphe révoltant qui se dégageait de l'homme comme une mauvaise odeur, qui s'exhalait de tous ses pores. Il me mit contre le mur, en face de la cheminée et me laissa.

Comme la mère de Sidney l'avait si intelligemment dit à Harriet la veille du jour de l'an, Crook est une maison où le bois joue un grand rôle ; en dépit du fait qu'elle tombe en ruines, elle garde un caractère particulier, justement à cause de tout ce bois. L'escalier et tous les planchers sont en bois ; grâce aux lambris sombres, qui leur donnent de la chaleur, les pièces dégagent une impression de confort. Les chambranles des portes aussi sont en bois : elles sont légèrement cintrées, avec une petite corne au centre. Il n'y a que la porte principale qui soit ornée de panneaux cloutés, mais à part cela la décoration se limite au sommet des boiseries et aux plinthes du rez-de-chaussée. Seule la cheminée du salon, devant laquelle, je l'ai dit, on avait placé mon fauteuil, exhibe une décoration d'un style très orné. C'est en fait un chef-d'œuvre, un chef-d'œuvre de bas-relief Tudor.

Une paire de colonnes en chêne flanquent la cheminée, soutenant l'entablement, c'est-à-dire la structure qui comprend l'architrave, la frise et la corniche. Cette dernière fait saillie et sert de manteau ; l'on peut voir reproduit dessus le dessin de toute la cheminée, très réduit évidemment. Imaginez donc qu'il y a sur le manteau de la cheminée une sorte d'écho de tout l'ensemble ; l'espace entre les deux colonnes est l'âtre lui-même. Sculptés au-dessus de la cheminée se trouvent les armes de la famille Coal (chimère, saillant, de gueules sur sable) et au-dessous notre devise : NIL DESPERANDUM.

Nil desperandum. Depuis mon enfance j'ai toujours pensé

que ces mots m'étaient destinés. Dans les moments de crise, en Afrique par exemple, ils m'ont donné de la force. N'est-il pas surprenant que l'on puisse tirer autant de réconfort de deux mots, littéralement : il ne faut pas désespérer. C'est peut-être parce que j'ai une réelle tendance au désespoir que ces mots ont pour moi une telle importance. C'est un trait de famille. Sir Digby s'est suicidé, et Cléo, j'en ai peur, a aussi un tempérament mélancolique. Elle tient cela de moi, comme ses dents. Mais pendant deux siècles, ces mots sculptés au-dessus de la cheminée, représentation allégorique, peut-être, du feu qu'ils surplombent, ont aidé mes ancêtres à lutter contre leur tendance innée à abandonner tout espoir. Ces mots leur ont chauffé le cœur, pendant que les flammes réchauffaient leurs os. Je suis persuadé que, d'une certaine façon, les maisons finissent par absorber l'âme de leurs habitants. C'est sans doute cela que je ressentais en contemplant la cheminée ce matin-là. Vous direz que ce sont là des sentiments étranges chez un scientifique. Mais il est clair, je crois, que je commençais à perdre cette conception empirique et mécaniste de la nature à laquelle j'avais été fidèle depuis tant d'années.

Alors que je contemplais la cheminée, les armes et, en dessous, notre devise, quelque chose de très inattendu se produisit. Quelque chose bougea en moi, je ressentis un bref moment d'exaltation. Ces mots immortels au-dessus de la cheminée, voyez-vous, me rappelaient que j'étais un Coal et que je ne laisserais pas un domestique prendre le dessus. Involontairement, Fledge m'avait fourni le seul stimulant qui puisse à coup sûr me revigorer et m'encourager. Pour la première fois depuis mon accident, je sentis mon âme frémir en moi. Je me dis soudain que peut-être, en effet, il n'y avait aucune raison de désespérer. J'avais entendu les médecins à l'hôpital affirmer que jamais je ne retrouverais l'usage de mon corps, mais je décidai, à ce moment même, d'espérer malgré tout. Dans mon corps pétrifié, fossilisé, une étincelle avait jailli.

Le retour à Crook me fit en quelque sorte revivre, me redonna de la vigueur et donc constitua une sorte de triomphe. Quand j'y repense maintenant, je me rappelle avoir été choqué par le vacarme des roues de mon fauteuil roulant sur les vieilles lattes du plancher, par ce bruit de tonnerre dans le hall, moi, timonier dérisoire, le nez saillant en proue vers l'avant, mes vieilles griffes cramponnées aux bras de l'engin. Mais je me souviens aussi que, le premier choc passé, j'avais éprouvé un plaisir sardonique à l'idée que mes déplacements fussent si bruyants, mes mouvements signalés si fort et avec tant d'insistance à toute la maisonnée par ce fracas des roues sur le plancher. Et puis, je portais à nouveau mon costume de tweed. J'avais maigri à l'hôpital, mon costume flottait sur moi mais ce tweed rugueux avec des pièces de cuir aux coudes et des revers épais aux poches pour que rien ne tombe, c'était mon vêtement. C'est un tailleur de Londres qui m'avait fait ce costume ; il travaillait exclusivement pour la petite noblesse de province, et avait habillé mon père et mon grand-père avant moi. Je crois qu'il a fermé boutique, malheureusement. Toutes ces choses m'aidaient à sortir de cette affreuse torpeur à laquelle m'avait réduit ce mois en enfer. Aucun signe, aucun indice de toutes ces réflexions ne se manifestait dans mon attitude ou sur mon visage, mais il y avait quand même les prémices d'un retour à la vie. *Nil desperandum,* Hugo, me disais-je, *nil desperandum,* mon vieux.

MON Dieu, j'ai beaucoup anticipé. Ma chronologie est à nouveau bouleversée. Où en étais-je ?

Georges Lecky s'était réfugié dans la lande de Ceck où les hommes de Limp s'étaient montrés incapables de le retrouver. Cela n'avait rien d'étonnant : Georges habitait près du marais depuis vingt-cinq ans, depuis que je l'avais ramené d'Afrique. A part John Crowthorne, nul ne connaissait cette région lugubre du Berkshire mieux que lui. Cela n'avait pas été difficile pour lui d'échapper à la maréchaussée. Mais je ne fus pas surpris de le voir apparaître trois jours plus tard à la grange. En fait, je l'attendais. Vers qui d'autre que son vieux camarade d'Afrique pouvait-il se tourner ?

J'étais assis dans ma chaise d'osier, contemplant le *Phlegmosaurus* quand j'entendis soudain du bruit sur le toit. Je levai les yeux : il était debout en haut de l'escalier qui menait au grenier. Comme sa tête était éclairée par la froide lumière qui venait de la petite fenêtre du pignon derrière lui, son visage restait dans l'ombre. Pendant un instant, nous fûmes tous deux immobiles et silencieux. C'était un moment solennel, une sorte d'épreuve. Puis je me levai et, lui tendant les bras, je m'écriai : « Bon sang, mon vieux, descendez, vous devez mourir de faim. »

J'étreignis mon vieux camarade chaleureusement, malgré l'odeur. Un homme qui a vécu plusieurs jours à la dure dans le marais de Ceck n'est pas très beau à regarder. Son veston et son pantalon étaient couverts de boue, encore humides à la culotte et au bas des manches; des brins de paille et d'herbe étaient accrochés à l'étoffe. Il était tête nue, pas rasé, son haleine était fétide. Son visage n'avait plus son expression habituelle de stoïcisme tranquille; au contraire on y lisait la peur et la nervosité d'un homme traqué. Il avait l'air aux abois. Je le fis asseoir dans le fauteuil en osier et lui versai un peu de whisky. Il en avala une gorgée, puis il retroussa ses lèvres sur ses dents, se frotta brièvement le crâne et les yeux. Il but encore. Je sentais que cela le réchauffait et lui redonnait vie. Je lui laissai quelques minutes pour reprendre ses esprits. Devais-je aller chercher de la nourriture? Non, il voulait d'abord parler. Il termina son whisky, se pencha en avant dans le fauteuil, les paumes sur les genoux et les coudes en dehors : ses bras formaient ainsi une sorte de support pour son corps épuisé et tendu. Les yeux fixés sur le sol, il respira profondément. « Eh bien, Georges, dis-je enfin, que se passe-t-il? »

Je ne sais plus si j'ai déjà parlé des défaillances de la mémoire. La réflexion permet de mettre de l'ordre dans les souvenirs, sans nul doute, mais je me demande si ce n'est pas simplement la nature même de la mémoire que de remettre les choses en ordre. Si je fais cette remarque, c'est que la conversation que je vais rapporter a eu lieu il y a longtemps et qu'entre-temps beaucoup de choses se sont passées. Mais l'esprit de cette conversation, je crois l'avoir retenu, et c'est cela qui importe.

Georges fit non de la tête. Il avait sur le cou une plaque rouge très irritée que sa main frottait sans cesse furieusement, qui avait sans doute été causée par le contact d'une plante vénéneuse sur la lande. Il était clair que la démangeaison était insupportable; je notai in petto qu'il fallait que je lui rapporte une pommade de la maison. Les yeux toujours fixés sur le sol, il se mit à parler. A ma grande surprise, c'est de John Crowthorne qu'il se mit à parler, en l'insultant, en le traitant d'imbécile, de vieux fou. J'avais bien deviné que John avait joué un rôle dans tout ceci, mais je n'avais pas poussé très loin mes réflexions. Georges parlait lentement et avec hésitation. Puis il leva la tête, le regard flamboyant de colère, d'une émotion pathétique et futile, la colère d'un homme qui sait que sa situation est inextricable et sans espoir.

« Mais qu'a donc fait le vieux John ? » J'essayai avec douceur de lui en faire dire davantage. Dans le silence qui s'installa, on entendit très distinctement un rat qui s'agitait dans la paille à l'autre bout de la grange. Georges baissa les yeux vers le sol et parla enfin. « Le camion, je lui ai prêté, et il est allé avec derrière le marais. » Je hochai la tête ; je savais que le vieux John utilisait le camion de Georges pour les plus ambitieux de ses braconnages nocturnes. « Je l'ai pas entendu rentrer, mais quelque chose me réveille dans la nuit. Alors je vais à la fenêtre et qu'est-ce que je vois ? Une lumière dans la cabane. Alors j'ouvre la fenêtre et c'est là que je l'entends. »

Un autre silence. « Vous avez entendu quoi, Georges ? » demandai-je doucement en lui reversant un peu de whisky.

Il se frotta le cou. « Quelqu'un qui était en train de découper quelque chose là-dedans. Alors je descends. »

Je hochai à nouveau la tête : quand Georges parlait de la cabane, c'était en fait de son abattoir qu'il s'agissait. « Je descends », dit-il. Sa voix était maintenant dénuée d'émotion, vide, comme s'il n'arrivait pas à comprendre ce qu'il était en train de dire. « Je descends, répéta-t-il. Je l'entends en traversant la cour : il est en train de couper quelque chose. " C'est toi, John ? ", je dis en arrivant à la porte. Il est au fond, en train de découper quelque chose. Il se retourne, en me souriant comme une espèce de singe. »

Georges se tut à nouveau. Ses yeux écarquillés fixaient le sol. « Je ne savais pas qui c'était », marmonna-t-il, et c'est alors que je compris l'affreuse vérité. La grange sembla soudain devenir très sombre ; Georges restait les yeux baissés et je croyais entendre le bruit terrible du hachoir dans la nuit, ce dépeçage qui avait réveillé Georges ; je voyais le vieux John et son sourire idiot en train de débiter en morceaux ce qu'il avait trouvé sur la lande. « Il savait pas qui c'était, murmura Georges, la voix pleine d'horreur. Il l'a découvert dans le marais, dans un sac, et comme c'était pas un homme d'ici, il s'est dit que ce serait bon pour les cochons. » Un nouveau silence. Georges baissa la tête, mit ses coudes sur ses genoux et, à nouveau, se frotta le cou. « Je lui ai enlevé le couperet, marmonna-t-il, mais c'était trop tard.

— Trop tard ? »

Un autre long silence. Georges ne répondit pas, mais cela n'avait pas d'importance car j'avais deviné ce qu'il voulait dire. « Je voulais lui casser la figure, j'étais tellement furieux », marmonna-t-il. Sa voix était maintenant distante, comme si elle venait de très loin. « Ça aurait servi à rien. » Encore un silence ; le corbeau bougea dans les poutres au-dessus de nous, puis s'envola bruyamment vers un autre perchoir quelques mètres plus haut. Je me levai et arpentai la grange ; je ne savais désormais que trop bien ce qui s'était passé. Comme je l'avais deviné le jour de Noël, quelqu'un avait dérangé Fledge sur la lande et découvert le corps de Sidney dans un sac. Et ce quelqu'un était le vieux John Crowthorne. « Fallait finir le boulot, murmura Georges peu après, c'était tout ce qu'il y avait à faire. » Puis il leva les yeux et dit d'une voix claire et ferme : « C'est le vieux John qu'a enterré les os, quand les cochons ont eu fini. Il s'est pas très bien débrouillé, hein ? Hein ? » Georges eut un rire terrible, sombre et désespéré. « Il a complètement foiré ce truc-là, hein ? Ah, bon Dieu ! » Il serra les poings, ferma les yeux et fit son horrible sourire, en retroussant ses lèvres sur ses dents. On entendit un croassement strident venu des poutres puis encore un lourd bruit d'ailes.

Je n'ajoutai rien pendant quelques minutes. J'étais arrivé derrière le fauteuil de Georges. Je l'attrapai par les épaules et le serrai chaleureusement. Je comprenais son dilemme : il n'irait jamais trouver la police avec son histoire car, d'une part, il travaillait avec le vieux John Crowthorne depuis qu'il était arrivé à Ceck, et d'autre part sa propre complicité était établie. Mais je lui suggérai néanmoins de le faire ; comme je m'y attendais, il refusa farouchement. C'était un paysan, et il avait toute la méfiance des paysans envers la police, les officiels et les institutions. Il préférait la loi de la nature, mais ce qui était affreusement ironique dans tout cela, c'était que le vieux John Crowthorne, lui aussi, suivait la loi de la nature. Je lui recommandai de rester dans la grange pendant que nous cherchions une solution. Puis j'allai lui chercher du pain, du fromage et de la pommade pour l'irritation de son cou.

En traversant l'allée, je commençai à entrevoir ce réseau de culpabilité, un réseau qui prenait sa source chez Fledge, et qui avait emprisonné le vieux John Crowthorne, puis Georges, et même moi dans la mesure où j'aidais Georges à échapper à la justice. Quand j'entrai dans la maison, Fledge sortait du salon. Le voir, lui, à ce moment-là me causa une violente émotion mais je tentai de ne pas le montrer. Il me suivit dans la cuisine et se mit à préparer un plateau pour le thé d'Harriet. « Nous avons de la pommade, Fledge ? » demandai-je après avoir sorti une miche de pain et du fromage.

« De la pommade, sir Hugo ?

— Oui, de la pommade, rétorquai-je d'un ton sec. De la crème, de l'embrocation, quelque chose pour soigner une irritation. Oh, laissez, dis-je, je le trouverai moi-même. » Je venais soudain de réaliser combien la situation de Georges était dangereuse. Il serait extrêmement imprudent que Fledge apprenne sa présence ici. Je quittai la cuisine pour chercher de la pommade, conscient du regard étonné que le majordome avait posé sur moi.

Je revins à la grange. Georges était toujours assis dans le fauteuil d'osier, la tête entre les mains. Le jour déclinait déjà et l'ombre avait commencé à l'entourer. Faisant face au *Phlegmosaurus*, il formait avec lui un tableau étrangement frappant, le squelette à la lourde mâchoire dressé au-dessus de la silhouette raidie sur le fauteuil. Il mangea avidement et but encore du whisky, mais d'abord il se passa la pommade sur la zone irritée qui, je le voyais maintenant, couvrait presque toute la circonférence du cou. « Dans un sac, bon Dieu, marmonnait-il en mangeant. Qui a fait ça, je voudrais bien savoir ? Qui l'a mis là-bas, dans un sac ? »

J'hésitai à lui dire la vérité. Je fronçai les sourcils. Je me levai et allumai les lumières. « Non, laissez-les éteintes », cria Georges, levant la main vers ses yeux. J'éteignis les lumières et retournai m'asseoir. Georges avait fini de manger. Il s'essuya la bouche de la main et me regarda d'un air furieux. Il était plus fort d'avoir mangé, beaucoup plus fort. « Qui l'a tué, sir Hugo ? Vous le savez. Dites-le-moi. »

J'hésitai encore. Serait-ce une bonne chose pour Georges que de savoir ce que je savais ? J'étais conscient d'un sentiment de malaise à l'idée de lui dire la vérité. « Dites-le-moi, répéta-t-il.

— Très bien, Georges. » Je lui racontai tout. Il m'écouta en silence. Quand j'eus fini il me dit qu'il avait envie de fumer. Je n'avais que des cigares et je lui en donnai un. Il ne fit aucun commentaire sur ce que je lui avais dit. Mais il était préoccupé et soudain j'entrevis le vieux Georges, dur et taciturne, que je connaissais si bien, celui qui gardait ses opinions pour lui. La nourriture, la boisson, l'abri de ma grange lugubre : tout ceci avait dissipé la peur qu'il avait rapportée de la lande. Bientôt, je le savais, il prendrait à nouveau son destin entre ses mains. Qu'est-ce que cela voulait dire pour moi ? Pour

Fledge ? Tout à coup je ressentis une grande appréhension, la crainte de voir la situation me glisser entre les doigts. Nous avons continué à fumer pendant que la nuit envahissait peu à peu la grange. Tout ce que je voyais de lui, c'était une ombre silencieuse, un peu menaçante, courbée sur l'extrémité rougeâtre du cigare.

Georges dormit dans la grange cette nuit-là, ainsi que la nuit suivante, dans le grenier avec les ossements. Il continuait à reprendre des forces. En reprenant des forces, il devenait aussi plus silencieux et, s'il formait des plans, il ne me les communiqua pas. Très rapidement, j'en vins à regretter mes révélations au sujet de Fledge. Je me mis à penser qu'en dépit de ses scrupules, il devait se rendre à la police et leur dire ce qu'il savait. Cela voudrait dire que je serais impliqué, ainsi que Fledge, bien sûr. Ce serait très désagréable pour toute la famille, surtout pour Cléo, mais après tout un meurtre avait été commis. Georges passerait un peu de temps en prison, et Fledge serait pendu. Mais était-ce si sûr ? Je n'étais pas entièrement persuadé qu'il en irait ainsi. Je n'avais que mes soupçons et ma conviction intime, aucune preuve, rien de tangible et d'irrécusable. Georges alors se passerait lui-même la corde au cou, s'il allait voir la police, ou bien il la passerait à celle de John Crowthorne. Pouvait-on convaincre le vieux John d'aller trouver la police ? C'était peu probable. Le vieux braconnier manquait terriblement de sens moral, c'était évident. C'était le genre d'homme qui, découvrant un cadavre dans un sac, ne trouvait rien de mieux à faire que de le découper pour nourrir ses porcs, sous prétexte que ce n'était pas « quelqu'un d'ici ». Mais Georges n'accepterait jamais de le dénoncer, je le savais. J'avais eu tout le temps, depuis le temps, de comprendre à quel point Georges était loyal, une fois qu'il avait adopté un homme. Pendant vingt-cinq ans, voyez-vous, Georges avait été loyal envers moi, férocement, discrètement et sans concession.

Georges resta dans la grange deux jours et deux nuits. Les hommes de Limp le cherchaient encore sur la lande, mais d'après les journaux, on avait communiqué son signalement à tout le sud-est, ce qui suggérait que la police n'excluait pas qu'il ait pu quitter la région. Dans la maison l'atmosphère était tendue, sans doute parce que je me montrais impossible à vivre. Le fait de cacher Georges me rendait très nerveux ; en outre, il fallait que je digère ce qui fut indubitablement l'événement le plus humiliant de toute ma carrière scientifique.

En effet, j'avais donné ma conférence le 7, devant un public composé de quatre personnes : Hilary, Victor, Sykes-Herring et un type du nom de sir Edward Cleghorn. Cleghorn est un original un peu fou. C'est celui qu'Harriet appelle le « spécialiste du ptérodactyle » et il prétend que lui et moi sommes les deux derniers naturalistes amateurs qui existent en Grande-Bretagne. Sa présence était plutôt embarrassante. Sykes-Herring était là parce que cela fait partie de ses attributions. D'une certaine façon, c'est aussi par devoir qu'Hilary et Victor étaient là. Harriet et Cléo n'étaient pas venues, car les os de Sidney avaient été déterrés seulement deux jours auparavant. Deux vieillards étaient entrés par erreur, pensant qu'il s'agissait d'une conférence sur les coprolithes. Ils étaient ressortis. Ce qui aurait dû être le couronnement de ma carrière se résumait à cela.

Je parlai du lien entre les dinosaures et les oiseaux du point de vue de l'évolution et de l'anatomie ; je dissertai longuement sur la griffe et le bassin du *Phlegmosaurus* et j'en tirai les conséquences. Je martelai mon pupitre, comme Thomas Huxley, en parlant de l'*Archéoptéryx*, le plus vieux fossile d'oiseau ; je parlai des atavismes ; je rappelai la nécessité qu'il y a à nous demander si, comme nous le présumons sans réfléchir, le dinosaure est bien un reptile au sang froid. Après avoir proféré tout ceci, et plus encore, j'entendis le bruit très faible de quatre paires de mains qui applaudissaient dans le vaste auditorium vide. « Très intéressant, déclara Sykes-Herring, nous emmenant prendre le thé dans la salle des professeurs. Tout à fait révolutionnaire. » Il ne croyait pas un mot de ce que j'avais dit. Intérieurement, il devait protester violemment. Cleghorn me prit à part ; postillonnant et me couvrant de miettes, il me déclara que je perdais mon temps. « Il ne faut pas se mêler de taxonomie, cela fait peur aux gens, déclara-t-il. C'est comme ça depuis le baron Cuvier, et il est mort — il faillit s'étrangler avec un morceau de gâteau — en 1832 ! Darwin venait à peine d'embarquer sur le *Beagle !* » J'aurais pu me passer de tout cela. Eddy Gleghorn est déséquilibré et sans doute fou. Le jeune Victor était enthousiasmé, ce qui était déjà quelque chose, je suppose. Il suivrait peut-être mon exemple et révolutionnerait la paléontologie. C'était un Coal, après tout. Mais je voulais savoir pourquoi la communauté scientifique, les professionnels m'avaient si complètement ignoré. Était-ce, comme le suggérait Cleghorn, parce qu'ils avaient peur de voir remise en cause la classification établie des dinosaures ? « Il ne faut pas toucher à la taxonomie, m'avait prévenu le vieux fou. Vous voyez ce qui arrive à un livre qui n'est pas à sa place ? Il cesse tout bonnement d'exister. Si on secoue l'ordre établi, on secoue le monde entier. Ça fait peur, Hugo, croyez-moi. Vous êtes un révolutionnaire. » Bougre d'idiot. Je commençai à soupçonner que la vraie cause de mon humiliation était Sykes-Herring. Je commençai à soupçonner qu'il n'avait parlé à personne de ma conférence. Personne n'était venu parce que personne n'était au courant. Encore une fois, semblait-il, on me persécutait. Ce n'était pas la première fois que Sykes-Herring me faisait ce coup-là, vous comprenez ; en fait il avait anéanti toute ma carrière. Je comprenais maintenant que pour pouvoir apporter au monde ma théorie du *Phlegmosaurus,* il me faudrait circonvenir Sykes-

Herring. C'était un réactionnaire malveillant et obscurantiste. Il faudrait que je sois très prudent, très rusé, pour avoir le dessus. Après tout, c'était le secrétaire de la Société royale. Bah ! J'étais loin de me douter alors que les petites manœuvres du monde scientifique seraient bientôt hors de ma portée pour toujours.

IL me fut difficile, très difficile de me replonger dans la paléontologie après cet épisode. D'une certaine manière, ce fut sans doute une bonne chose d'avoir à m'occuper de Georges dans les jours qui suivirent, sinon j'aurais pu sombrer dans la dépression. Pendant deux jours et deux nuits, il dormit parmi mes ossements, reprenant des forces ; la détermination farouche qui émanait de sa personne m'inquiétait. J'essayais de lui parler mais il ne voulait rien me dire. Il restait des heures entières dans mon fauteuil en osier en fumant, les sourcils froncés, l'air préoccupé ; de temps à autre il frappait le sol du pied. La maison, elle aussi, était lugubre. Cléo avait réagi à l'annonce de la découverte des restes de Sidney en se renfonçant un peu plus dans sa coquille ; au grand chagrin d'Harriet, elle ne paraissait plus à table. Convaincue que Fledge était ce monstre horrible qui avait tué Sidney sur la lande, elle nous en voulait, à Harriet et à moi, de tolérer sa présence. Harriet m'avertit que si je ne me décidais pas à téléphoner moi-même à Henry Horn et à lui demander conseil, alors c'est elle qui le ferait. Il régnait donc dans la maison et dans la grange une atmosphère de malignité étouffante qui allait empirant ; c'était comme si tout le monde s'attendait à l'explosion imminente d'une bombe à retardement.

La seule personne qui n'était pas directement impliquée dans tout cela, c'était bien sûr Doris. Mais elle y était sensible et réagissait inconsciemment. La manifestation la plus claire de ce trouble fut l'incident du poisson cru.

Cela se produisit le vendredi de cette même semaine, au déjeuner. Nous avions toujours du poisson le vendredi, puisque Harriet est catholique ; on devait nous servir ce jour-là un beau morceau de flétan. C'est une créature étrange que le flétan — son nom savant est *Hippoglossus*, c'est-à-dire « langue de cheval ». Il commence son existence dressé, un œil de chaque côté de la tête ; plus tard il acquiert l'habitude étrange de s'allonger au fond de la mer et de se recouvrir de sable. Dans une telle position, l'œil inférieur n'a plus de raison d'être et vient donc se fixer vers le haut, orbite comprise. Le flétan a, de fait, un œil mobile. Il est doté d'un appétit féroce, consomme toutes sortes d'autres poissons, quelques oiseaux de mer et raffole des détritus, comme le porc.

Mais tout ceci n'a pas vraiment de rapport avec mon histoire. Fledge posa un plat de terre cuite devant Harriet : elle souleva le couvercle et là, sur le plat, gisait le flétan avec la peau et les nageoires — complètement cru. Ni le couteau ni le four ne l'avaient touché ; on n'avait même pas fait semblant de le cuire. Harriet est une personne très calme, mais cela la fit tout de même réagir. « A quoi pense donc cette femme ? » murmura-t-elle. Je me souviens très bien qu'à ce moment précis, où elle aurait dû normalement se tourner vers Fledge et exiger une explication, elle ne le fit pas. Elle essuya délicatement ses lèvres sur sa serviette, se leva de table et sortit de la pièce sans un mot. Il y eut un moment de silence. « Emportez ceci, Fledge, dis-je, et apportez-moi le plateau de fromages. » Je supposai alors qu'Harriet était allée à la cuisine réprimander Doris. Mais elle ne revint pas dans la salle à manger et je crois maintenant qu'elle ne mit pas les pieds à la cuisine. C'était là le comportement même d'une femme embarrassée devant son majordome. Qu'est-ce qui avait bien pu se passer ? Fledge avait-il fait une nouvelle avance et, comme je le pensais, avait-il été repoussé, quoique faiblement ? Je penche pour cette interprétation.

C'est cet après-midi-là que le drame éclata. Georges était assis dans le fauteuil d'osier ; j'arpentais la grange, essayant de lui faire dire ce qu'il avait l'intention de faire. Combien de temps allait-il encore se terrer dans ma grange ? Il fallait qu'il agisse. Je commençais moi-même à souffrir de cette tension et mon ton fut peut-être plus vif qu'il n'était nécessaire. Georges ne répondit rien. Il était là, assis, buté, fumant mes cigares et frottant sa peau irritée, que la pommade n'avait pas réussi à calmer. Son nom était dans tous les journaux. Le *Daily Express* l'avait baptisé « le monstre de Ceck ». Ses colonnes parlaient de l' « horreur » des « os dans le marécage », qui avait secoué le « village endormi » dans un « coin reculé » de campagne. La presse supposait que Georges était coupable de tous ces crimes et réclamait à cor et à cri qu'il soit appréhendé rapidement. Le village grouillait de journalistes, et une demi-douzaine de ces individus étaient, à cette minute même, agglutinés aux grilles de Crook. Ils avaient déjà trouvé John Crowthorne, mais celui-ci avait joué l'idiot du village, prétendant qu'il ignorait tout de ce qui s'était passé, ce qu'il avait d'ailleurs déclaré à la police. Georges était donc la cible de toutes les accusations. Je lui demandai à maintes reprises quels étaient ses plans, ce qu'il comptait faire. J'ajoutai que j'espérais bien qu'il n'allait pas me mêler à toute cette histoire.

On frappa alors à la porte. Georges bondit sur ses pieds. Je me dirigeai vers la porte en me retournant pour faire signe à Georges de se cacher. La porte s'ouvrit brusquement : Fledge se tenait debout, à contre-jour. Un instant durant, il ne se passa rien. Je détournai mon regard de Fledge et vis Georges en train de se glisser sous le dinosaure. Fledge l'avait vu, cela ne faisait aucun doute, car sans transmettre le message dont il était vraisemblablement porteur, il sortit rapidement de la grange et la porte se referma derrière lui.

Je restai un moment indécis. Georges avait disparu dans l'obscurité. « Restez là », ordonnai-je. Je traversai la grange en courant, et sortis. La porte, basse, est découpée dans un des deux vantaux massifs que scellent des gonds de fer ornés de gros clous. Un réflexe instinctif me fit fermer le loquet derrière moi. Fledge se dirigeait rapidement vers la maison. Je le rattrapai avant qu'il n'atteigne la porte d'entrée et l'agrippai par le bras. « Fledge, dis-je, hors d'haleine, vous n'avez rien vu, vous m'entendez ? Rien du tout ! » L'homme ne cilla pas, ne marqua aucune émotion. Mais j'eus malgré tout le temps de voir dans son regard une brève lueur de joie et d'exultation, de triomphe, même. Il me tenait, et il le savait. Cela, je le voyais à ce long visage impavide, à ces sourcils roux que soulevait un imperceptible mépris. Je le voyais à ces lèvres minces et exsangues qui, me semble-t-il, avaient trahi par un très léger frémissement de dérision qu'il comprenait que j'étais à sa merci, que j'avais perdu la partie par maladresse. Il s'inclina légèrement, en un geste subtil de déférence méprisante. « Très bien, sir Hugo », dit-il. Mes doigts serraient toujours son bras. Je jetai un coup d'œil autour de moi et vis Harriet, debout à la fenêtre du salon, qui nous regardait, stupéfaite.

Fledge rentra dans la maison, et moi à la grange. « Georges ! criai-je. Georges ! » Mais il s'était envolé, en passant par le mur du fond où une planche était disjointe, celle qu'il avait forcée trois jours auparavant.

Quinze minutes plus tard, Limp arrivait à Crook avec quatre voitures de police. Ils se dispersèrent dans la grange, les jardins, le verger. J'étais au salon avec Harriet quand, une demi-heure plus tard, je vis Georges émerger d'entre les arbres le long de l'allée, encadré par des policiers. Il avait les menottes aux poignets. Je n'ai jamais vu le visage d'un homme aussi décomposé par la rage. Avant que les hommes ne le poussent sur le siège arrière d'une voiture, il leva les yeux vers la maison et cracha sur le gravier. Fledge n'était pas à la fenêtre pour assister à ce spectacle.

COMME je l'ai dit avant de me laisser aller à ces réminiscences, je suis dans la cuisine et, là, je me surprends à essayer de remettre à plus tard la suite du récit. Car nous approchons de l'accident cérébral qui m'a condamné à ce maudit fauteuil roulant, cet accident qui m'a réduit à l'état de légume. Doris finit la vaisselle, vient s'asseoir en face de moi et nous verse un verre de vin. Chère Doris ! Franchement, je préférerais mille fois parler d'elle. J'ai eu tout le loisir d'observer qu'elle boit maintenant beaucoup plus qu'auparavant ; dans le passé, elle ne se laissait aller à son vice qu'une fois le travail de la journée terminé. Il semble que les interdits de Fledge à cet égard soient devenus moins sévères. Il affecte de ne pas s'apercevoir qu'elle commet des erreurs, que dès six heures du soir elle perd toute lucidité. Elle n'a plus à se cacher, m'a-t-elle confié pendant une de nos « conversations » ; bien que cela lui gâche un peu son plaisir, elle est décidée à tirer le meilleur parti de ce nouveau régime, plus laxiste. Si bien que, lorsque Fledge apparaît dans la cuisine avant le dîner, il la trouve en général titubant devant le fourneau, agrippant une casserole de légumes calcinés ou encore crus. « Tout de suite », s'écrie-t-elle, essayant de ne pas perdre son équilibre, quand elle l'entend entrer. Lui ne dit rien ; il prend la place de sa femme, prépare tant bien que mal le dîner et le sert lui-même. Doris s'effondre dans son fauteuil près du feu ; elle n'est plus capable de tricoter, comme elle le faisait en des temps plus heureux ; la bouteille à portée de la main, elle sombre lentement dans l'oubli de tout.

Ces petites conversations que nous avons, Doris et moi, ont lieu dans la cuisine, la plupart du temps le soir, mais souvent aussi dans la journée. Immanquablement, Doris descend au moins deux bouteilles de sherry, de bordeaux ou de bourgogne. Doris ne s'y connaît pas vraiment en vin ; ce qu'elle aime c'est la quantité et le mordant. Les caves de Crook ont été amplement pourvues depuis des générations car, dans la famille Coal, on aime boire ; elle y trouve donc de quoi la satisfaire, tant en quantité qu'en mordant. Voilà comment les choses se passent : elle pousse mon fauteuil près de la table, pose un verre devant moi, qu'elle remplit. Elle s'installe alors à l'autre bout de la table et remplit le sien. Assis là, je la regarde lever son verre à ma santé. Elle commence ensuite délibérément à s'enivrer, ce qui la rend loquace. Pendant tout ce temps, c'est à moi qu'elle parle ; elle va jusqu'à imaginer mes réactions aux stupidités qu'elle débite, et à y répondre. Vous vous demandez sans doute pourquoi Fledge tolère tout ceci ? Je me suis longtemps posé la question. J'ai fini par comprendre. C'est parce qu'il est là-haut, en train de forniquer avec Harriet dans sa chambre de l'aile ouest, et que cela les arrange bien tous les deux que Doris soit « hors service ». Fledge va même maintenant jusqu'à l'encourager à boire, pour la même raison.

Doris boit et bavarde ; j'ai appris à bien connaître les phases successives qu'elle traverse avant de sombrer dans l'inconscience. Doris fait partie de ces alcooliques à qui le premier verre de la journée procure une sensation de plénitude et d'assouvissement sans égale dans la gamme des plaisirs humains. En outre, elle sait bien que la jouissance est à son comble quand elle est illicite. Elle remplit donc son verre à ras bord ; je devine qu'avant même la première gorgée le suave fumet et la robe couleur de rubis suscitent un suprême plaisir des sens. Elle lève le verre plein jusqu'à ses lèvres avides, déjà entrouvertes, s'arrête un moment, pour prolonger délicieusement l'attente. Tout est silencieux dans la maison ; l'odeur légèrement musquée du vin chatouille ses narines. Elle penche le verre, en avale la moitié d'une longue gorgée extatique ; alors elle retombe dans son fauteuil avec un long soupir ; elle prend la bouteille, la contemple, tirant un plaisir supplémentaire de sa forme et de son étiquette, comme si c'était l'enveloppe extérieure du nectar qu'elle contient. En deux gorgées, elle vide ce premier verre ; elle laisse la chaleur du vin l'envahir, du ventre au cerveau. Alors, animée d'une cordialité un peu brumeuse, elle me complimente sur la qualité de ma cave.

Je me demande si vous vous êtes jamais posé la question, vous aussi : n'y a-t-il pas une certaine analogie entre l'alcoolisme et le suicide ? Cela m'apparaît évident, à moi qui n'ai accès ni à l'un ni à l'autre de ces exutoires, emprisonné que je suis dans mon propre corps. Ce que le buveur rejetterait sans doute, c'est la mort subite, la cessation soudaine et bénie de toute sensation, la libération de soi que le candidat au suicide recherche désespérément. Pour le buveur, la mort soudaine est l'anathème, car l'approche du néant doit être graduelle, insensible. Je vois donc Doris s'infliger le supplice de Tantale, faisant durer la première bouteille, allant jusqu'à manger une tranche de pain de seigle et un oignon cru, pour repousser encore, pour prolonger (en anglais *cunctate*, du latin *cunctari*, très joli mot qui veut dire « temporiser ») l'attente du moment où les délices de l'ivresse vont l'envahir. « Doucement, ma petite Doris », murmure-t-elle, se levant maladroitement pour vider et remplir mon verre à nouveau ; car elle boit pour nous deux. Elle heurte la table, renverse le vin rouge sur les vieilles planches bien récurées. La porte de derrière est encore ouverte ; les bruits et les odeurs du crépuscule entrent dans la cuisine, le chant des oiseaux, le fumier, l'aboiement d'un chien dans quelque ferme éloignée. Tendant l'oreille pour guetter l'arrivée de Fledge, Doris reste assise à côté de moi ; tout en buvant, elle me raconte son séjour au Kenya, s'interrompant pour contempler, les yeux vides, les grands espaces de la mémoire. Je me demande toujours à quoi elle pense dans ces moments-là. Pourtant, je sais bien que, dans son état, son esprit ne pense pas à proprement parler, mais dérive, porté par le courant, procédant par vagues associations d'idées. C'est ce qui arrive quand le cerveau, dominé par l'alcool, ne peut plus maîtriser le langage. J'en ai souvent fait l'expérience.

Il commence à faire nuit dehors, et on entend un tracteur pétarader sur la route qui passe devant les grilles de Crook. Doris s'est ouvert une seconde bouteille ; sa conscience s'est embrumée, anesthésiée ; ses yeux, à l'instar des miens, ont une fixité vitreuse. Des mèches de cheveux argentés s'échappent de son chignon défait ; elle est vautrée dans son fauteuil mais ses gestes ont quand même gardé une certaine précision ; elle lève son verre comme un automate.

Enfin elle se lève, se dirige à pas lents et prudents vers la porte de derrière, qu'elle ferme et verrouille contre la nuit qui tombe. Aucune lampe n'est encore allumée ; le clair de lune répand une faible lueur argentée dans la cuisine ; au-delà de cette froide lumière, l'ombre s'épaissit, devient plus consistante. Doris se rasseoit avec raideur, me regarde par-dessus la table. A quoi dois-je ressembler maintenant, je me le demande. Assis bien droit, un rayon de lune sur l'arête de mon nez, les yeux enfoncés dans leurs orbites réduits à deux petites taches de lumière dans les ténèbres du soir. Une grotesque, une créature fantastique emprisonnée dans la caverne de son propre squelette. « Sir Hugo, murmure Doris, oh, sir Hugo. » Elle pose sa tête sur ses bras et se met à pleurer doucement dans le noir. Immobile mais néanmoins ému, je regarde ses épaules agitées de sanglots, et au-delà, par la fenêtre de la cuisine, la cour inondée de clair de lune. C'est alors que je regrette de ne pas pouvoir pleurer moi aussi. Je ne peux pas pleurer, non pas que cette fonction soit bloquée comme toutes les autres, mais parce que je suis trop vieux pour me mettre à pleurer en présence de quelqu'un. C'est encore une ironie supplémentaire, une de ces inversions de l'état végétatif. Il m'a fallu un long apprentissage pour ne pas pleurer en public, et le résultat, c'est que le seul moyen que j'aurais de communiquer avec le monde extérieur, de leur montrer que mon cerveau fonctionne et que j'ai des émotions m'est donc refusé. Avoir recours aux larmes m'est impossible parce que je ne peux pas sortir de cette réserve qui est le produit de toute une vie de discipline. C'est ce qui explique que, hors de l'obscurité confidentielle de ma grotte sous les escaliers, je reste les yeux secs et fais preuve d'un courage viril, celui d'un fossile !

Assis dans la cuisine assombrie, aux côtés de Doris qui va finir par sombrer dans le sommeil, épuisée d'avoir tant pleuré, je m'émerveille de la vivacité de mes souvenirs. Elle pleure et je me souviens du soir où je la mis dans une situation compromettante en lui imposant mes désirs sexuels longtemps endormis. C'était juste après les premières neiges. Je me souviens aussi de la honte que j'éprouvai à m'être laissé aller, sans retenue, à un comportement aussi sordide et vulgaire.

Tout se passa le soir de la soirée de Noël d'Harriet. Elle en organise une tous les ans et invite la bonne société locale. Elle affirme que c'est une obligation pour nous, une façon de respecter les « convenances ». Elle me fait promettre d'être accueillant et normal ; je m'installe invariablement près de l'arbre de Noël et veille à ce que le whisky coule à flots. Cette année-là, les conversations allaient bon train ; j'avais réussi à supporter les propos de Freddy Hough pendant dix minutes quand je m'avisai soudain de l'absence de Cléo. Elle était revenue d'Oxford le jour même. Je me rendis compte qu'elle n'était pas là. Plantant là Freddy, j'allai la chercher à la cuisine. Elle n'y était pas mais je trouvai Doris qui remplissait un plateau de petites saucisses de cocktail.

Il faisait chaud dans la cuisine. Doris s'affairait et son visage luisait de sueur. Des mèches humides collaient à son front. Son uniforme noir fraîchement nettoyé, aux manchettes, col et tablier blancs, était très ajusté sur son corps mince. Je m'assis et allumai un cigare, la regardant avec plaisir aller et venir entre le four et la table. « Je parie que vous ne diriez pas non si je vous proposais un verre, madame Fledge », proposai-je. La rumeur de la réception nous arrivait assourdie et distante.

« Cela me ferait bien plaisir, sir Hugo, répondit-elle sans s'arrêter de travailler, mais il faut s'occuper des saucisses et puis il faut que j'ouvre encore des boîtes de sardines.

— Laissez-moi vous aider, dis-je. En Afrique, c'était ma spécialité. »

Cette fois-ci, elle s'arrêta. Plantée devant moi, elle repoussa les mèches qui lui tombaient sur les yeux. « Oh non, sir Hugo, c'est impossible.

— Oh, ne dites pas de bêtises. J'ai l'intention d'abolir la division du travail, qui c'est fondamentalement injuste. Donnez-moi les sardines, madame Fledge. »

Comme vous le savez, les boîtes de sardines s'ouvrent à l'aide d'une sorte de clé fendue dans laquelle on glisse la languette de métal qui dépasse du bord de la boîte ; en tournant la clé, on pèle en quelque sorte le couvercle pour révéler les trésors qui marinent dans l'huile à l'intérieur. Mais si on brise la languette, tout se complique. C'est ce qui se passa et je me coupai le doigt. Je poussai un juron.

L'air préoccupé, Doris s'avança vers la table où j'étais assis. Elle souleva ma main et scruta la petite coupure, où perlait une goutte de sang. Elle dégageait une légère odeur de saucisses et de sueur. Comme un imbécile, je glissai ma main sous sa jupe, sentant sous mes doigts le nylon rugueux de ses bas. « Non, sir Hugo », siffla-t-elle en reculant, les yeux agrandis par la peur. Je la poursuivis. Aussi étrange que cela puisse paraître de la part d'un homme comme moi, je m'avançai vers elle. Je savais que Fledge allait revenir dans la cuisine d'un moment à l'autre mais je persistai. « Sir Hugo ! » siffla Doris battant rapidement en retraite vers le fourneau. Les yeux exorbités par le whisky, le doigt ensanglanté, et ayant manifestement perdu tout contrôle de moi, je devais sans doute présenter un spectacle effrayant. Je la coinçai dans un coin. Doris me dépasse d'une tête, et le baiser que j'essayai de planter sur ses lèvres rata sa cible, mon menton arrivant tout juste à effleurer son épaule. Mais je mis la main sur un de ses petits seins, pointés si audacieusement sous son uniforme noir. C'est alors qu'arriva ce qui devait arriver, j'entendis une toux appuyée et feinte venant de la porte : Fledge était là, les mains crispées sur un plateau d'argent vide, me regardant avec ce qui chez lui était de la fureur. Doris s'échappa, reniflant une ou deux fois ; les yeux baissés, elle se mit à remplir le plateau de saucisses. Je me passai la main dans les cheveux ; je vis qu'elle était tachée de sang comme, d'ailleurs, le tablier de Doris. « Pff... ! » dis-je sur un ton désinvolte. J'ajoutai : « Et voilà ! » Rassemblant ce qui me restait de dignité, je traversai la cuisine d'un pas nonchalant. Je reboutonnai ma veste et ajustai mon nœud-papillon. « Excusez-moi », dis-je en gardant les yeux fixés sur lui, puis je m'éclaircis la gorge assez bruyamment. Fledge resta à sa place pendant un moment ; puis il s'écarta de la porte, jetant un regard perçant sur mes doigts couverts de sang. Je rejoignis la fête.

Je l'ai dit, ma première réaction fut un intense dégoût de moi-même. Au petit déjeuner le lendemain matin, Harriet bavardait gaiement : tel ou tel avait aimé la réception ou bien s'était ennuyé, une vieille douairière avait vomi dans le gramophone et personne n'avait voulu toucher au jambon après cela. « Mais les petites saucisses ont été très appréciées, vous ne croyez pas ? Vous avez eu l'air d'aimer ça, Hugo. »

Je ne daignai pas répondre. Une fois les miasmes de l'alcool dissipés, j'étais torturé par la honte, incapable de soutenir le regard de Fledge, en dépit de ce que je savais sur lui. Je n'étais pas en état de soutenir une conversation sur les petites saucisses de cocktail. Après le déjeuner, je me réfugiai dans la grange. Le seul rayon d'espoir était que les Horn arrivaient dans quelques jours. La maison serait alors si pleine d'agitation que l'affaire pourrait être oubliée. Espoir vain !

J'imagine la fin de cette soirée. Fledge entre silencieusement dans la cuisine. A cette heure-là, Doris est mollement affalée dans son fauteuil, la tête rejetée en arrière, la bouche ouverte. Elle ronfle bruyamment et empeste le vin. Il reste là un moment avant de la réveiller, contemplant le long cou maigre et la gorge offerte. Je vois ses lèvres trembler légèrement, sous le coup d'une tentation familière. Mais il ne cède pas car, voyez-vous, il a un plan. Je suis persuadé que le tour de Doris viendra quand moi-même j'aurais été éliminé. Nous ne saurons jamais si j'ai raison, mais si je pouvais parler, voilà ce que je dirais à Doris : fuis, malheureuse femme, fuis si tu veux sauver ta vie !

Il la réveille, et bientôt elle titube jusqu'à son lit. Je reste là dans mon fauteuil roulant, les yeux fixés sur les ombres du plafond, attendant impatiemment le sommeil. Mais, dans mon imagination, je vois Fledge faire le tour de la maison dans l'obscurité, verrouillant les portes et éteignant les lumières. Puis, sa bougie à la main, il monte l'escalier ; il passe devant les fenêtres et poursuit son chemin vers l'aile ouest, vers une chambre où une lumière brûle encore. Une dizaine de minutes s'écoulent ; tout est silencieux. Dehors, dans la campagne, on entend le concert habituel des bruits de la nuit ; une saute de vent agite soudain les arbres, un renard glapit à la lune. Dans la chambre d'Harriet, une seule bougie reste allumée ; les vêtements du majordome sont soigneusement disposés sur une chaise ; sous la chaise, les chaussures bien astiquées, dont les petites perforations font des points noirs dans la lumière vacillante. Les chaussettes, roulées en boule, sont glissées dans la chaussure gauche. Les couvertures sont repliées et Fledge, nu, est accoudé sur le drap blanc. Son corps luit vaguement dans le clair-obscur de la bougie. Une ligne de poils fins et roux court du centre de son torse au nombril ; de là, cette ligne s'étend sur le bas-ventre et va se perdre dans les poils du pubis, denses et soyeux. La légère corpulence du torse et du ventre suggère que, malgré la juvénile minceur de sa silhouette, l'homme engraisse. Ses jambes longues et galbées sont couvertes d'un fin duvet roux jusqu'aux chevilles croisées ; ce duvet réapparaît en petites touffes transparentes sur le cou-de-pied bien dessiné. Au niveau de l'aine, le pénis repose sur les bourses ; un rayon de lune argente le sommet ébréché de son extrémité sombre, ainsi que la racine parcourue de veines épaisses et noires ; une toison de poils fins et roux l'auréole, comme les ailes d'un lutin. Les yeux mi-clos, il regarde Harriet, mon Harriet, qui, devant la fenêtre, en chemise de nuit que le vent fait bouffer, les cheveux défaits tombant sur ses épaules, ferme les rideaux et chasse le clair de lune. Elle se retourne, approche du lit. Elle pense trouver un homme et c'est un monstre qui est dans son lit.

C'EST cela, un monstre ! Comment qualifier autrement cette créature sournoise, impitoyable, doublement invertie ? Harriet mérite tout ce qu'il lui fera subir, car c'est en connaissance de cause qu'elle s'est jetée dans cette aventure. En fait, je suis persuadé qu'elle ne l'intéresse pas le moins du monde. Je crois qu'il souffre d'un immense complexe d'infériorité qui se manifeste à mon égard par une jalousie maladive. C'est pour cela qu'il s'intéresse à Harriet. Sincèrement, je crois que c'est un malade mental, un schizophrène paranoïaque, dirais-je même. Mais, à l'heure qu'il est, c'est surtout la façon dont il traite Doris qui me préoccupe. Sa négligence, sa sécheresse, ses infidélités à cette femme de cœur me mettent hors de moi. Bien sûr, on ne peut rien attendre de mieux de la part d'un homosexuel. Fledge est en effet un homosexuel de la pire espèce. Si vous en doutez encore, alors je vais, avec votre permission, décrire les circonstances qui ont entouré mon accident cérébral.

Il faut nous reporter au milieu de février, aux jours qui suivirent immédiatement l'arrestation de Georges. Naturellement j'avais été interrogé par la police, mais je n'avais pas encore été inculpé pour avoir caché un suspect. J'avais du mal à tolérer l'atmosphère qui régnait dans la maison et je passais tout mon temps dans la grange, essayant de me replonger dans la paléontologie. J'y étais un après-midi quand, vers deux heures et demie, on frappa à la porte. J'imagine fort bien, maintenant, le vaisseau sanguin gonflé et tendu sous son crâne, formant des caillots contre cette paroi interne qui, au moment même où l'on frappe, a de plus en plus de mal à résister à la pression du sang qui bat. « Entrez ! » criai-je. C'était Fledge.

Il ferma la porte derrière lui et s'approcha de mon fauteuil. Il portait le plateau de mon déjeuner ; je n'étais pas revenu à la maison depuis le petit déjeuner. « Posez ça là, Fledge », lui dis-je en désignant une petite table. La présence de cet homme déclencha alors en moi un violent sentiment de haine. A peine quelques jours auparavant, il avait délibérément ignoré ma requête au sujet de Georges. J'ai parlé de cet air triomphant qui semblait émaner de lui quand je l'avais supplié dans l'allée. Ayant compris que je m'étais mis à sa merci, il avait l'air de savourer son pouvoir en silence. Là, dans la grange, il respirait la même satisfaction hostile. Mais je n'avais pas encore formulé de plan de vengeance à son égard. Vous comprendrez facilement qu'il m'était impossible, sans révéler à quel point j'étais moi-même impliqué, de lui reprocher d'avoir prévenu la police qu'un homme recherché se cachait dans ma propriété. « C'est tout, Fledge », dis-je sans même me retourner.

Il toussa discrètement. « Votre veste, sir Hugo », dit-il. J'avais encore sur moi la blouse de laboratoire marron que j'enfilais pour travailler.

« Ah, oui », répondis-je. Je me levai et il m'aida à enlever ma blouse. Il la posa sur le dos d'une chaise et ouvrit ma veste de tweed : je passai les manches. Il donna une ou deux tapes sur les épaules, puis brossa le tissu du revers de la main. « Laissez, Fledge, dis-je d'un ton sec, cela suffira.

— Très bien, sir Hugo », murmura-t-il. Il tourna la petite table vers mon fauteuil. « Du vin, sir Hugo ?

— Évidemment ! » Je me rassis. Il déboucha une bouteille de bourgogne, m'en versa un verre et resta planté là, pendant que je commençais à manger. « C'est bon,

Fledge », dis-je d'un ton irrité. Je levai les yeux vers lui en mastiquant une pomme de terre. « Vous pouvez aller.

— Sir Hugo... » Il hésita.

« Qu'y a-t-il encore, Fledge ? » Je fis descendre la pomme de terre d'une gorgée de bourgogne.

« Un jeune homme du village est venu ce matin ; il voulait savoir si vous aviez besoin d'un jardinier.

— Un nouveau jardinier ? Mais, nom de Dieu, les vautours se précipitent déjà ? Certainement pas. Georges Lecky sera de retour parmi nous très bientôt, j'en suis sûr.

— Très bien, sir Hugo. » Pourtant il ne partait pas ; il tournait autour de moi comme un serveur au restaurant.

« C'est tout, Fledge. Vous pouvez y aller.

— Bien, sir Hugo. » Il me versa du vin. Il se pencha, ramassa une pièce de trois pence qui avait roulé sous ma chaise et la posa sur la table.

Je lâchai avec bruit mes couverts sur mon assiette. « Enfin, bon sang, mon vieux, qu'est-ce qu'il y a ? Pourquoi traînez-vous ici ? Que voulez-vous ?

— Sir Hugo, je veux simplement vous dire combien je suis désolé de tout ce qui est arrivé. »

Je répondis par un grognement ironique. « C'est difficile à croire », dis-je. Puis je levai les yeux vers lui. Son expression avait changé. Au lieu du masque impassible, on pouvait lire maintenant sur son visage une sorte de dérision subtile. Je ne saurais dire à quoi je le voyais ; dans l'éclat de son regard, sans doute, dans le frémissement moqueur qui agitait ses lèvres.

« C'est vrai, sir Hugo », dit-il d'un ton très doux, très suave. C'est alors qu'il avança la main et la posa sur mon épaule.

En une seconde, j'avais sauté de ma chaise, en renversant la table. Verres, bouteille et argenterie se fracassèrent sur le sol. Je hurlai : « Comment osez-vous porter la main sur moi ! »

Il se recula un peu. Il me regardait avec une grande

attention, la tête un peu penchée et la main à la lèvre, qu'il devait s'être mordue quand je l'avais repoussé ; il y avait du sang sur sa bouche. J'étais hors de moi. Les poings serrés, je le fusillais du regard. Je devais ressembler à un petit coq en colère. Je n'avais jamais été insulté de cette façon. Il fallait maintenant qu'il quitte les lieux, séance tenante ! Il s'avança vers moi. « Reculez, espèce d'ordure ! hurlai-je. Pas de vos sales coups avec moi ! »

Il avançait, l'air menaçant, sans paraître m'entendre, avec un sourire de mépris sur ses lèvres tachées de sang. L'odeur du vin répandu me tournait la tête. Je commençai à ressentir une violente douleur à ma tempe droite. Je le mis en garde. « Bas les pattes, Fledge. » Mon sang était en ébullition. Nous allions en venir aux mains, je le voyais bien, et, bon Dieu, je ne voulais pas avoir le dessous. Je vis soudain ses dents briller dans la lumière : il souriait. Il vint vers moi, m'agrippa par les cheveux d'une main et de l'autre me saisit le poignet. Tout en continuant à me tenir ainsi, il se mit à genoux et me tira vers le sol. J'eus beau me débattre désespérément, comme une bête sauvage prise au piège, il me força à m'allonger, comme un crabe, dans une position disgracieuse, la tête sur sa cuisse, ses doigts encore pris dans mes cheveux. Je ne pouvais que le regarder, rempli d'une rage impuissante. Son expression changea encore : j'y lisais maintenant une sorte de froide avidité, une lumière glacée dans ses yeux morts, un petit sourire glacé et nerveux sur ses lèvres minces et pâles, où il restait une tache de sang. Une mèche de cheveux roux s'était détachée dans le combat et pendait mollement sur son front. Je me sentais incapable de résister ; il approcha son visage du mien et je ne vis plus que ses traits grimaçants. Je fermai les yeux. Dans ma tête, la douleur devenait insoutenable. Un moment après, je sentis ce que je redoutais, et vous pouvez imaginer mon dégoût : ses lèvres sur les miennes.

Il me sembla que mon corps se vidait de toute son

énergie. Enfin, après cet ignoble baiser, Fledge releva son visage. Les yeux brillants, il eut l'air de me regarder d'un air vivement amusé. Je sentis ensuite ses doigts agripper mes cheveux ; il me tira la tête violemment en arrière. Alors plusieurs choses se passèrent en même temps. J'avais les yeux tournés vers le toit de la grange et je vis le corbeau voler lourdement dans l'ombre d'une poutre à l'autre. Une douleur fulgurante envahit mon crâne ; on frappa soudain à la porte. « Papa ? » J'entendis Cléo m'appeler dehors. « Papa ? »

Fledge se releva vivement et se tourna vers la porte. Ses doigts relâchèrent leur emprise sur mes cheveux. Toujours à genoux, il se dressa, en alerte, et se concentra sur cette voix qui venait de dehors. Il semblait m'avoir oublié. Il me lâcha et se mit debout, laissant mon corps glisser à terre, le long de sa cuisse, comme une poupée de chiffon. Pendant que je gisais ainsi, ce vaisseau sanguin de la circonvolution frontale de l'hémisphère droit de mon cerveau, fatigué, à bout, finit par éclater. La dernière chose que j'entendis en sombrant dans l'inconscience fut le bruit des pas qui se dirigeaient vers la porte, derrière laquelle Cléo appelait toujours : « Papa ? »

Combien de temps suis-je resté ainsi, gisant sur le sol ? Que s'est-il passé à la porte de la grange ? Je ne le saurai sans doute jamais. Mais je ne peux m'empêcher de me demander où j'en serais maintenant, si Fledge avait immédiatement donné l'alarme, s'il ne m'avait pas laissé pour mort. Ai-je tort de penser que cette tentative d'assassinat incompréhensible est la preuve irréfutable que c'est lui qui a tué Sidney ?

CLÉO se sent bien dans la cuisine car elle peut parler librement. Au salon, la conviction que Fledge est un être immonde et dangereux, et qu'Harriet est sa complice, l'accable. Doris ne lui fait pas peur. Quant à moi, Hugo, la jeune fille en est venue à comprendre que je suis l'allié idéal. En effet, je comprends tout ce qu'elle dit, elle sait que je la comprends, mais je ne lui fais jamais de reproche. Mieux encore, elle ne risque pas de trouver la pitié compatissante que lui témoigne Harriet. Elle s'est donc peu à peu confiée. Doris vaque à ses occupations, pelant les pommes de terre et sifflotant vaguement, entre deux gorgées de sherry, et Cléo est là, assise à côté de moi à la table de la cuisine. Tout en fumant, elle est très occupée à disposer sur la table des rognures d'ongles, les siennes et les miennes ; elle élabore des architectures complexes. Elle bavarde comme une pie, parle de tout ce qui lui passe par la tête ; mais jamais elle ne parle d'Harriet, de Sidney ou de Fledge. Elle était ainsi occupée le jour où Harriet entra dans la cuisine et dit : « Madame Fledge, je vais vous demander un service. Mme Giblet vient me voir jeudi et Fledge ne sera pas là. Je me demande si vous pourriez le remplacer ?

— Bien sûr, Madame, répondit Doris humblement.

— Ah, très bien. Merci beaucoup. Cléo... »

Pas de réponse. La jeune fille était à la fenêtre, en train de regarder dans la cour. Elle ne se retourna pas. De ma place, je ne pouvais pas voir Harriet mais j'imagine très facilement sa moue inquiète et irritée devant un tel comportement. « Je préférerais que vous ne buviez pas l'après-midi, madame Fledge. Cela ne vous vaut rien. » Sur ces mots, elle partit. Ce qui m'intéressait, c'est que la vieille femme apporterait sans doute des nouvelles de Georges. Deux mois s'étaient écoulés depuis son arrestation et je n'avais eu vent de rien.

Fledge n'était pas à Crook le jour de la visite de Mme Giblet. On verra bientôt la raison de son absence. Ce fut donc Doris qui annonça l'arrivée de la vieille femme. J'étais au salon, les yeux fixés sur la cheminée ; Harriet était assise près du feu et lisait un roman. C'était un après-midi froid et humide, me semble-t-il, et j'avais ma couverture écossaise autour des genoux. Harriet soupira, marqua sa page avec une allumette brûlée et se leva. Mme Giblet, dans sa volumineuse fourrure, entra et prit les mains d'Harriet dans les siennes. « Chère lady Coal, souffla-t-elle, la voix rauque, ce sont des moments bien difficiles pour nous tous.

— Oui, vraiment, madame Giblet. Voulez-vous vous asseoir ? Le thé, je vous prie, madame Fledge. »

Mais Mme Giblet ne s'assit pas et se tourna vers moi. Harriet, elle aussi, se tourna vers moi. Toutes les deux me regardèrent et je leur rendis leur regard. La vieille femme n'avait pas son petit chien ; en me regardant, elle serra ses griffes autour du pommeau de sa canne, s'y appuya de tout son poids. Elle me transperça du regard. Au fur et à mesure que les secondes passaient, Harriet commençait visiblement à se sentir mal à l'aise. Elle posa la main sur le bras de la visiteuse. « Asseyez-vous, madame Giblet, répéta-t-elle.

— Pauvre homme », dit Mme Giblet. Toujours debout, elle se mit à fouiller dans les poches de son manteau pour trouver ses cigarettes. « C'est épouvantable, lady Coal. » Elle s'était tournée vers Harriet. « Quelle épreuve pour vous ! Un homme si plein de vie, à sa façon !

— La vie continue, madame Giblet », dit Harriet doucement. Je savais qu'elle n'aimait pas étaler ses sentiments. J'étais devenu pour elle une source d'embarras.

« Et il paraît qu'il n'y a pas d'espoir ? » Mme Giblet avait de nouveau les yeux sur moi. « Il ne recouvrera pas ses facultés ?

— Il semble que non, madame Giblet.

— Mais dites-moi, lady Coal, il peut vivre jusqu'à un âge avancé ? »

La question était posée avec une franchise brutale qui fit grimacer Harriet. « On ne sait pas, murmura-t-elle. On essaie de garder espoir, on prie pour l'issue la plus heureuse, madame Giblet.

— Quelle qu'elle soit. C'est vraiment tragique. Et il est encore jeune.

— Hugo a cinquante ans passés, précisa Harriet doucement.

— C'est très jeune, croyez-moi, lady Coal ! » proféra Mme Giblet. Elle avait maintenant la cigarette aux lèvres. Une allumette craqua, elle rejeta une bouffée de fumée bleue. « Je suppose qu'il peut toujours fumer ?

— Grands dieux, madame Giblet, figurez-vous que je n'y avais pas pensé ! » dit Harriet qui, renonçant à faire asseoir la vieille femme, avait elle-même regagné son fauteuil. En effet, j'aurais fort apprécié un cigare, et c'était la première fois que quelqu'un y pensait. Malheureusement, Mme Giblet ne poursuivit pas plus loin le sujet. Elle se traîna jusqu'au fauteuil en face d'Harriet, s'assit avec raideur. « C'est triste de perdre son mari prématurément. Vous êtes encore jeune, lady Coal. Pas aussi jeune que je l'étais. J'avais à peine trente ans quand le père de Sidney est mort, vous savez.

— Non je ne le savais pas, dit Harriet. Ah, madame Fledge. » Doris était apparue avec le plateau du thé.

« Renversé par une locomotive à la gare Victoria. Mais ce n'est pas de cela que je veux vous parler. Lady Coal, j'ai parlé à mon avoué ce matin. Les nouvelles ne sont pas bonnes, hélas. Lecky refuse de plaider la folie.

— Mon Dieu, répondit Harriet, qui n'était pas préparée à affronter cette situation.

— Comme vous dites. Nous devons trouver une solution, lady Coal. S'il persiste dans ses déclarations, c'est la corde. »

La corde !

« Mais je crois que c'est la vérité, madame Giblet. Georges Lecky n'est pas un homme violent.

— Oh, je le sais bien, rétorqua Mme Giblet, mais si je comprends bien, d'après sir Fleckley — c'était le célèbre avocat, sir Fleckley Tome — personne ne le croira. Cette histoire a beaucoup ému l'opinion publique. D'après lui, même un aveu partiel pourrait faire pencher la balance.

— Mais pourquoi faut-il que Georges mente ? Il doit dire la vérité et tout ira bien. Après tout, nous sommes en Angleterre. »

Sa confiance était touchante.

« Chère lady Coal, votre confiance est touchante... Mais voyez-vous, tout le monde va penser qu'un homme capable de donner en pâture à ses porcs un cadavre qu'il a trouvé sur la lande peut tout aussi bien être un assassin. Dans ce genre d'histoires, les gens ne cherchent guère la subtilité. » Elle parlait de son propre fils comme s'il se fut agi d'un étranger.

« Je comprends bien, madame Giblet. Pourtant...

— L'opinion publique est déjà très montée contre lui, lady Coal. Vous avez lu les journaux ?

— Non, madame Giblet, je ne lis pas les journaux. Je trouve cela trop pénible. Penser que Georges Lecky ait pu... Non je ne peux pas croire une chose aussi atroce, madame Giblet ! Vous voulez dire que s'il dit la vérité, il sera pendu, mais que s'il ment, il échappera à la corde ?

— Exactement », répondit Mme Giblet.

Il y eut un silence. « Que faire alors ? demanda Harriet.

— C'est justement pour en parler avec vous que je suis venue à Crook. Mon intérêt dans cette affaire est très simple, lady Coal. C'est peut-être inutile que je le précise, mais je ne crois pas plus que vous à la culpabilité de Lecky. Toutefois, s'il est pendu...

— Je vous en prie, madame Giblet. » Manifestement, Harriet ne supportait pas ce mot.

« S'il est jugé coupable, lady Coal, alors l'assassin de Sidney ne sera pas inquiété. C'est cela que je veux à tout prix éviter.

— Oui, bien sûr.

— Lady Coal, puis-je vous demander franchement, qui a tué Sidney ?

— Madame Giblet, si je le savais...

— Vous avez bien des soupçons, lady Coal, même s'ils vous paraissent incroyables.

— Mais... je ne sais pas. Vraiment, je n'ai aucun...

— Avez-vous jamais pensé que votre mari pourrait être impliqué ?

— C'est stupide ! » La porte s'ouvrit brusquement et Cléo apparut. Elle était dans le hall et avait tout entendu. Elle se précipita vers la cheminée, l'air furieux, et se planta devant, le dos au feu, entre les deux femmes qui étaient restées bouche bée de stupéfaction dans leur fauteuil, cramponnées à leur tasse de thé. « C'est stupide », siffla-t-elle. Recroquevillée dans son vieux cardigan noir déformé, elle ressemblait à un scorpion. « Espèce de vieux chameau ! s'écria-t-elle, la voix pleine d'une fureur méprisante. Espèce de vieille sorcière ! Vous osez venir ici accuser mon père, espèce de vieille baleine puante ! Comment osez-vous ? Qui vous permet ? Sortez d'ici, avec vos sornettes ! Sortez, vous m'entendez !

— Ma chère enfant... » Mme Giblet était furieuse.

« Cléo ! » Harriet en avait le souffle coupé.

La voix de Cléo devenait hystérique. « Vous l'avez toujours écrasé, cria-t-elle. Vous vous êtes moquée de lui, vous l'avez tyrannisé, vous avez voulu en faire votre esclave ! C'est un miracle qu'il soit devenu quelqu'un, après avoir été élevé par vous !

— Sidney était faible, répondit Mme Giblet, avec un certain mépris. Il avait besoin d'être guidé.

— Guider ! s'écria Cléo. Vous appelez cela guider ?

— C'est peut-être cela qu'il vous aurait fallu, jeune fille, rétorqua sèchement la vieille dame.

— Vieille sorcière ! » hurla Cléo. Elle se jeta sur la vieille dame avec la maladresse raide des femmes qui essayent de se battre. Harriet poussa un cri et sauta sur ses pieds. Elle essaya de les séparer ; une tasse tomba et se brisa sur le sol. Pendant quelques minutes, il y eut une mêlée de bras, des cris perçants. Enfin retentit le bruit d'une claque. Cléo, choquée, la main sur la joue, recula vers la cheminée. Harriet, que je n'avais jamais vu aussi enragée, regardait la jeune fille avec une fureur imposante, quasi churchillienne. La vieille Mme Giblet calmait d'une main noueuse sa poitrine agitée. De l'autre, elle se touchait nerveusement le visage et les cheveux, pour s'assurer sans doute que tout était encore en place après ce crêpage de chignon. Elle essayait de se dominer.

« Présente tes excuses, Cléo, je te prie », ordonna Harriet, qui respirait avec bruit. La colère de Cléo était retombée net ; elle pencha la tête avec cet air de défi muet qu'elle avait récemment adopté. Harriet s'avança. « Présente tes excuses », répéta-t-elle. Cléo essaya de forcer le passage, mais Harriet ne la laissa pas faire. Elle l'attrapa par les poignets et, pour la troisième fois, lui intima l'ordre de s'excuser. « Tu me fais mal, maman », gémit Cléo, qui avait perdu sa belle audace. Harriet était remontée. Elle ne la lâcha que lorsque la jeune fille se fut tournée vers la vieille dame et eut marmonné : « Excusez-moi, madame Giblet. »

Celle-ci avait plus ou moins retrouvé son calme. Elle se dressa dans son fauteuil, les griffes encore une fois agrippées au pommeau de sa canne, la tête levée, tremblotant de toutes ses rides. Elle lança vers la jeune fille défaite un regard outragé proprement royal. « Vous ne lèverez plus la main sur moi, jeune fille, c'est compris ?

— Non, marmonna Cléo.

— Je vous demande pardon.

— Non, énonça Cléo plus clairement.

— Fort bien, dit Mme Giblet, se renfonçant dans son siège. J'accepte vos excuses.

— Assieds-toi, s'il te plaît, Cléo, dit Harriet avec fermeté. Nous allons prendre le thé. Madame Fledge ? » Depuis combien de temps Doris était-elle dans la pièce ? Avait-elle assisté à cette scène sordide depuis le début ? « Madame Fledge, veuillez débarrasser tout ceci et nous refaire du thé. Où en étions-nous, madame Giblet ? »

Mais, à l'évidence, la vieille peau n'était pas prête à prendre le risque de me diffamer davantage. « J'ai demandé l'autorisation de rendre visite à Georges Lecky en prison, dit-elle, et j'ai rendez-vous avec mon député la semaine prochaine. Je me demande si vous avez pensé à autre chose, lady Coal ? »

Mais Harriet n'avait pensé à rien.

Mme Giblet retourna au village. Elle avait à nouveau pris une chambre au Hodge and Purlet ; elle ne voulait pas habiter chez nous, ce qui n'était pas vraiment surprenant après la façon dont Cléo l'avait agressée. Après son départ, Harriet revint au salon, s'assit en face de Cléo et lui parla très sérieusement. « Chérie, c'était affreux de faire cela. C'était honteux. Je crois que je ne me suis jamais trouvée dans une situation aussi embarrassante. Qu'est-ce qui t'a pris ? »

Cléo avait repris sa pose habituelle, la tête penchée, et gardait un silence boudeur. « Cléo, réponds-moi ! » dit Harriet d'un ton sec.

Cléo releva la tête brusquement, un regard enflammé dans ses yeux mouillés de larmes. « Mais tu n'as donc pas entendu ce qu'elle disait, maman ? Tu n'as pas entendu ce qu'elle disait sur papa ?

— Mais si, chérie, répondit Harriet, sur un ton plus calme. C'est parce qu'elle essaye de nous aider, tu dois comprendre cela.

— Nous aider ? En traitant papa d'assassin ? C'est de l'aide, ça ?

— Elle n'a pas traité papa d'assassin. Oh, je sais bien, chérie... » La rage la quittait maintenant et, dans le même temps, son pouvoir s'évanouissait ; Harriet n'a de l'autorité que lorsque les convenances sont en jeu. « Je comprends ton point de vue, bien sûr, mais ton comportement est injustifiable, absolument injustifiable.

— Maman, comment peux-tu dire cela ? Elle prétend que papa est impliqué dans le meurtre de Sidney, et toi tu restes là, assise à côté, et tu ne protestes pas. Et pendant ce temps-là, papa est là, il entend tout ce que vous dites, mais il ne peut pas se défendre.

— Papa ne comprend pas ce qui se passe autour de lui, chérie, dit Harriet doucement. Je suis sûre d'ailleurs que Mme Giblet ne voulait pas du tout suggérer qu'il ait eu quoi que ce soit à voir avec ce qui est arrivé à Sidney.

— Mais si justement ! C'est ce qu'elle voulait dire ! Et puis, papa sait très bien ce qui se passe. Il comprend tout.

— Cléo, ma chérie, s'il te plaît. » Harriet avait repris un ton plus brutal. « Les médecins ont été très clairs à ce sujet. Hugo ne comprend pas ce qui se passe autour de lui.

— Mais si, je t'assure !

— Chérie, tu te trompes. Les meilleurs neurologues lui ont fait des examens approfondis et ils sont absolument sûrs d'une chose · le cerveau de Hugo a été très atteint. Il n'a pas de véritable conscience du monde extérieur. Il n'a pas de pensée.

— Si, je t'assure qu'il pense !

— Cléo, je vais me mettre en colère. Tu crois que c'était facile pour moi de me faire à cette idée ? Ne crois-tu pas que je n'ai pas espéré jusqu'au dernier instant ? Chérie, je dois te le répéter : papa est incapable de penser, c'est un fait.

— Il en est capable.

— Ne sois pas stupide, Cléo. C'est ton imagination qui travaille. Pourquoi dis-tu cela ?

— Je le sais, c'est tout.

— Mais comment peux-tu le savoir ?

— Je le vois à ses yeux.

— Oh, mon Dieu. » Harriet poussa un soupir.

« Et même parfois, il pleure.

— Sans doute, chérie, mais les larmes ne veulent rien dire ; papa pleurait à l'hôpital. C'est un réflexe automatique, les médecins l'ont dit, pour irriguer les yeux.

— Cela m'est égal. Je sais qu'il comprend tout ce qui se passe.

— Je ne souhaite pas continuer cette discussion. Ce sont des illusions, chérie. Je sais que tu aimes ton père, mais tu dois te résigner. J'ai dû le faire et Dieu sait que cela n'a pas été facile pour moi non plus. Maintenant va aider Mme Fledge à la cuisine. »

Cléo se leva lentement et quitta la pièce, me jetant un long regard plein d'affection. « A plus tard, papa », dit-elle. Quand elle eut refermé la porte, Harriet poussa un profond soupir ; elle alla prendre une cigarette dans la boîte qui se trouve sur la cheminée et alla la fumer près de la fenêtre, contemplant le bassin devant la maison ; c'est quelque chose qu'elle fait très rarement. De temps en temps je sentais qu'elle me regardait avec un air un peu narquois. Elle jeta son mégot dans la cheminée et quitta la pièce. Je restai seul. Mais ses paroles résonnaient encore dans ma tête. Assis devant le manteau de la cheminée, les yeux fixés sur la devise et les armes de la famille, je l'entendais encore dire avec insistance que, d'après les plus hautes autorités médicales, j'étais incapable de penser. Si réellement je ne pouvais plus penser, quelle était la signification de toute cette histoire? Était-ce, purement et simplement, une création de l'imagination de Cléo?

Le matin suivant, je subis un nouveau choc. Je n'avais pas encore eu le temps d'assimiler les événements de l'après-midi, et il y avait beaucoup de choses à méditer, non seulement à propos de Georges mais aussi à mon sujet. Certes, il n'y avait aucune raison logique pour que la remarque d'Harriet me contrarie : après tout, il est évident que je peux penser. Mais elle m'avait bouleversé. C'est comme si mon existence n'avait de réalité qu'au travers du reflet, de l'image que les gens se faisaient de moi. J'étais très ébranlé, sur la défensive, obligé de m'affirmer à mes propres yeux pour confirmer que j'étais encore, en tout état de cause, un individu capable de fonctionner. Comprenez-vous cela ? C'est donc dans un état très fragile, un état d'instabilité ontologique, pourrait-on dire, que je dus affronter les implications de la visite de Mme Giblet ainsi qu'une tentative de métamorphose de la part de Fledge.

J'ai bien dit une métamorphose. En effet, avec apparemment l'accord d'Harriet (peut-être même à son instigation ?), il a abandonné son habit, l'uniforme traditionnel du majordome pour une veste de tweed et un pantalon de serge. Il est allé à Londres en qualité de majordome et il en est revenu déguisé en gentleman. Hélas, ces deux événements, la visite de Mme Giblet et la nouvelle tenue de Fledge, se mélangent dans mon cerveau et je n'arrive plus à discerner la cause de l'agent ; la précision empirique m'abandonne.

Je devrais sans doute commencer par décrire en détail l'homme tel je le découvris dans la cuisine ce matin-là. La veste de tweed ressemblait un peu à la mienne, faite d'un tissu rugueux marron vert à chevrons élégants, des pièces de cuir aux coudes, et une bordure de cuir aux poignets. Les revers étaient larges, les épaules carrées ; elle était cintrée à la taille, s'élargissait ensuite sur les hanches et avait deux plis dans le dos. Les boutons étaient recouverts de cuir, et les poches avaient des revers. Le pli du pantalon de serge beige était bien marqué ; ses revers se brisaient avec chic sur le haut des chaussures marron bien cirées, si neuves qu'elles grinçaient encore. Une chemise de sport bien coupée, une cravate marron foncé avec une fine diagonale jaune complétaient l'ensemble. C'est dans cette tenue que Fledge était entré dans la cusine pour prendre le plateau du petit déjeuner d'Harriet. Il prétendait, je l'ai dit, ressembler à un gentleman et il fallait être, comme moi, un gentleman, pour détecter l'imposture.

J'ai déjà dit que Fledge a une caractéristique indéfinissable, une des facettes de sa nature profondément secrète et réservée. J'avais même précisé qu'il était difficile à cataloguer et que seule la présence de Doris à ses côtés permettait de le situer dans la hiérarchie sociale. Je me trompais. En le regardant préparer le plateau du petit déjeuner d'Harriet, je perçus fort bien qu'il n'était pas un caméléon et que, en dépit de ses efforts, une nouvelle tenue vestimentaire ne suffisait pas à le transformer en gentleman. C'est que, selon moi, il lui manquait quelque chose d'essentiel pour être un vrai gentleman, une certaine expression du visage, par exemple, qui eût révélé un aimable scepticisme et l'assurance d'inspirer le respect. Fledge avait l'air d'un intendant, ou d'un huissier, et restait en deçà du gouffre qui sépare les catégories sociales. Il se logeait dans les interstices de la hiérarchie, il était un intermédiaire. Il n'était pas ridicule, mais il avait l'air de ne pas très bien savoir où était sa place.

J'échafaudai une nouvelle théorie à partir de ces changements dans l'apparence de Fledge. J'imaginai comment, tandis qu'il s'habillait tous les matins à l'aube dans la chambre encore sombre d'Harriet, était née la haine de cet habit, symbole de sa servilité. Il jouissait dans le lit d'Harriet, dont il venait justement d'émerger, d'une place privilégiée, car il y était un homme; au contraire, dès qu'il revêtait son habit, il redevenait un domestique. A l'évidence, c'est ce qui explique une transformation aussi radicale et soudaine. Je dis transformation, mais pour moi, il s'agissait plutôt d'une transgression, une révolution dans l'ordre établi; cette impression de désordre semblait alimenter l'agitation qui m'avait saisi après la visite de Mme Giblet, et exacerbait la colère que la situation désespérée de Georges avait suscité en moi. J'avais par ailleurs de plus en plus de difficulté à mettre de l'ordre dans mes pensées et cette myriade de bouleversements semblaient avoir pour origine l'ambition impitoyable de cet être silencieux et violent, rusé comme un renard. J'en étais arrivé à un tel paroxysme de rage muette que j'avais eu une crise et il avait fallu me donner de grandes tapes dans le dos.

Il plut toute la journée; il plut beaucoup pendant cette période. Dans la cuisine, l'atmosphère était sombre et retenue. Personne ne mentionna les nouveaux vêtements de Fledge. Cléo avait très mauvaise mine, de grands cernes noirs autour des yeux; on aurait dit qu'elle n'avait pas dormi du tout. La pauvre enfant avait pris ma défense avec tant de feu, et avait été châtiée par les deux femmes : tout ceci avait évidemment épuisé ses forces. Je ne saurais dire à quel point j'étais touché que mon brave petit elfe vienne ainsi à mon secours d'une façon si courageuse. Comme Georges, elle avait cette intégrité foncière que nul ne pouvait ébranler. Comme lui, elle me protégeait avec une loyauté farouche maintenant que je ne pouvais plus me défendre moi-même. Après le déjeuner, Doris lava la vaisselle et monta « faire » la chambre d'Harriet. La jeune fille resta assise à côté de moi à la table de la cuisine et se mit à parler. Je ne réalisai pas tout de suite de quoi ou plutôt de qui elle parlait. Elle disait qu'il était « très en colère » après elle ; bien qu'elle ne prononçât pas son nom, je compris après un moment qu'elle parlait de Sidney. Je compris ensuite pourquoi il était en colère : c'était parce que, la veille, elle avait prononcé son nom. Cela, apparemment, était interdit.

Ma pauvre Cléo, hantée par des fantômes. Elle était si désespérément seule et je ne pouvais rien faire d'autre que rester là, les yeux fixés dans le vide, raide comme un morceau de bois, avec un sourire grimaçant. La pluie fine tombait dans la cour de derrière. Le ciel était de plomb, les nuages lourds et menaçants accrochés très bas. Elle était assise à côté de moi, fumant cigarette sur cigarette ; les larmes mouillaient ses joues pendant qu'elle parlait de Sidney d'une voix indistincte. Il n'était plus, semblait-il, le vampire pâle et malodorant qui lui était apparu avant la crise de sanglots hystériques de cette nuit de février dernier. On ne pouvait plus maintenant, disait-elle, reconnaître ses traits, à cause d'une abondante sécrétion jaune et visqueuse qui suintait de sa chair. Ses yeux, ses oreilles et sa bouche grouillaient de vers. C'étaient de bien pénibles cauchemars pour la petite. Ma colère contre Harriet grandissait : son engouement pour Fledge était responsable des souffrances de sa fille. J'eus, hélas, un nouvel accès. Ceci eut du moins l'avantage de sortir Cléo de ses discours morbides et incohérents : elle se leva et me donna de grandes tapes dans le dos, comme elle avait vu Doris le faire maintes fois, jusqu'à ce que ma respiration redevienne normale.

Un peu plus tard, Doris réapparut et se mit à préparer le thé. Cléo retomba dans le silence. Quand Fledge vint chercher le plateau, je remarquai qu'il avait disposé sur le plateau trois tasses, trois soucoupes et trois assiettes.

Devions-nous recevoir des visites ? La vieille Giblet était-elle revenue ? En soulevant le plateau, Fledge dit à sa femme à voix basse qu'il fallait m'amener dans le salon. Cléo se leva avec lassitude — elle était restée dans la cuisine depuis le déjeuner — et le suivit dans le hall. Je vins ensuite, à grand bruit, poussé par Doris ; dans l'obscurité de cet après-midi pluvieux et sinistre, je voyais devant moi les petits nuages de vapeur s'échapper du bec de la théière et flotter vers le plafond. Un feu avait été allumé dans le salon. On me mit à ma place habituelle, contre le mur en face de la cheminée. Cléo se laissa tomber dans son fauteuil ordinaire. Harriet, comme à son habitude, servit le thé. Je ne comprenais toujours pas à qui était destinée la troisième tasse. Mais je n'eus pas longtemps à attendre. Après que Cléo eut été servie, Fledge prit une tasse, y fit fondre deux morceaux de sucre et s'assit en face d'Harriet devant la cheminée. Il entama avec elle une conversation à voix trop basse pour que je l'entende. Cléo ne fit guère attention à ce nouveau développement. Pour moi, pourtant, c'était la preuve claire et évidente de l'absurdité de la situation. Étions-nous donc tombés si bas que le majordome assassin abandonne son uniforme et prenne le thé avec sa maîtresse ?

Le temps maussade et pluvieux persistait. J'avais beau voir l'individu tous les jours, je ne pouvais m'habituer ni à sa nouvelle tenue ni à ses nouvelles fonctions à Crook, que j'avais d'ailleurs du mal à cerner. A certains égards, il se comportait comme un domestique, à d'autres comme un invité. Je ne prenais plus mes repas dans la salle à manger, mais j'en vins à soupçonner qu'il occupait maintenant ma place à table au déjeuner et au dîner.

Harriet semblait très satisfaite de ce nouvel arrangement. Le soir, elle buvait un verre de cognac avec lui au salon et lui offrait un de mes cigares. Elle-même fumait alors plusieurs cigarettes par jour. Je m'imagine très bien la scène, et à quel point le spectacle était touchant. Harriet prenait une cigarette dans la boîte qu'il lui tendait, puis s'asseyait au bord de son fauteuil, les sourcils froncés, la cigarette dans ses doigts tremblants, pendant que le grand homme mince en veste de tweed à chevrons se penchait cérémonieusement vers elle en ouvrant du pouce le capuchon du briquet. Une petite flamme jaillissait en forme de fer de lance. Les yeux d'Harriet se levaient vers les siens. J'imagine que ce touchant tableau a comme toile de fond la cheminée. Elle prolonge l'opération un peu plus longtemps qu'il n'est nécessaire; puis elle rejette maladroitement la première bouffée et murmure : « Merci, Fledge. » Elle se renfonce dans son fauteuil, prend son verre de cognac et en agite doucement le contenu. Je ne lui ai jamais vu faire ce geste.

Ai-je déjà dit à quel point j'aurais aimé, à ce moment-là, aller à la grange me repaître de la compagnie du *Phlegmosaurus*? Le vieux fripon me manquait et j'aurais aimé voir comment il allait. Or, il se trouva qu'un après-midi Cléo sembla lire dans mes pensées. Tout à fait spontanément, elle proposa justement à Doris de m'emmener à elles deux faire un tour à la grange. « Juste une petite sortie, dit Cléo. Je suis sûre que ses ossements lui manquent, vous ne croyez pas, madame Fledge? »

Il pleuvait à nouveau. Harriet était allée en voiture à Ceck et Fledge était quelque part tout seul, sans doute à l'office. Il n'y avait absolument personne pour interdire l'expédition. Cléo se procura des imperméables et des parapluies, tandis que Doris m'emmitouflait douillettement dans mon fauteuil roulant. Il y avait heureusement une clé de la grange accrochée à un clou dans l'arrière-cuisine.

Nous sortîmes par la porte de derrière et traversâmes la cour jusqu'à la grille qui donne dans l'allée. Doris poussait le fauteuil et c'est Cléo qui tenait le parapluie. Nous allions cahotant sur le gravier crissant, sous la pluie, et Cléo bavardait gaiement. Je n'étais pas allé à la grange depuis des mois. Cléo s'escrimait à ouvrir la serrure et je regardais la porte de la grange avec une certaine angoisse, ne sachant pas bien ce que j'allais trouver à l'intérieur. Les portes s'ouvrirent soudain et le fauteuil franchit le seuil avec peine. Pendant que Cléo cherchait l'interrupteur, je vis la silhouette familière se profiler dans l'ombre. Je ressentis le sentiment familier d'orgueil et d'admiration, malgré l'odeur désagréable de foin pourri et de toile à sac humide qui rendait l'air irrespirable. Puis les lumières s'allumèrent au-dessus et je dus constater les dommages causés par le temps en mon absence. C'était bien ce que j'avais redouté : mon dinosaure était couvert de moisissure.

Le problème, c'était l'humidité. Personne n'avait pensé à recouvrir les ossements et, pendant des semaines, la pluie n'avait cessé de dégouliner du toit. La mousse verdâtre qui est endémique dans cette région avait tout envahi. Elle s'agglutinait en masses élastiques dans les creux des os, dressait des doigts minces et tavelés, pendait aux mâchoires et aux longues serres des pattes, s'accrochait au pelvis de la bête en petites touffes délicates. Je fus choqué de voir avec quelle rapidité le *Phlegmosaurus* avait été infesté ; aucune partie n'avait été épargnée. J'imaginai sans peine ce que quelques mois supplémentaires d'humidité et d'obscurité pourraient faire de lui : le transformer en une immense carcasse vivante de moisissure, les os n'étant que le cadre ou la charpente à laquelle s'accrochait le champignon. Le spectacle me déprima au plus haut point. Pendant que je ressentais une amère mortification, Cléo tournait autour de la chose, apparemment fascinée. Je fus content d'entendre Doris suggérer qu'il valait mieux rentrer pour que je ne prenne pas froid.

C'est sans doute la vision du *Phlegmosaurus* couvert de moisissure qui provoqua le cauchemar que je fis cette nuit-là. Dans ce rêve, je m'apercevais avec horreur que mon fauteuil était un prolongement des planchers vivants de Crook ; j'étais moi-même une efflorescence vivante et, comme une plante, je poussais dans mon fauteuil avec lequel je ne faisais qu'un, une espèce de plante géante. Bien sûr, je ne pouvais aller explorer mes propres extrémités, mais je sentais que des excroissances vertes et feuillues poussaient dans mon dos, mon postérieur, mes bras, mes jambes et mes pieds ; ces extrusions, ces pousses et ces vrilles s'étaient fondues dans le bois et le cannage du fauteuil, avaient commencé à s'étendre le long du plancher, à s'accrocher aux pieds des tables, aux poignées des portes et aux fils électriques. Je savais que bientôt elles coloniseraient toute la maison, et la feraient s'écrouler. Alors, après une fusion organique avec Crook, je pourrirais avec la maison sur la haute colline dominant la vallée de la Fling. Dieu seul sait quel monstre surgirait un jour de ces restes en décomposition.

PENDANT ces jours pluvieux de la fin avril, j'étais hanté par la décomposition et la ruine de toutes choses. Rétrospectivement, je pense que je trouvais peut-être, dans le monde extérieur, des échos de ce qui semblait se passer dans mon propre corps. Il y a peut-être une limite, un seuil qu'un homme ne peut franchir quand il n'a que des rapports passifs avec le monde. Le monde commence à le submerger, s'il n'a pas le pouvoir de réagir. Est-ce possible? Je vous ai parlé de l'attaque d'Harriet, de ses affirmations répétées selon lesquelles j'étais incapable de penser, et j'ai dit à quel point celles-ci m'avaient affecté. Dans la mesure où je tenais à Georges, à Cléo, à Doris et au *Phlegmosaurus*, leurs déchéances respectives m'avaient affaibli, car je ressentais de façon aiguë mon impuissance à les aider de quelque façon que ce soit. J'ai pu faire l'expérience que contempler la déchéance des choses est éprouvant, car on a alors tendance à s'effondrer soi-même. Quand le procès de Georges s'ouvrit, quelques jours plus tard, je n'étais pas en mesure de lui apporter, même à distance, le soutien spirituel dont il avait si désespérément besoin. Je ne pouvais, semblait-il, qu'éprouver une sorte de résignation sans espoir et impuissante devant la tournure des événements. On parlait de lui jusque dans la cuisine de Crook et j'étais donc tenu au courant des nouvelles. J'avais gardé toutes mes facultés d'imagination, et j'entrepris de recréer les émotions que le pauvre homme devait endurer. Je ne suis pas sûr que cela l'ait beaucoup aidé, ni moi non plus d'ailleurs.

C'était effectivement à Georges que je pensais le plus, en cette fin d'hiver pluvieuse et au début du printemps. J'étais moi aussi en prison, enfermé dans mon squelette; ma pitié pour Georges dans sa prison de brique et d'acier en était rendue plus poignante. Cet homme juste et silencieux avait été mon bras droit depuis notre première rencontre dans ce bar torride sous son toit de tôle, puant et infesté de mouches, sur la côte orientale de l'Afrique. C'est la raison pour laquelle, malgré ma catalepsie, son destin me touchait de près.

Je le voyais à la barre des accusés. Debout entre des gardiens de prison sinistres en uniforme noir, il fronçait les sourcils, farouchement concentré, rassemblant ses maigres ressources morales pour l'épreuve qui s'annonçait. Plus bas, dans la fosse du tribunal, d'éminents avocats, en perruque aux boucles serrées et d'un blanc artificiel, se concertaient à mi-voix. A sa gauche se trouvait la barre des témoins, et au-delà le jury. Exactement en face de lui, surélevé lui aussi, siégeait le juge Congreve, un vieillard. Dans mon esprit, je voyais celui-ci parcourir la salle de ses yeux fatigués et chassieux; ses doigts osseux étaient cramponnés à son petit marteau, dont il donnait trois coups pour obtenir le silence. Quand son tour arriva, Georges s'approcha de la barre; de sa voix profonde et rauque, sur un ton de défiance, il aboya : « Non coupable. » Il fit une très mauvaise impression. Le juge Congreve avait vu suffisamment de prévenus à la barre pour savoir d'un seul coup d'œil que celui-là n'échapperait pas à la corde.

Pourquoi est-ce que je raconte tout cela? Pourquoi étais-je si sûr, à ce moment-là, que Georges était perdu? Sans doute parce que j'étais perdu moi-même, et je ne pouvais m'empêcher de lier son sort au mien. Vous devez faire preuve de patience, car les occasions où je pouvais juger les événements qui se passaient autour de moi avec un tant soit peu d'objectivité se faisaient de plus en plus rares. En fait, je commençais à m'apercevoir que les seuls faits que je pouvais évoquer avec précision n'étaient pas ceux qui se passaient en dehors de moi, mais ceux que mon cerveau reconstruisait d'après les bribes et les fragments qui, seuls, maintenant, constituaient pour moi le monde réel. Une des plus pernicieuses de ces opérations mentales était la tendance que j'avais à jeter les filets de mon imagination sur mes proches, à ne plus les percevoir comme des êtres distincts et séparés mais plutôt comme des extensions, des manifestations de ma propre conscience. En d'autres termes, Georges faisait partie de moi, même si je ne pouvais alors qu'imaginer ses émotions ; je n'avais que des moyens très rudimentaires pour comparer mes projections avec la réalité. Il en allait de même pour Cléo et Doris, dans une moindre mesure. Assez étrangement, les seules personnes que je percevais distinctement étaient Harriet et Fledge.

Pardonnez-moi d'être tendancieux. Il faut malgré tout que, par honnêteté, je vous mette en garde contre les déformations auxquelles se livre facilement un esprit passif et solitaire. Vous en tiendrez compte, si vous voyez que je tiens, sans m'en apercevoir, des discours contradictoires ou étranges. Georges était donc à la barre des accusés — cela, je ne l'invente pas, c'était dans le *Daily Express* et je paraphrase —, droit comme un *i*, les mains agrippant la barre si fort que ses articulations étaient blanches comme des os. Il avait été appelé comme premier témoin à décharge. Sir Fleckley Tome, n'ayant pu plaider la folie puisque son client s'y était opposé, avait donc dû baser sa défense sur la minceur des preuves. Le tribunal l'écouta attentivement pendant qu'il faisait raconter à Georges, avec douceur et précision, sa version de ce qui s'était passé sur la lande de Ceck cette nuit-là. Le ton de ses questions était si mélodieux, si raisonnable qu'on commençait à sentir que le jury se laissait convaincre ;

j'imagine que c'est un sentiment enivrant pour un avocat d'assises. Bien sûr, sir Fleckley avait trop d'expérience pour trahir le plaisir qu'il prenait à sa propre rhétorique. Dans ce tribunal bondé, où tous les regards étaient tournés vers lui, Georges passa ainsi de l'état de monstre à forme humaine à celui de paysan simple et honnête, d'homme qui avait commis une erreur stupide en ne rapportant pas à la police la découverte du corps de Sidney ; mais une erreur stupide, laissait entendre sir Fleckley, ce n'était pas du tout la même chose qu'un meurtre. Georges Lecky s'était montré idiot, il avait fait une erreur, mais ce n'était pas un assassin. Puis il se rassit.

Je l'ai dit, ceci est une paraphrase de la prose atroce que des organes comme le *Daily Express* font ingurgiter à un public crédule et vulgaire. En l'occurrence, le pressentiment dont j'ai parlé plus haut (quelle que soit son origine), selon lequel Georges allait être pendu, fut un peu dissipé par cet extrait de la séance du matin que Cléo me lut à voix haute. Mais l'après-midi réduisit mes espoirs à néant. L'avocat de l'accusation, un homme très énergique du nom de Humphrey Stoker fit subir à Georges un contre-interrogatoire si serré qu'il réussit à détruire l'impression d'innocence qui commençait à l'entourer. Pourquoi Georges n'avait-il pas rapporté à la police la découverte de ce cadavre sur la lande ? Voilà ce qu'il voulait savoir. Avec un mépris cinglant, il mit en pièces, ridiculisa l'explication un peu obscure de Georges ; laissant entendre que celui-ci était un menteur, il se mit à exploiter le côté sensationnel et atroce de l'affaire, celui qui avait trait aux porcs. Bientôt, Georges était redevenu un monstre. De temps en temps, un frisson d'horreur parcourait le public quand M. Stoker s'étendait sur les événements de la nuit. Quelques femmes pâlirent et durent quitter le tribunal. Sir Fleckley eut beau opposer des objections répétées aux allégations de son confrère, le juge Congreve les rejeta à chaque fois. Georges était de plus en plus nerveux et ses gardiens s'en étaient aperçus. « Calme-toi, Georges », lui murmuraient-ils. Mais ce n'était vraiment pas une situation que Georges pouvait supporter en gardant son calme.

« Ce qui s'est passé en fait, s'écria M. Stoker, qui semblait mû par une indignation non feinte, c'est que, pour un mobile obscur que des hommes et des femmes civilisés seraient bien en peine de comprendre, vous avez prémédité le meurtre de ce jeune homme innocent, que vous avez mis votre plan à exécution ; ensuite vous vous êtes froidement débarrassé du corps de la façon que vous avez décrite vous-même.

— C'est faux, bon Dieu ! » hurla Georges, incapable de se dominer plus longtemps. Il se pencha par-dessus la barre, frappant le box du poing. « Je ne l'ai pas tué, je vous dis ! »

Le juge Congreve donna un petit coup de son marteau. « Silence ! » cria le vieil homme ; dans la salle, un brouhaha excité couvrit les cris de Georges. « Silence ! » Sur un signe du juge, les deux gardiens se saisirent de Georges, qui hurlait toujours et l'entraînèrent *manu militari* vers sa cellule. M. Stoker, qui avait bien entendu voulu provoquer une telle réaction, s'épongea le front avec un mouchoir d'un blanc éclatant, jetant un coup d'œil vers sir Fleckley, le sourcil levé. Sir Fleckley répondit par une moue désabusée. Les manchettes des journaux titrèrent : LE MONSTRE DE CECK TRAÎNÉ HORS DU TRIBUNAL : LECKY LE TÉNÉBREUX PERD LE CONTRÔLE DE LUI-MÊME.

La situation était déjà assez grave, mais il y eut pire encore. Quand, le lendemain, Humphrey Stoker fit revenir Georges à la barre, il réussit à lui faire dire qu'après avoir donné les restes de Sidney à manger aux porcs, il avait abattu ces porcs, les avait découpés et avait envoyé la viande à Crook !

Cléo se mit à rire nerveusement et Doris pâlit. En un

éclair, je compris que tout l'automne et tout l'hiver nous avions mangé la viande qui venait des Fonds-de-Ceck. Les Coal n'étaient pas seuls concernés. La petite noblesse locale avait dévoré saucisses et sandwiches au jambon pendant la réception qu'Harriet avait donnée à Noël. Patrick Pin et les catholiques étaient venus à Crook le matin de Noël boire mon sherry, accompagné de sandwiches au jambon. Les Horn avaient partagé notre jambon la veille du jour de l'an, ainsi d'ailleurs que Mme Giblet. Sans le savoir, indirectement, nous avions tous mangé Sidney.

Je pensai ensuite aux satyres de Ceck, réunis dans la cuisine de Georges en cette soirée de Noël avec leurs bouteilles de bière brune et leur cuisseau de porc rôti. Je me rappelai leur hilarité un peu grossière de paysans et me demandai soudain si eux, contrairement à nous, avaient été au courant. Je crois bien que oui, mais c'est une question qui me laisse encore perplexe.

Je ressens parfois des pincements dans la région du cœur. Mes artères coronaires sont sclérosées, je crois l'avoir déjà dit. Un cœur en mauvais état, une pompe défectueuse. Et puis, certains muscles de mon visage ont été comme tirés en arrière et me donnent une expression grimaçante, un rictus méchant et involontaire qui a figé mes traits pour toujours, quels que soient mes sentiments. Souvent, dans l'alcôve, je pleure et je ris en même temps. Ma respiration est bruyante, rythmée par des ronflements. A tout prendre, je ne suis pas un spectacle très agréable, et je comprends fort bien que Fledge préfère, ces jours-là, tourner mon fauteuil contre le mur. Bien sûr, il ne manque pas d'autres motifs.

Mais cette période pluvieuse de mars et d'avril était maintenant derrière nous et il faisait assez beau pour qu'on me laisse dans la cour de derrière pendant des heures. J'étais assis là, écoutant chanter les oiseaux (ces petits dinosaures !), souriant à la grille qui s'ouvre dans le mur de briques de l'autre côté. A d'autres moments, on roulait mon fauteuil sur la terrasse juste devant les portes-fenêtres ; là c'est la jungle du jardin, que personne n'entretenait plus, que je gratifiais de mon sourire grimaçant. Une fois, Georges m'apparut là, près du bassin. Ce jour-là, le jardin chatoyait de couleurs. Moi aussi j'étais décoré ; une guirlande de feuilles de chêne encerclait mon front, sous laquelle perçaient deux petites cornes blanches aux bouts émoussés. Mon front s'était aplati, mes yeux étaient bridés vers le haut, mes sourcils se rejoignaient, broussailleux, à la racine de mon nez comme un guidon de bicyclette. Ma bouche s'était figée en un large rictus lascif. Georges était à genoux parmi les fleurs ; quand il me vit, il se leva. Debout, le déplantoir dans une main, il se protégeait du soleil avec l'autre. L'astre brillait dans un ciel très bleu et cela me rappela l'Afrique et ces petits matins où je montais au sommet de la colline ; d'en bas, il me faisait signe avant de partir pour la côte. Le soleil était haut dans le ciel et il semblait vibrer dans la chaleur, comme les poissons rouges troublaient l'eau noire du bassin quand ils montaient à la surface pour attraper les mouches. Il portait sa chemise bleue sans col, comme celle des policiers, son vieux pantalon de velours côtelé mais je remarquai qu'il n'avait pas ses bottes. D'ailleurs, ses pieds étaient maintenant fourchus, ses pieds étaient devenus des sabots ; des poils épais recouvraient ses chevilles caprines. C'était une hallucination, bien sûr, la projection d'un cerveau en pleine décomposition. Il faut dire que j'étais exposé, la tête nue au soleil, car Doris avait oublié mon chapeau.

A une autre occasion, je vis Fledge dans le jardin ; je le vis mourir. Il était allongé dans l'herbe. J'ai décrit Fledge nu ; il est long et mince, avec un léger embonpoint au niveau du torse et du ventre. Sur sa peau très blanche, une mince ligne de poils roux court de son torse replet aux poils du pubis. Cléo, tout en noir, rampait vers lui dans l'herbe. Elle avait un couteau entre les dents. Le soleil, au zénith, transformait la lame en une barre d'argent en fusion. Cléo se dressait sur les genoux et plantait le couteau brillant dans le cœur de Fledge. Le corps de celui-ci s'arquait ; un flot de sang et d'autres fluides vitaux remplissaient sa bouche. Pendant quelques moments, sur l'herbe, son corps courbé était agité de convulsions, sa bouche ouverte. Ses yeux fixaient le soleil. Il s'affaissait ensuite sur la terre avec un long râle. Une autre fois encore, juste au moment où Cléo levait le couteau, il la saisissait par les poignets et tous les deux, à genoux, commençaient à lutter violemment ; puis ils tombaient sur l'herbe et continuaient à se battre, en se tordant dans tous les sens. J'étais très perturbé par de tels événements ; j'hésite à leur donner ce nom, car en fait je sais qu'il s'agit d'hallucinations, mais ces visions me semblent pourtant très réelles ; elles m'affectent autant que si elles l'étaient. Pourtant je sais que ce sont simplement des hallucinations, un symptôme de cette dislocation, de cette dégradation dont je souffrais de plus en plus en cette fin de printemps.

C'est surtout Georges qui m'apparaissait. Souvent, il était assis devant les portes-fenêtres, contemplant la fine pluie de printemps recouvrir le jardin comme une gaze ; les mauvaises herbes, dont personne ne s'occupait plus, étouffaient les fleurs des bulbes qu'il avait plantés à l'automne. Les massifs et les haies se répandaient de façon désordonnée sur les allées et les parterres. Vu à travers la brume de pluie, leur feuillage était particulièrement éclatant, d'un beau vert lumineux qui me semblait étrangement exotique. L'odeur du jardin montait à mes narines, le parfum riche et humide d'une végétation luxuriante et généreuse que l'homme ne touchait pas. Le regard fixé sur cette jungle nébuleuse, au-delà du bassin aux nénuphars, où les gouttes, inlassablement, faisaient des ronds, je souriais au fantôme de mon camarade emprisonné, qui travaillait la terre.

Son procès ne dura que cinq jours. Harriet passa tout ce temps à Londres, car elle devait témoigner comme témoin à décharge, un témoin de moralité. L'affaire de Georges se présentait mal : les seuls arguments de la défense étaient la minceur des preuves et le témoignage de lady Coal. Même ce dernier secours échoua. En effet, après que sir Fleckley eut fait dire à Harriet que Georges était honnête, digne de confiance et incapable de violence, Humphrey Stoker se leva et, tout en examinant ses ongles avec désinvolture, demanda à Harriet quelle était la nature précise de ses rapports avec l'accusé.

« C'est mon jardinier, répondit Harriet.

— Et en quoi consiste son travail, lady Coal ? demanda Stoker, qui avait ôté ses lunettes et les essuyait d'un air distrait sur le bas de sa robe.

— Eh bien, les tâches habituelles, répondit Harriet. Je lui dis ce que nous voulons comme fleurs et comme légumes, etc. Lui m'informe quand nous avons besoin d'une nouvelle brouette, ou d'autre chose. Des ustensiles pour le jardin.

— Je vois, dit Stoker, la voix maintenant chargée d'ironie. Voilà donc la nature de vos relations avec l'accusé, lady Coal : il vous met au courant quand vous avez besoin d'une nouvelle brouette.

— Objection. » Sir Fleckley se leva et protesta d'un ton las.

« Rejetée, décida le juge Congreve.

— Je n'ai plus de questions, Votre Honneur. » Stoker se rassit.

Harriet donna un moment l'impression qu'elle allait éclater en sanglots ; elle se rendait compte qu'il s'était moqué d'elle, et que c'était au détriment de Georges.

Je me rappelle de cette soirée-là, après le dîner. Doris avait bu une bouteille de bordeaux. Je voyais le vin couler dans son verre, un grand verre à vin, au pied solide et à l'ouverture large. Je me souviens qu'elle traîna les pieds jusqu'à la porte de derrière, qu'elle ouvrit en grand. Je la regardai fixer les yeux sur la cour assombrie par le crépuscule ; les oiseaux chantaient comme chaque soir dans les arbres près de la grange. Elle s'appuya contre le chambranle. Je la voyais de profil, en silhouette : grande et mince, le nez long et pointu, le menton fuyant, les cheveux tirés en arrière, tordus en chignon sur la nuque.

Toujours découpée contre la porte, elle leva son verre et but. La gorge longue, mouvante, l'épine dorsale un peu concave, les pieds plats sur la marche et une longue main pendant le long de son flanc, tout son corps semblait céder à son verre de vin. Elle le vida, puis demeura là quelques minutes encore, toujours appuyée au chambranle ; les odeurs et les bruits du crépuscule entraient dans la cuisine. Elle tourna enfin la tête vers moi et murmura dans un soupir : « Ah, sir Hugo, nous l'avons perdu. » Je lui souris, en pensant : c'est vrai, nous l'avons perdu.

Bien entendu, Harriet habitait chez les Horn. L'atmosphère était plutôt sombre chez eux, le soir du quatrième jour. Le lendemain matin, les avocats devaient faire leurs plaidoiries, le juge récapituler l'affaire et le jury se retirer pour donner son verdict. Victor avait suivi le cas de près dans les journaux, et il était très abattu. Du moins, je l'imagine. Car il aimait bien Georges Lecky ; ensemble, dans le jardin, ils avaient discuté football, parlé de l'Afrique, des dinosaures et de la guerre. Je savais que Georges prenait plaisir, un plaisir simple et tranquille, à répondre aux questions animées, à la curiosité du jeune garçon, tout en faisant son travail, la pipe à la bouche. Une solide amitié les unissait depuis toujours. Je me souviens d'un après-midi d'automne où, de ma chambre de l'aile est, j'avais observé Georges traverser la cour de derrière en poussant une brouette chargée de feuilles mortes, sur laquelle trônait Victor, alors un garçonnet de six ans assez dodu, sautant sur le tas en poussant des cris de joie. Il brandissait la fourche à trois branches de Georges comme un petit dieu de la mer, un Poséidon enfant dont le char traversait les flots pour le ramener au pays. Victor savait bien que Georges était incapable de tuer. Pourquoi alors les journaux l'accusaient-ils ?

« Parce que certains journaux essaient toujours de

rendre les choses plus noires qu'elles ne sont, lui répondait son père. De cette façon, ils en vendent plus.

— Mais si tout le monde sait cela, alors ils ne vont pas en tenir compte et M. Lecky va être acquitté.

— J'aimerais que cela se passe ainsi », avait répondu son père.

Le dernier jour arriva donc. Humphrey Stoker passa en revue les différents témoignages pour démontrer à quel point ils incriminaient Georges. Après avoir présenté ces arguments sur un ton assez rationnel, il devint mélodramatique. Avec feu, il déclara au jury qu'un monstre capable d'une bestialité aussi inhumaine envers un jeune homme qui avait l'avenir devant lui, un jeune homme qui était à l'aube d'une carrière littéraire prometteuse, un tel monstre méritait le châtiment le plus lourd prévu par la loi. Pour sa part, déclara-t-il, il ne dormirait pas tranquille tant que Georges ne serait pas exécuté. Il implora les jurés de ne pas reculer, de ne pas hésiter à faire leur devoir ; ce terrible devoir, ajouta-t-il doucement, il pensait, en toute humilité, avoir montré où il se situait : il fallait qu'ils déclarent l'accusé coupable de meurtre, sans circonstances atténuantes. Puis il se rassit.

Sir Fleckley se leva alors. Son distingué confrère, dit-il, avait tout à fait raison. « Si vous croyez, sans l'ombre d'un doute, que Georges Lecky a assassiné Sidney Giblet, vous devez le déclarer coupable. Mais je vous demande, messieurs et mesdames les jurés, s'il n'y a pas justement place pour le doute ? » Il revint en détail sur la minceur des témoignages, admit que Georges avait commis une erreur, une erreur grave en ne rapportant pas à la police qu'il avait découvert un cadavre. Mais, répéta-t-il, il ne fallait pas assimiler cette erreur avec un meurtre. S'ils avaient un doute, le moindre doute, et il était sûr que c'était le cas, ils devaient déclarer Georges non coupable. Dans sa présentation des faits, le juge Congreve dit la même chose ; ce furent d'ailleurs ses seules recommandations au jury, puisque aucun témoignage n'était contesté. Le petit homme aux yeux chassieux et à la voix tremblante les envoya ensuite délibérer et ajourna la séance.

Il leur fallut quarante-trois minutes pour arriver à un verdict, et ces quarante-trois minutes furent très tendues. Le plaidoyer final de sir Fleckley avait été si éloquent, le juge avait tellement souligné que les preuves étaient minces, que l'espoir renaissait dans le cœur d'Harriet et d'Hilary. Mme Giblet les avait rejointes dans la petite salle adjacente à la sienne, que sir Fleckley avait mise à leur disposition. Les trois femmes attendirent là pendant les quarante-trois minutes que dura l'angoissant suspense. Soudain, sir Fleckley apparut à la porte qui communiquait avec son propre bureau, sa robe tournant autour de son pantalon rayé. « Ils sont revenus », dit-il.

« Coupable de meurtre au premier degré », déclara le président du jury. Georges ouvrit la bouche, tira les lèvres en arrière, et serra les dents ; puis il se passa la main sur les yeux. Oui, répondit-il au juge Congreve, il avait quelque chose à déclarer avant que la sentence ne soit prononcée : il était innocent, il avait dit la vérité, et s'il était exécuté pour ce crime, ce serait une erreur judiciaire. C'était tout. Harriet et Hilary n'étaient pas les seules personnes du public à avoir les joues mouillées de larmes. Le juge Congreve enfila très lentement ses gants blancs et sa toque noire. Sa gorge fripée, sa petite tête tremblotante et desséchée semblaient des lambeaux de chair trop frêles pour porter la terrible majesté de cette robe rouge, cette perruque imposante et la toque noire qui se fixait dessus. Sa voix était celle d'un vieil homme, indiciblement las et souhaitant la mort.

« Georges Kitchener Lecky, vous avez été jugé coupable d'un crime odieux. Ce tribunal vous condamne à être conduit dans une des prisons du Royaume, et de là au lieu de l'exécution, où vous serez pendu haut et court, jusqu'à ce que mort s'ensuive; votre corps sera inhumé dans l'enceinte de la prison où vous aurez été détenu avant l'exécution. Que le Seigneur ait pitié de votre âme.

— Amen », répondit le chapelain du tribunal, qui se tenait derrière, à la gauche du juge.

L'OMBRE sinistre de la potence s'étendait jusqu'à Crook et, pendant les jours qui suivirent, un calme étrange régna dans la maison. Mme Giblet téléphonait souvent à Harriet, et je compris, en percevant des bribes de conversation dans le salon, que le seul espoir était maintenant un recours en grâce auprès du ministre de l'Intérieur. C'était la seule chose à laquelle Georges pouvait se raccrocher; il moisissait dans une cellule solitaire d'une des plus vieilles prisons d'Angleterre, le visage creusé et le cœur plein d'une colère noire. Nous ressentions tous à Crook, je l'ai dit, le poids écrasant de cette sentence de mort. Même Fledge avait marqué de l'émotion, à une occasion au moins, quand il se trouvait avec Doris dans la cuisine. Cela trahissait la terrible tension à laquelle il était soumis dans la mesure où, comme je l'ai déjà expliqué, il lui était interdit d'extérioriser ses émotions. Sauf, cela va sans dire, la passion, les manifestations extérieures de la passion. Il pouvait l'exprimer chaque nuit et il ne s'en privait pas. J'imagine que cela devait aider Harriet à ne pas trop penser au destin de Georges. En fait, on reprenait les habitudes acquises dans les semaines qui avaient suivi mon accident. Doris titubait jusqu'à son lit bien avant minuit; parfois, elle me couchait avant de sombrer dans l'inconscience. Ensuite, Fledge faisait le tour de la maison et du jardin, verrouillait les portes et montait sans bruit l'escalier de derrière, sa bougie à la main.

Au point où ils en étaient de leur liaison, Harriet et Fledge éprouvaient l'un pour l'autre un désir insatiable, en dépit des tensions inhérentes à ce genre de situation. Il suffisait que leurs mains s'effleurent, qu'ils échangent un regard, qu'ils emploient un certain ton de voix, et ils me plantaient là, seul dans le salon, se précipitant sans doute vers l'office de Fledge ou la chambre d'Harriet. Je crois même qu'un jour ils s'accouplèrent là, dans le salon, sur le sol, alors que Doris aurait pu entrer à tout instant. Voyez-vous, Harriet avait fini par se débarrasser de tout scrupule moral ou religieux ; ce qu'elle adorait maintenant, c'était le sexe de Fledge, fièrement dressé, frémissant légèrement dans sa toison rousse. Elle-même était la proie d'un désir puissant, qui faisait couler le long de ses cuisses ce fluide qui en était la preuve. De ses mains potelées, elle soulevait sa lourde chevelure cuivrée, ramassée sur le haut de sa tête. Elle fixait l'homme avec une avidité inhumaine. Puis, exquise satisfaction de ses sens, elle l'attirait vers elle et couvrait son corps pâle de baisers.

Après, elle devait sombrer dans une douce torpeur. Je connaissais bien mon Harriet et je savais que, quelque minutes plus tard, ses pensées iraient sans doute du majordome à son jardinier, solitaire dans sa cellule, et que son visage s'assombrirait. Ainsi, le spectre de la mort s'invitait dans cette retraite amoureuse.

La date de l'exécution de Georges avait été fixée au 24 mai, environ trois semaines après que le verdict eut été rendu. Georges avait été sondé, analysé, décrit par la police, les hommes de loi, les jurés et même par les psychiatres, et il était maintenant devenu la proie exclusive des journaux à scandales et de leur public. Ils le traitaient de brute, de maniaque et de monstre. Les projecteurs de la presse à sensation étaient toujours fixés sur lui. Quand Cléo me lisait ces articles, mon cœur saignait pour mon vieux camarade d'Afrique. La presse n'était pas seule à s'acharner impitoyablement ; dans sa prison, Georges était sous haute surveillance : des dizaines de gardiens l'épiaient. Moi aussi, je le vis, en pensée, un après-midi vers la mi-mai. Il était assis au bord de son lit — un bloc de béton assez bas —, les coudes sur les genoux, sa longue mâchoire dans ses mains, le bout des doigts sur les paupières.

« Lecky. »

Georges porte un uniforme mal ajusté, avec un numéro cousu sur la poche de la chemise. Il retire les doigts de ses joues, en tirant brièvement la peau des orbites. Un grand soleil passe à travers les barreaux de la fenêtre, projette des lames de lumière sur le sol de la cellule et dessine des rayures sur le dos courbé de l'homme. Deux mouches tournent inlassablement sous le plafond. Georges redresse lentement le dos et pose ses paumes à plat sur les genoux. Il se tourne vers la porte ; son visage est à contrejour et reste sombre. De l'obscurité provient un son sourd, qu'on aurait peine à reconnaître comme étant la voix autrefois bourrue de Georges Lecky.

« Qu'est-ce que c'est ? »

La clé tourne dans la serrure et la porte s'ouvre.

« Une visite.

— Qui ?

— Mais le roi George VI, pardi ! Debout. »

Georges se lève avec lassitude. Ses cheveux sont encore plus courts qu'à l'accoutumée. Sur son visage long et sévère, surtout autour des yeux, dans le pli de ses sourcils épais, on discerne un relâchement de cet homme pourtant solide, et les signes indubitables de l'épuisement et du désespoir. Il semble à bout, affaibli, sans ressort. Il se traîne jusqu'à la porte, retenant son pantalon trop grand autour de ses hanches étroites, se penche légèrement et sort dans le couloir.

Le gardien verrouille la porte derrière eux et glisse son gros trousseau de clés, attaché par une chaîne à sa ceinture, dans sa poche de pantalon. « Allons-y, Lecky », dit-il et tous les deux s'éloignent, d'un pas pesant, dans le corridor qui mène au bureau à l'autre bout du bâtiment ; leurs ombres s'allongent et passent au travers des faisceaux dessinés par le soleil qui s'infiltre par les portes de cellule et les lucarnes.

Au bout les attend un gardien-chef. « Tu as un visiteur, Lecky », dit-il. C'est un homme d'un certain âge, à l'air paternel. « Tu as ce qu'il te faut comme tabac, Georges ? »

Georges hoche la tête.

« Bon. Alors tu peux y aller. » Il ouvre la grille qui donne sur un escalier de fer très raide. La porte claque. Le grincement métallique de la clé tournée dans la serrure résonne dans la cage d'escalier. Georges et son gardien descendent. En bas, la procédure se répète ; ils traversent un court vestibule et entrent dans une étroite pièce carrée, éclairée par une seule fenêtre à barreaux, située haut dans le mur. Les murs sont peints en vert jusqu'à hauteur d'homme ; plus haut, en beige cassé. Au centre de la pièce se trouve une petite table trapue marquée de brûlures de cigarettes, sur laquelle est posé un cendrier sale en fer-blanc. Au-dessus est suspendue une lampe verte. Le soleil éclaire la pièce et trace des rayures et des carrés sur le sol. De chaque côté de la table, une chaise. Sur l'une d'elles, une vieille femme est assise ; elle se tourne vers la porte quand Georges entre ; les mains posées sur le pommeau de sa canne, elle le scrute du regard. C'est Mme Giblet.

AUJOURD'HUI, alors que nous assistons à la décadence de Crook, je me demande souvent ce que Fledge pense de moi. Lui-même m'ignore depuis qu'il a un jour tourné mon fauteuil vers le mur. Il est toujours aussi flegmatique, il ne montre aucun signe de l'orgueil ou du plaisir que lui procure le fait d'avoir séduit Harriet, de l'avoir à sa merci. Je me demande si, outre sa prudence et sa ruse innées, il ne serait pas par hasard superstitieux. Peut-être pense-t-il que la manifestation des sentiments porte malheur ? Ou bien que les dieux ou le destin qui veillent sur les affaires des hommes prennent un malin plaisir à ruiner leurs projets ? C'est ce que, personnellement, j'en suis venu à penser à propos de ma propre vie. C'est peut-être pour éviter d'attirer leur attention qu'il s'applique à rester impassible, le regard vide, et que ses gestes ont toujours la même raideur formelle. C'est peut-être ce qui guide sa conduite : il veut poursuivre ses ambitions à l'insu des dieux. Sans doute est-ce l'explication.

Que peut-il bien penser de moi ? Il est clair que je ne représente plus pour lui une menace. Crook est pratiquement à lui maintenant. Je suis peut-être dans son esprit une sorte de trophée, comme la tête de cerf qui décore le hall de Crook. Il me considère comme quelque chose qu'il a conquis, donc comme un symbole de sa puissance. D'ailleurs, dans mon état, il n'y a pratiquement plus rien qui me distingue de cette dépouille empaillée. Mais il y a autre chose entre Fledge et moi, même si, pour le prouver, je n'ai que l'intuition d'un observateur passif mais permanent. Fledge s'habille maintenant, ne l'oubliez pas, de plus en plus comme moi. Quand il me voit, installé face à la cheminée, vêtu d'une veste de tweed presque identique à la sienne par sa couleur et son motif, d'un pantalon de serge du même beige, au pli également bien repassé, portant des chaussures à semelles de cuir perforées sur le dessus, semblables aux siennes, que voit-il dans cet invalide grimaçant ? Ma cravate aussi ressemble à la sienne ; j'ai remarqué, depuis quelque temps, qu'il n'hésite pas à porter mes cravates et j'en veux à Harriet de cette nouvelle trahison intime.

Il est là, grand, élancé, élégant, séduisant, et que voit-il en me regardant ? Son reflet. Mais un reflet diminué, grimaçant, comme s'il se regardait dans un miroir déformant et se retrouvait transformé en monstre. Je suis son double monstrueux. Il lit en moi la marque extérieure de sa propre corruption. Je suis la manifestation externe, faite chair, de sa nature profonde, déformée, atrophiée. Il le sait bien, et cela le fascine de voir son âme même le regarder en grimaçant de l'autre côté de la pièce. Quand il s'en est aperçu pour la première fois, le choc a été violent : c'est le jour où il a tourné mon fauteuil vers le mur. Je comprends maintenant que c'était la raison de son geste. Mais avec le temps, il en est venu à trouver une sorte de plaisir sombrement narcissique dans la contemplation de sa propre monstruosité. Je suis sa conscience racornie, le souvenir atrophié du Bien qui s'éloigne, s'estompe et disparaît devant ses yeux. Au fur et à mesure que je décline, il prend des forces. Il le sait. Il me voit comme inversion de lui-même, négatif contre positif. L'ironie, c'est que c'est lui qui est le négatif de moi, car je n'ai pas perdu toute notion du Bien et du Mal. Je ne prétends pas, et je n'ai jamais prétendu, être parfait, j'ai été un mauvais mari et un père médiocre, mais, malgré tous mes défauts, je n'ai jamais perdu de vue les valeurs morales. Par opposition au cynisme cru, à la violence et à la perversité de Fledge, le monstre que je suis a encore un sens moral. Fledge, en individu diabolique qu'il est, se complaît au spectacle de ma décomposition dans son salon. Tout comme la gargouille de l'église gothique représentait un démon vaincu, réduit à servir d'égout, je suis obligé, moi, de servir de gargouille dans cet antre impie, cette antichambre de l'enfer que Crook est devenu sous l'influence de Fledge. C'est Fledge le monstre, pas moi !

Quand je suis en proie à ces pensées, ma respiration devient laborieuse et Harriet doit se précipiter pour me donner des tapes dans le dos. Ce satané dos est voûté et bien fragile, et un de ces jours quelqu'un me frappera si fort qu'il se brisera. Ce sera la fin de sir Hugo, grâce à Dieu.

Ils se sont mis à danser, maintenant, Harriet et le monstre, sans doute comme prélude à leurs rapports sexuels. Il met un disque sur le gramophone, puis prend Harriet dans ses bras et tous les deux ont l'effronterie de danser le fox-trot dans le salon. L'odeur forte et enivrante de la jungle qu'est devenu mon jardin pénètre par les portes-fenêtres ouvertes, ainsi que les chants des oiseaux, beaucoup de chants d'oiseaux. On n'a pas encore allumé les lampes ; dans l'obscurité du soir, l'air est lourd du parfum musqué des fleurs. Parfois il l'entraîne en dansant sur la terrasse ; j'entends leurs pas sur les dalles. Il danse bien, naturellement, et la conduit avec une grâce sinueuse et facile ; c'est un prélude, je l'ai dit. Après environ dix minutes, ils s'éclipsent vers l'office. Là, j'imagine, Fledge s'installe dans le fauteuil près de l'établi, son pantalon et son caleçon aux chevilles, le sexe roidement dressé. Harriet, dans sa hâte et son avidité, se sera débarrassée de sa culotte en descendant l'escalier. Remontant ses jupes, elle le chevauche. Ils bougent doucement de haut en bas, lentement d'abord, puis plus vite. Harriet est cramponnée à l'homme, ses doigts s'enfoncent dans ses épaules, son cou, ses cheveux. Le menton levé, les yeux fermés, ses cheveux détachés flottant sur ses épaules, elle pousse de petits cris et des gloussements, s'acheminant vers le premier orgasme de la soirée. A la fin, les larmes coulent sur ses joues et elle couvre de baisers humides le visage de cet homme merveilleux qu'elle s'est trouvé.

Moi, pendant ce temps, je suis assis dans le salon, souffrant d'une angoisse indicible ; le disque de fox-trot tourne sans fin. A peine est-il fini qu'il recommence.

À Londres, Georges, debout au pied de son lit, avait gardé un silence stoïque quand le directeur de la prison, l'air très sombre à la porte de la cellule, lui avait appris que le ministre de l'Intérieur avait rejeté la grâce. « Je suis désolé, Georges », avait dit le directeur. Il aimait bien Georges. Tout le monde l'aimait bien d'ailleurs.

Il avait subi une métamorphose frappante. Lui qui était déjà mince avait perdu beaucoup de poids. Sa longue mâchoire noire de barbe, ses joues creuses et son crâne rasé donnaient à son visage un air particulièrement hagard. Pendant ces mois d'emprisonnement, son pas assuré de paysan s'était transformé : il était maintenant voûté et traînait les pieds. Ses efforts pour se dominer l'avaient rendu nerveux à l'excès. Il faisait des efforts sur lui-même pour ne pas craquer. Georges préférait encore perdre la vie plutôt que le contrôle de lui-même. Le directeur et les gardiens savaient qu'il refusait de céder à la panique et respectaient sa volonté. Il fumait sa pipe pratiquement sans arrêt.

Je connaissais assez bien cet homme bon et solide pour savoir que ce qui le détruisait, c'était le manque d'air pur, d'arbres, de terre. Il avait passé sa vie dehors. Il avait été fermier, après avoir été soldat, qui plus est un bon soldat. Depuis des mois, il n'avait qu'un malheureux morceau de ciel pour lui rappeler que le monde existait au-delà de la brique et de l'acier qui l'emprisonnaient. Ils le laissaient sortir dans la cour tous les jours pendant quarante minutes, seul, mais c'était presque pire que de ne pas sortir du tout. Il arpentait les pierres poussiéreuses, la pipe serrée entre ses fortes dents ; heureusement, il ne remarquait pas les yeux qui l'observaient de chacune des fenêtres qui donnaient sur la cour. Moi aussi je l'observais, mentalement, moi aussi je gardais Georges sous surveillance, mais je n'avais pour lui, à la différence des autres, que de l'affection, de la pitié et de la compassion. Une profonde amertume dévorait ses entrailles ; cette dépression, cet assombrissement progressif de l'esprit, étaient avivés par des bouffées de panique pure à la perspective de mourir. A ces moments-là, il mordait férocement le tuyau de sa pipe, serrait les poings jusqu'à ce que les articulations deviennent blanches. Il commençait à sombrer dans l'irrationnel ; il aimait la table et la chaise de sa cellule, il aimait le lit et le pot de chambre, la fenêtre et le petit bout de ciel bleu. Il s'y cramponnait comme un homme qui coule. Mais l'instant d'après, il essayait d'imaginer ce que serait ce néant, de comprendre ce qui allait se passer ensuite. Georges n'avait pas de religion et avait refusé de voir le chapelain de la prison, qui venait tous les jours et laissait de la littérature religieuse. Ce n'était pas la perte de son âme qui terrifiait Georges mais la perte des sens, la disparition du monde sensible ; de là venait cette affection subite pour la simple chaise sur laquelle il s'asseyait, pour le tabac qu'il fumait, pour la voix chaleureuse de Bert, un gardien. Puis la crise disparaissait, et il se retrouvait seul avec ce tourment sardonique qui ne quittait jamais ses pensées ; seule la pipe lui permettait de tenir le coup. Il jouait pendant des heures aux dominos avec Bert. Parfois le temps semblait s'écouler avec une lenteur insupportable, parfois au contraire il filait à une vitesse terrifiante. Il pensait à son procès, mais avec indifférence. Il pensait souvent à moi et demandait de mes nouvelles. Comprenait-il pourquoi je l'avais abandonné ? J'espère devant Dieu qu'il le comprenait. Le médecin de la prison était venu le voir et l'avait trouvé en bonne santé. Georges avait réalisé que son temps était terminé, que la seule chose qui restait à faire, c'était de discipliner son corps et d'exécuter la sentence. Il avait quarante-neuf ans. De l'autre côté de la prison, on avait déjà creusé sa tombe.

Pendant cette période, après le procès, Mme Giblet travaillait Georges, essayait de le monter contre moi. C'est pour cela qu'elle venait à la prison. Quelle autre raison aurait pu la pousser à rendre visite à celui qui avait nourri ses porcs avec la chair de son propre fils ? Elle conspirait contre moi, le poussant à me trahir de façon subtile et indirecte, ou encore explicitement, suggérant qu'il pouvait sauver sa peau en m'incriminant. Jusque-là elle n'avait eu aucun succès, car Georges était très loyal envers moi ; il l'avait toujours été, depuis notre séjour en Afrique. Un autre élément était en jeu, c'était l'immense sentiment de solitude dont souffre un homme dans la position de Georges. Devoir contempler sa mort prochaine — je parle ici d'expérience — alors que le reste de l'humanité s'apprête à jouir tranquillement des années, des décennies, des périodes infinies qui lui restent à vivre, voilà qui marque un homme. Même les voyageurs les plus enthousiastes connaissent cette mélancolie, ce sentiment de solitude. D'où vient cette mélancolie ? S'agit-il de la peur primitive du chasseur qui quitte son abri ? Est-ce la peur de ne jamais revenir ? Ou bien la peur de retrouver un foyer désert, une maison en ruine ? Cette mélancolie, grossie mille fois, est celle que ressent le condamné triste et solitaire. Je le sais. Mme Giblet est sans doute assez intelligente pour le savoir aussi, et elle savait à quel point Georges était vulnérable.

Georges lui montrait une gratitude pathétique quand elle lui rendait visite, je le vois bien maintenant. Il était un monstre aux yeux du monde, et les visites de cette vieille femme, la mère de sa victime présumée, était le seul soutien extérieur qui pouvait conforter le sentiment de sa propre identité, de plus en plus précaire. A son égard, Mme Giblet jouait le même rôle que Cléo vis-à-vis de moi-même; la foi qu'elles avaient en nous renforçait notre courage et nous aidait à continuer. Elles nous renvoyaient un reflet de nous-mêmes qui n'était ni grotesque ni monstrueux. Elles nous permettaient de croire que nous étions encore humains, encore des hommes. Pour Mme Giblet, cependant, ce soutien moral n'était pas gratuit.

Avec le temps, la tension devint insoutenable. Georges était obsédé par cette idée fixe, qu'il allait être pendu pour un meurtre qu'il n'avait pas commis. Il se mit à douter. Jusque-là il avait répondu à Mme Giblet, parce qu'elle semblait avoir envie de lui parler. C'est davantage la visite que la conversation qui lui procurait cette profonde gratification. Il n'avait même pas besoin de la voir; le simple fait de savoir qu'elle était venue lui suffisait. Mais si elle voulait lui parler, il était prêt à répondre, sans se départir de ce ton sec et brusque de paysan qu'il avait toujours; il eût été bien en peine d'ailleurs de s'exprimer autrement. Ils parlaient donc de Crook, du temps qu'il avait fait l'hiver dernier, de l'état de la terre. Quand la vieille femme lui posait des questions sur moi, c'est-à-dire quand elle lui faisait part de ses soupçons, alors il se contentait de tirer sur sa pipe et de regarder le plafond.

Le temps continuait à passer. La date fatidique du 24 mai approchait de plus en plus, comme un animal prêt à sauter sur lui et qu'il ne pouvait éviter. Il faisait les cent pas dans sa cellule, tirant furieusement sur sa vieille pipe. Il n'avait plus le goût de jouer aux dominos avec Bert; celui-ci attendait, et gardait un silence placide, regardant Georges arpenter sa cellule étroite. L'uniforme gris de la prison flottait sur son corps osseux comme un linceul.

Enfin Georges prit une décision. Il s'assit en face de Bert et le regarda droit dans les yeux. « Bert, lui dit-il, tu sais qui a liquidé le jeune Giblet ? »

L'autre, mal à l'aise, ne répondit rien.

« Je vais te le dire, Bert. » Sa voix était rauque. Ce qu'il faisait allait contre sa nature, mais il devait le faire, maintenant. « C'est sir Hugo qui l'a liquidé, Bert. Pas moi, sir Hugo. »

Il avait donc craché le morceau. Lui aussi m'avait trahi. Terrifié par l'approche de la mort, il avait trahi son vieux camarade. Il restait assis, attendant la réaction de Bert. Celui-ci le regarda, ses sourcils blonds légèrement froncés. On entendait au loin une porte métallique claquer et des bruits de clés. C'était le soir. Il parla enfin. « Ne te monte pas la tête, Georges, murmura-t-il, ne perds pas ton sang-froid, pas maintenant. »

Georges le regarda bouche bée. Il fut pris d'un vertige nauséeux en comprenant que personne n'allait le croire. Il se mit à protester ; mais il savait, il avait la conviction que ce serait en vain. Il avait trop attendu, il était trop tard.

Pauvre Georges. Même après sa trahison, je trouvais encore dans mon cœur de l'affection et de la pitié pour lui.

L'APRÈS-MIDI du 23 mai, Cléo apporta Herbert dans la cuisine. Oui, mon vieil ami le crapaud était toujours bien vivant, dans l'aquarium de mon bureau. On le nourrissait de temps en temps. Ma chère fille s'assit à la table de la cuisine et lui servit des abats de poulet, découpé en petits morceaux dans une soucoupe. Je contemplai le spectacle avec ma sempiternelle grimace. Doris, qui avait fait honneur au gin, avait du mal à marcher droit. Elle venait de découvrir le gin et il était malheureusement évident qu'elle était très sensible à ce breuvage. Elle titubait de l'autre côté de la table, un grand hachoir à la main ; sur la planche à découper se trouvait un poulet plumé.

L'après-midi était chaud et la porte de derrière était restée ouverte. Tout était tranquille, si l'on excepte l'ébriété de Doris. Cléo, absorbée par la contemplation d'Herbert, n'avait pas l'air d'y faire attention. J'avais dû m'assoupir et je me réveillai en sursaut, comme après un rêve, en entendant Doris hurler de douleur. J'ouvris les yeux : devant moi, le hachoir à la main, Doris regardait éberluée sa main gauche qu'elle avait levée devant ses yeux. Elle s'était coupé la moitié de l'index. La phalange était là sur la table, près de la planche, qui était couverte de sang, comme le poulet. Cléo n'avait pas l'air de s'en être aperçue. Elle était affalée sur la table, le menton dans ses mains, et regardai fixement Herbert ; celui-ci avait sauté de sa soucoupe au doigt coupé de Doris et lapait de sa langue d'amphibie la flaque de sang. Doris s'effondra sur une chaise. Complètement inerte, elle regardait le sang couler épais de son moignon. Le rictus toujours figé sur mon visage, je la regardai prendre la bouteille de gin par terre et se verser une bonne rasade.

Pendant ce temps, Georges arpentait de long en large sa cellule de condamné. Bert avait été déçu par Georges, il l'avait imaginé plus coriace. Le chapelain était venu, car c'était le 23 mai, et Georges n'avait plus qu'un jour à vivre. Georges lui raconta que c'était moi qui avais « liquidé » Sidney Giblet ; il ne pouvait pas s'en empêcher, il aurait dit n'importe quoi tant était grande sa peur de la mort. Le chapelain essaya en vain de le faire méditer sur son âme éternelle. Puis ce fut au tour du médecin d'être la cible de discours enflammés. La rumeur se propagea dans la prison que Georges Lecky avait craqué. Les prisonniers en furent peinés car, d'une certaine façon, il mourait pour eux tous.

Quand Mme Giblet rendit visite à Georges cet après-midi-là, elle le trouva dans un état d'esprit bien différent de la brusquerie taciturne à laquelle il l'avait habituée. Elle avait failli ne pas être admise à le voir ; finalement la visite avait été accordée, mais les gardiens avaient pour instruction de ramener Georges dans sa cellule s'il commençait à s'énerver. Ils avaient prévenu Georges avant de le faire descendre.

Georges n'était pas plutôt assis dans le minable petit parloir qu'il saisit les mains de Mme Giblet par-dessus la table et se mit à parler. Personne, pas même moi je pense, ne l'avait jamais entendu parler comme il le fit ce jour-là. Quand il eut terminé son récit, Mme Giblet quitta la pièce précipitamment, passa plusieurs coups de téléphone depuis le bureau de la prison, puis elle prit un taxi pour la gare de Waterloo. Elle se rendait à Crook.

Je ne sais combien de temps je restai dans la cuisine à regarder Doris boire du gin pendant que son moignon saignait sur le poulet. Vingt minutes, peut-être une heure. Finalement, Fledge arriva. Son regard alla de la table couverte de sang à Doris, à Cléo, à moi, puis à nouveau au sang ; il était facile d'interpréter le rapide frémissement de mépris qui passa sur ses lèvres. Sa femme ivre regardait sans réaction son propre sang couler goutte à goutte sur un poulet plumé ; le maître de maison regardait la scène, absolument passif, grimaçant, rabougri et recroquevillé comme un tas de vieux os dans un costume beaucoup trop grand pour son corps voûté et diminué. A sa place, j'aurais également eu une grimace de mépris. En être réduit à une telle inertie flasque ! Je sais que mes yeux étaient profondément enfoncés dans les orbites creuses, que mes pommettes faisaient saillie dans un visage qui a la consistance, la couleur et la fragilité d'un parchemin. Ma barbe n'avait pas été rasée, mon visage était maculé de nourriture, je bavais. En m'accrochant ainsi à la vie dans ce costume de tweed, je ressemblais à une chenille sale. Je ne faisais rien ; Cléo, mon petit elfe, et moi, nous étions inutiles. C'était comme si mon œil, tel celui du flétan, était allé se loger sous le crâne de Fledge pour mieux étudier l'état auquel j'étais réduit.

Les choses allèrent très vite. Rapidement et efficacement, Fledge désinfecta et pansa la plaie de Doris, puis téléphona au médecin. Au moment où il reposait le récepteur, j'entendis frapper avec force à la porte d'entrée. Je vis la porte s'ouvrir : sur le seuil se tenait Mme Giblet. Il y eut un bruit de voix indistinct ; ils entrèrent au salon. Moins d'une minute après, Fledge revint dans la cuisine, prit mon fauteuil par les poignées et me poussa à travers le hall. On me plaça près du mur du salon, en face de la cheminée. Mme Giblet et Harriet étaient debout au milieu de la pièce ; Harriet semblait préoccupée et la vieille femme montrait une certaine impatience. Fledge se retira et ferma la porte derrière lui.

« Le temps presse, lady Coal, dit Mme Giblet. Je crains que nous devions nous dispenser des politesses ; la vie d'un homme est en jeu.

— Mais de quoi parlez-vous ? demanda Harriet. Asseyez-vous au moins, je vous en prie, madame Giblet. Une tasse de thé ?

— Je viens de Wandsworth, lady Coal. Georges Lecky m'a raconté ce qui s'était passé la nuit où Sidney a disparu. »

Je ressentis une douleur dans la poitrine, une douleur vivace et brûlante qui irradia le haut de mon corps comme des tentacules, des tentacules de feu. « Pourtant, nous savons... ? murmura Harriet.

— Georges Lecky n'a pas dit la vérité. Il essayait de protéger votre mari, lady Coal.

— Mais le protéger de quoi au juste, madame Giblet ? » Harriet me regarda, puis tomba dans un fauteuil, les mains croisées sur ses genoux, un léger froncement de sourcils. Elle se tourna vers Mme Giblet.

« Le protéger des conséquences de ses propres actes, lady Coal. Sir Hugo est venu à la ferme de Georges Lecky ce soir-là ; il était très perturbé.

— Perturbé ? dit Harriet faiblement.

— Choqué, en proie à une grande excitation. Il avait beaucoup bu. Il a dit qu'il y avait eu un accident, que Georges devait revenir à Crook avec lui. Georges l'a suivi dans son camion. Ils se sont garés dans l'allée, à mi-chemin de la maison. Sir Hugo l'a emmené sous les arbres. Là, dans un petit creux, partiellement recouvert de feuilles se trouvait le corps de mon fils, lady Coal. Sa gorge avait été tranchée.

— Mon Dieu ! » s'écria Harriet. Elle porta sa main à ses lèvres et tourna vers moi de grands yeux horrifiés.

« Ils ont traîné Sidney jusqu'au camion et l'ont mis dans une poubelle, lady Coal. Ils ont jeté la bicyclette dans le camion. Georges dit que la gorge de Sidney avait été tranchée si profondément qu'il avait peur que la tête ne se détache du corps. » Sa voix n'avait pas faibli, ni tremblé. « Il a roulé vers les Fonds-de-Ceck, et ils ont fait ensemble ce que Georges a déclaré à l'audience avoir fait seul. »

La douleur de ma poitrine s'était soudain calmée ; il ne restait qu'une sorte de fourmillement, un engourdissement dans la moitié supérieure de mon corps. Pauvre Georges ; après avoir craqué, il aurait dit n'importe quoi pour échapper à la potence. Cette mise en scène risible au clair de lune ; ce qui était lamentable, c'était qu'Harriet semblait avoir gobé cette histoire. Elle me regardait comme si elle me voyait pour la première fois. Mais j'étais maintenant si fatigué, si prêt à tout abandonner, que j'avais à peine la force de me sentir outragé qu'elle puisse prendre au sérieux ces accusations, sans que je puisse me défendre.

« Mais pourquoi ? demandait Harriet. Pourquoi Hugo aurait-il voulu tuer Sidney ? »

La douleur dans ma poitrine avait disparu ; il ne restait que cet engourdissement. « D'après Georges Lecky, énonça Mme Giblet lentement, les yeux fixés sur moi, mon fils faisait chanter sir Hugo, lady Coal. »

Un bref silence s'installa ; nous méditions tous trois cette stupidité. Comme le pauvre homme devait être désespéré pour avoir ainsi déformé la vérité ! Fledge l'avait-il corrompu lui aussi ? Maintenant, cela m'était indifférent. La douleur avait disparu mais je sentais arriver les premières convulsions d'une crise d'étouffement qui secoua tout mon corps. En quelques secondes, j'étais au bord de l'asphyxie. Harriet me donna des tapes dans le dos, surmontant avec une sollicitude conjugale les sentiments d'horreur qu'elle avait pu éprouver en écoutant les révélations de Mme Giblet. Mme Giblet continuait de me fixer.

Quand la crise fut passée, Harriet semblait avoir retrouvé son bon sens. Elle s'assit et dit : « Voyons, c'est incroyable. Pourquoi Sidney aurait-il fait du chantage à Hugo ? Pour quelle raison ? Pourquoi dites-vous cela, madame Giblet ? A quoi peuvent servir maintenant ces accusations délirantes ? »

A regret, Mme Giblet se détourna de moi ; elle se laissa tomber dans le fauteuil en face d'Harriet. Entourant sa canne de ses griffes, elle poussa un soupir d'une lassitude indicible. Il y eut un long silence ; j'avais l'impression que la vieille femme débattait en elle-même de l'utilité d'avancer d'autres accusations monstrueuses. « Peut-être à rien, murmura-t-elle. Peut-être à rien. La vie d'un homme est en jeu, lady Coal, dit-elle encore. Il m'avait semblé que si sir Hugo était confronté aux aveux de Georges Lecky, qui m'a juré avoir dit la vérité, cela pourrait le débloquer.

— Le débloquer ? répéta Harriet lentement. Le débloquer ? Mais ce n'est pas possible, madame Giblet, les plus hautes autorités médicales me l'ont assuré, et Dieu sait si...

— Bien sûr, lady Coal, bien sûr. Mais je ne pouvais pas négliger la possibilité que la paralysie de sir Hugo soit d'origine hystérique.

— Hystérique ? »

Mme Giblet se tourna vers moi une seconde, puis chercha ses cigarettes dans son sac. « Il semble que ce ne soit pas le cas », dit-elle doucement.

Sur ces entrefaites, le médecin arriva.

Je passai une nuit épouvantable, surtout à cause des brûlures qu'à nouveau je ressentais dans la poitrine. Suggérer que Sidney me faisait chanter ! L'idée était ridicule. Moi, l'inverti ? Moi, l'assassin ? Absolument ridicule ! Vous connaissez mes sentiments pour Fledge. Je ne fais qu'incarner sa monstruosité, rendre visible sa déformation intérieure, et refléter sa nature profonde.

Georges fut pendu peu après 8 heures, le lendemain matin. J'espère qu'il a trouvé la paix. Dieu sait qu'il n'avait pas connu une seconde de paix depuis le moment où il avait craqué. L'atmosphère de Crook était sinistre. Cléo s'était retirée dans sa chambre. Doris avait un gros pansement au doigt et le bras dans le plâtre. Elle restait assise dans la cuisine et regardait dehors d'un air absent : il y avait un vent assez vif. Le médecin n'avait pas tenté de recoudre son doigt car, apparemment, il était trop tard. Harriet prépara des œufs brouillés pour le déjeuner. Après le déjeuner, on poussa mon fauteuil à travers le hall dans le salon, près des portes-fenêtres. La douleur dans ma poitrine avait soudain disparu ; comme la veille, j'étais maintenant tout engourdi. C'est alors que je vis Georges dans le jardin.

Je vous ai parlé de ces apparitions. Ce sont des fantasmes, des projections, je le sais, mais qui ont l'apparence de la réalité. Georges, cette fois, n'était pas seul. Il était à la tête d'une foule immense, une foule qui remplissait complètement le jardin jusqu'aux murs. Ils se bousculaient et battaient la semelle. Tous, sans exception, me regardaient, là-haut, sur la terrasse près des portes-fenêtres. Curieusement, l'air était rempli d'oiseaux, des grives, des moineaux, et même quelques corbeaux. Un petit vent agitait les arbres ; quelques maigres nuages blancs couraient dans le ciel. Qui étaient ces gens ? Georges portait ses vêtements de travail, sa vieille veste rayée et son pantalon de velours côtelé marron. Ces hommes et ces femmes qui l'entouraient de tous côtés étaient aussi en vêtements de travail. C'était des gens de la campagne, des paysans, et je ne comprenais pas le sens de leur présence silencieuse mais mouvante, dans mon jardin.

Je me rappelle avoir lu quelque part que les vivants ne sont qu'une espèce, rare, des morts. Les vivants sont, en fait, les larves des morts : des corps morts au premier stade de développement. Pourquoi pensais-je à cela alors ? Était-ce donc les morts qui envahissaient mon jardin ? Harriet et Fledge avaient apporté leur café dans le salon ; ils étaient assis et parlaient à voix basse, sans doute de Georges. Quelques instants plus tard, j'entendis Fledge aller jusqu'au bar, pour sortir le cognac, je présume. Il avait certainement des choses à fêter, puisque l'affaire Sidney Giblet était close. Il avait tué impunément et c'était lui maintenant le vrai maître de Crook. A sa place, je me serais moi aussi servi un cognac.

Je serai enterré dans le cimetière de Crook, près de ma mère, et mes funérailles, j'imagine, n'attireront guère plus de monde que ma conférence. Les paléontologues ont horreur d'enterrer les choses, surtout les os. Je n'ai sans doute pas besoin d'expliquer pourquoi. Le pauvre Georges sera moins bien servi : une fosse à chaux, sans nom, dans l'enceinte de la prison sera sa dernière demeure. Je me fais beaucoup de souci pour Cléo car les Coal ont des tendances dépressives. J'ai peur que, moi disparu, elle ne s'y abandonne. Je crains qu'elle ne prenne le chemin de sir Digby.

Fledge a ouvert le gramophone et invite Harriet à danser. Cet engourdissement dans ma poitrine est maintenant comme irradié de lumière. Dans le jardin, Georges s'élève. Il monte très lentement dans les airs, à une hauteur de trois à quatre mètres, et ouvre lentement les bras. Ils me regardent toujours. Les yeux de Georges, ses oreilles, sa bouche et la région de son cœur émettent des rayons argentés qui m'éblouissent, me remplissent d'une paix immense, océanique, une extraordinaire sensation de félicité. Autour de lui, des oiseaux volettent, à peine visibles dans cette lumière splendide et aveuglante. Que m'arrive-t-il ? Je me surprends à murmurer : *Nil desperandum*. Derrière moi, Harriet et Fledge commencent à danser un fox-trot. Ils vont danser tout au long de cet après-midi instable, pendant que le vent du sud fraîchit et hurle dans les pignons de Crook.

IMPRIMERIE HÉRISSEY À ÉVREUX (EURE)
DÉPÔT LÉGAL : MARS 1994. N° 19404 (64374)